译美文

爱的教育

Cuore

〔意〕亚米契斯 著

夏丏尊 译

天津人民出版社

图书在版编目(CIP)数据

爱的教育/（意）亚米契斯著；夏丏尊译．—天津：天津人民出版社，2012.1

ISBN 978-7-201-07270-8

Ⅰ.①爱…　Ⅱ.①亚…②夏…　Ⅲ.①儿童文学—日记体小说—意大利—近代　Ⅳ.①I546.84

中国版本图书馆 CIP 数据核字（2011）第 256990 号

天津人民出版社出版

出版人：刘晓津

（天津市西康路 35 号　邮政编码：300051）

邮购部电话：（022）23332469

网址:http://www.tjrmcbs.com.cn

电子信箱:tjrmcbs@126.com

高等教育出版社印刷厂印刷　新华书店经销

2012 年 1 月第 1 版　2012 年 1 月第 1 次印刷

880×1230 毫米　32 开本　8.375 印张　1 插页

字数:175 千字

定　价:25.00 元

目　录

第二卷　十一月

第三卷　十二月

第四卷　一月

第五卷　二月

第六卷　三月

第七卷　四月

第八卷　五月

第九卷　六月

第十卷　七月

原 序

此书特别地奉献给九岁至十三岁的小学生们。

人们也可以这样的题名此书："一个意大利市立小学三年级学生写的一学年之纪事"——然而我说：一个三年级的小学生，我不能断定，他就能写成恰如此书所印的一般。他是以自己的能力，慢慢地记录在校内校外之见闻及思想于一册而已。年终他的父亲为之修改，仔细地未改变其思想，并于可能内保留儿子所说的这许多话。四年后儿子入了中学，重读此册，并借自己记忆力所保存的新鲜人物又添了些材料。

亲爱的孩子们，现在读这书吧，我希望：你们能够满意，而且由此得益！

译者序言

这书给我以卢梭《爱弥尔》、裴斯泰洛齐《醉人之妻》以上的感动。我在四年前始得此书的日译本，记得曾流了泪，三日夜读毕，就是后来在翻译或随便阅读时，还深深地感到刺激，不觉眼睛润湿。这不是悲哀的眼泪，乃是惭愧和感激的眼泪。除了人的资格以外，我在家中早已是二子二女的父亲，在教育界是执过十余年的教鞭的教师。平日为人为父为师的态度，读了这书好像丑女见了美人，自己难堪起来，不觉惭愧了流泪。书中叙述亲子之爱，师生之情，朋友之谊，乡国之感，社会之同情，都已近于理想的世界，虽是幻影，使人读了觉到理想世界的情味，以为世间要如此才好。于是不觉就感激了流泪。

这书一般被认为是有名的儿童读物，但我以为不但儿童应读，实可作为普通的读物。特别地应介绍给与儿童有直接关系的父母、教师们，叫大家流些惭愧或感激之泪。

学校教育到了现在，真空虚极了。单从外形的制度上、方法上，走马灯似的更变迎合，而于教育的生命的某物，从未闻有人培养顾及。好像掘池，有人说四方形好，有人又说圆形好，朝三暮四地改个不休，而于池的所以为池的要素的水，反无人注意。教育上的水是甚么？就是情，就是爱。教育没有了情爱，就成了无水的池，任你四方形也罢，圆形也罢，总逃不了一个空虚。

因了这种种，早想把这书翻译。多忙的结果，延至去年夏季，正想鼓兴开译，不幸我唯一的妹因难产亡了。于是心灰意懒地就仍然延搁起来。既而，心念一转。发了为纪念亡妹而译这书的决心，这才偷闲执笔。在《东方杂志》连载，中途因忙和病，又中断了几次。等全稿告成，已在亡妹周忌后了。

这书原名《考莱》(Coure)，在意大利原语是“心”的意思。原书在一九〇四年已三百版，各国大概都有译本，书名却不一致。我所有的是日译本和英译本，英译本虽仍作《考莱》，下又标《一个意大利小学生的日记》几字，日译本改称《爱的学校》(日译本曾见两种，一种名《真心》，忘其译者，我所有的是三浦修吾氏译，名《爱的学校》的)。如用《考莱》原名，在我国不能表出内容，《一个意大利小学生的日记》，似不及《爱的学校》来得简单。但因书中所叙述的不但学校，连社会及家庭的情形都有，所以又以己意改名《爱的教育》。这书原是描写情育的，原想用《感情教育》作书名，后来恐与法国佛罗贝尔的小说《感情教育》混同，就弃置了。

译文虽曾对照日英二种译本，勉求忠实，但以儿童读物而论，殊愧未能流利生动，很有须加以推敲的地方。可是遗憾得很，在我现在实已无此功夫和能力，此次重排为单行本时，除草草重读一过，把初刷误植随处改正外，只好静待读者批评了。

《东方杂志》记者胡愈之君，关于本书的出版，曾给与不少的助力；邻人刘薰宇君，朱佩弦君，是本书最初的读者，每期稿成即来阅读，为尽校正之劳；封面及插画，是邻人丰子恺君的手笔。都足使我不忘。

1924 年 10 月 1 日丏尊记于白马湖平屋

作者传略

《爱的教育》的作者亚米契斯(Edmondo de Amicis)在一八四六年十二月二十一日生于意大利 Ligurla 州的 Oneglia 地方。在 Cuneo 和丘林(Turin)进过学校,后被送入 Modena 的陆军学校。一八六六年 Custozza 之战,他加入军队去打仗。在军营中间著了许多短篇小说,在《Italia Militare》上发表,这是他的著作生活的开始。他的《Novelle》和《Bozzetti Militari》第一次披露于该杂志时,就博得一时的欢迎。后来印成单行本,卖完了好几版。他因著作事业有望,便脱离军队,专心著述。以丘林为其文字业的大本营,后又温游世界各地,著成游记多种。其中最著名的是《西班牙》(一八七三)、《荷兰》(一八七四)、《君士坦丁堡》(一八七七)、《摩洛哥》(一八七九)这几部。一九〇八年三月十二日因心脏病殁于 Bordighera。

亚米契斯的最初的作品是倾向于爱国主义的。他的青年时代正在意大利民族独立战争中。他的最初的作品《Novelle》和《Bozzetti Militari》即以感时忧国,激动了许多的读者。但他的最好的作品,却都是游记。因为他所最擅长的是景物描写。由美国旅行回国后,他变成了社会主义者,《Sull Oceano》一书便是他发表社会主义的见解的作品。

《爱的教育》(原名 Coure)在他的作品中间算是销行最广的。而且在意大利学校儿童的读物中间,这一部也要算是最普遍的了。这书的目的,是打算写出儿童中间的友情,不为阶级及社会地位所阻隔的友情。他在这书里把小学生的世界活泼泼地映演在我们眼前了。成人了解儿童的心情本是不可能的事。但读了这几篇日记，谁都要把儿童时代的情感重新唤起。这是亚米契斯的最大成功处。当亚米契斯写这部书时，他的心中便充满了青年之火。所以书内的辞藻与结构虽不讲求，但单是一种情绪就能使读者十分感动了。

与《爱的教育》同性质的，更有一部描写友谊的书，叫《Gli Amicio》，是二大册的巨著，也非常动人。Collsonmorley 的《近代意大利文学》(Modern Italian Literature) 341—342 页里说："亚米契斯或者可以算得是最近半世纪来意大利最有名的作家了。他只有些少的创造力，他的作品的结构也很平常，而且他有一个弱点——就是为我们盎格鲁撒克逊人所不大喜欢的伤感的悲观主义。他写得最出色的是书中的几个小人物。他的描写，差不多和照相一般准确，可是又都有生色。他出了许多游记：《La Spagna》，《L'Marocco》，《Ricordi di Lonara》(一八八〇年)等。这不过是些印象主义的旅行纪事，因此有人给他一个徽号，叫'文学的商业旅行家'(讥其旅行之目的专在作游记以赚钱也)。话虽如此，这些游记却又都是滑稽的，有时也略带感动的，而且滑稽和感动也都适乎其度。亚米契斯晚年变成一个社会主义者；他对于社会问题的见解，在《Il romanzo di un maestro》(1890)，《L'Oceano》(1899)两部书上表现。《La Carrozza di tutti》是一部长篇的动人的小品集，写电车中所见的丘林风物。亚米契斯自称为马志尼的弟子，他的信仰，他的癖性，都属于马志尼派，在《L'idioma gentile》(1905)一书里，最足表现。他从马志尼学得自然的、单纯的、朴素的作风；这种作风，很受时人的赞赏。"

第一卷　十月

始业日　　　　　　　　　　　　十七日

今天开学了，乡间的三个月，梦也似的过去，又回到了这丘林的学校里来了。早晨母亲送我到学校里去的时候，心还一味只想着在乡间的情形哩。不论那一条街道，都充满着学校的学生们；书店的门口呢，学生的父兄们都拥挤着在那里购买笔记簿、书袋等类的东西；校役和警察都拼命似的想把路排开。到了校门口，觉得有人触动我的肩膀，原来这就是我三年级时候的先生，是一位头发赤而卷缩、面貌快活的先生。先生看着我的脸孔说：

"我们不再在一处了！安利柯！"

这原是我早已知道的事，今被先生这么一说，不觉重新难过起来了。我们好容易地到了里面，许多夫人、绅士、普通妇人、职工、官吏、女僧侣、男佣人、女佣人，都一手拉了小儿，一手抱了成绩簿，在接待所楼梯旁挤满着，嘈杂得如同戏馆里一样。我重新看这大大的待息所的房子，非常欢喜，因为我这三年来，每月到教室去，都穿过这室的。我的二年级时候的女先生见了我：

"安利柯！你现在要到楼上去了！要不走过我的教室了！"

说着，恋恋地看我。校长先生被妇人们围绕着，头发好像比以前白了。学生们也比夏天的时候长大强壮了许多。才来入一年级的小孩们，不愿到教室里去，像驴马似的倔强着，勉强拉了进去，有的仍旧逃出，有的因为找不着父母，哭了起来。做父母的回了进去，有的诱骗，有的叱骂，先生们也弄得没有法子了。

我的弟弟被编在名叫代尔卡谛的女先生所教的一组里。午前十时，大家进了教室，我们的一级共五十五人。从三年级一同升上来的只不过十五六人。经常得一等奖的代洛西也在里面。一想起暑假中跑来跑去游过的山林，觉得学校里闷得讨厌。又忆起三年级时候的先生来：那是常常对我们笑着的好先生，是和我们差不多大的先生。那个先生的红而缩拢的头发，已不能看见了，一想到此，就有点难过。这次的先生，身材高长，没有胡须，长长地留着花白的头发，额上绉着直纹，说话大声，他盯着眼一个一个地看我们的时候，眼光竟像要透到我们心里似的。而且还是一位没有笑容的先生。我想：

"唉！一天总算过去了，还有九个月呢！什么用功，什么月试，多么讨厌啊！"

一出教室，恨不得就看见母亲，飞跑到母亲面前去吻她的手。母亲说：

"安利柯啊！要用心啰！我也和你们一起用功呢！"

我高高兴兴地回家了。可是因为那位亲爱快活的先生已不在，学校也不如以前的有趣味了。

我们的先生　　十八日

从今天起，现在的先生也可爱起来了。我们进教室去的时候，先生已在位上坐着。先生前学年教过的学生们，都从门口探进头来和先生招呼。“先生早安！”“配巴尼先生早安！”大家这样说着。其中也有走进教室来和先生匆忙地握了手就出去的。这可知大家都爱慕这先生，今年也想仍请他教的了。先生也说着“早安！”去拉学生所伸着的手，却是不去看学生的脸孔。和他们招呼的时候，虽也现出笑容，额上直纹一蹙，脸孔就板起来，并且把脸对着窗外，注视着对面的屋顶，好像他和学生们招呼是很苦的。完了以后，先生又把我们一一地注视，叫我们默写，自己下了讲台在桌位间巡回。看见有一个面上生着红粒的学生，就把默写中止，两手托了他的头查看，又把手去摸他的额，问他有没有发热。这时先生后面有一个学生乘着先生不看见，跳上椅子玩起洋娃娃来，恰好先生回过头去，那学生就急忙坐下，俯了头预备受责，先生把手按在他的头上，只是说：“下次不要再做这种事了！”另外一点没有什么。

默写完了以后，先生又沉默了看着我们，好一会儿，用了静而粗大的亲切的声音这样说：

“大家听着！我们从此要同处一年，让我们好好地过这一年吧！大家要用功，要规矩。我没有一个家属，你们就是我的家属，去年以前，我还有母亲，母亲死了以后，我只有一个人了！你们以外，我没有别的家属在世界上，除了你们，我没有可爱的人！你们是我的儿子，我爱你们，请你们也欢喜我！我一个都不愿责罚你们，请将你们的真心给我看看！请你们全班成为一个家族，给我做慰藉，给我做荣耀！我现在并不是想你们用口来答应我，我确已知道你们已在心里答应我，‘肯的’了。我感谢你们。”

这时校役来通知放学，我们都很静很静地离开座位。那个跳上椅子的学生，走到先生的身旁，颤抖抖地说："先生！饶恕我这次！"先生用嘴去亲着他的额说："快回去！好孩子！"

灾　难　　二十一日

本学年开始就发生了意外的事情。今天早晨到学校去，我和父亲正谈着先生所说的话。忽然见路上人满了，都奔入校门去。父亲就说：

"有了什么意外的事情了！学年才开始，真不凑巧！"

好容易，我们进了学校，人满了，大大的房子里充满着儿童和家属。听见他们说："可怜啊！洛佩谛！"从人山人海中，警察的帽子看见了，校长先生的光秃秃的头也看见了。接着又走进来了一个戴着高冠的绅士，大家说"医生来了！"父亲问一个先生："究竟怎么了？"先生回答说："被车子轧伤了！""脚骨碎了！"又一个先生说。原来：名叫洛佩谛的一个二年级的学生，上学来的时候，有一个一年级的小学生，忽然离开了母亲的手，在街路上倒了。这时，街车正往他倒下的地方驶来。洛佩谛眼见这小孩将为车子所轧，大胆地跳了过去，把他拖救出来。不料因为来不及拖出自己的脚，反被车子轧伤了自己。洛佩谛是个炮兵大尉的儿子。正在听他们叙述这些话的时候，突然有一个妇人狂也似的奔到，从人堆里挣扎着进来，这就是洛佩谛的母亲。同时另外一个妇人跑进去，抱了洛佩谛的母亲的头颈啜泣。这就是被救出的小孩的母亲。两个妇人向室内跑去，我们在外边可以听到她们"啊！洛佩谛呀！我的孩子呀！"的哭叫声。

立刻，有一辆马车停在校门口了。校长先生也就抱了洛佩谛出来。洛佩谛把头伏在校长先生肩上，脸色苍白，眼睛闭着。大家都静默了，洛佩谛母亲的哭声也听得出了。不一会儿，校长先生将抱在手里的受伤者给大家看，父兄们、学生们、先生们都齐声说："洛佩谛！好勇敢！可怜的孩子！"靠近点的先生和学生们，更去吻洛佩谛的手。这时洛佩谛睁开了他的眼说："我的书包呢？"被救的孩子的母亲拿书包给他看，流着泪说："让我拿着吧，让我替你拿了去吧。"洛佩谛的母亲脸上现出微笑了。这许多人出了门，很小心地把洛佩谛载入马车，马车就慢慢地开动，我们都默默地走进教室里去。

格拉勃利亚的小孩　　二十二日

洛佩谛到底做了非拄了杖不能行走的人了。昨日午后，先生正在说这消息给我们听的时候，校长先生忽然领了一个陌生的小孩到教室里来。那是一个黑色、浓发、大眼而眉毛浓黑的小孩。校长先生将这小孩交给先生，低声地说了一二句什么话就出去了。小孩用他黑而大的眼，看着室中的一切。先生携了他的手向我们说：

"你们大家应该喜欢。今天有一个从五百里以外的格拉勃利亚的莱奇阿地方来的意大利小孩进了这学校了。因为是远道来的，请你们要特别爱这同胞。他的故乡是名所，是意大利名人的产生地，又是产生强健的劳动者和勇敢的军人的地方，也是我国风景名地之一。那里也有森林，也有山岳，居民都富于才能和勇气。请你们亲爱地对待这小孩，使他忘记自己是离了故乡的，使他知道在意大利无论到什么地方的学校里去，都是同胞。"

先生说着,在意大利地图上指着格拉勃利亚的莱奇阿的位置给我们看。又用了大声叫:“尔耐斯托·代洛西!”——他是每次都得一等奖的学生——代洛西起立了。

“到这里来!”先生说着,代洛西就离了座位走近格拉勃利亚小孩面前。

“你是级长，请对这新学友致欢迎辞！请代表譬特蒙脱的小孩，表示欢迎格拉勃利亚的小孩！”

代洛西听见先生这样说，就抱了那小孩的头颈，用了明亮的声音说：“来得很好！”格拉勃利亚小孩也热烈地吻代洛西的颊。我们都拍手喝彩了。先生虽然说：“静些静些！在教室里拍手是不可以的！”而自己也很喜欢。格拉勃利亚小孩也喜欢。一等到先生指定了座位，那个小孩就归座了。先生又说：

“请你们好好记着我方才的话。格拉勃利亚的小孩到了丘林，要同住在自己家里一样。丘林的小孩到了格拉勃利亚，也应该毫不觉得寂寞。实对你们说，我国为此，曾战争了五十年。有三万的同胞，为此战死。所以你们大家要互相敬爱，如果有因为他不是本地人，对于这新学友无礼的，那就是没有资格来见我们的三色旗的人！”

格拉勃利亚小孩回到座位，和他邻席的学生们，有送他钢笔的，有送他画片的，又有送他瑞士的邮票的。

同窗朋友　　二十五日

送邮票给格拉勃利亚小孩的，就是我所最喜欢的卡隆。他在同级中身躯最高大，年十四岁，是个大头宽肩笑起来很可爱的小孩，却已有大人气。我已把同窗的友人认识了许多了，有一个名叫可莱谛的我也欢喜。他着了茶色的裤子，戴了猫皮的帽，常说着有趣的话。父亲是开柴店的，一八六六年，曾在温培尔脱亲王部下打过仗，据说还拿着三个勋章呢。有个名叫耐利的，可怜是个驼背，身体怯弱，脸色常是青青的。还有一个名叫华梯尼的，他时常穿着漂亮的衣服。在我的前面，有一个小孩绰号叫做“小石匠”的，那是石匠的儿子，脸孔圆圆的像苹果，鼻头像个小球，惯能装兔的脸孔，时常装了引人笑。他虽戴着破絮样的褴褛的帽，却常常将帽像手帕似的卷叠了藏在袋里。坐在“小石匠”的旁边的是一个叫做卡洛斐的瘦长、老鹰鼻、眼睛特别小的孩子。他常常把钢笔、火柴空盒等拿来买卖，把字写在手指甲上，做种种狡猾的事。还有一个名叫卡罗·诺琵斯的傲慢的少年绅士。这人的两旁，有两个小孩，我认为很好的。一个是铁匠的儿子，穿了齐膝的上衣，脸色苍白得好像病人，对于什么都胆怯，永远没有笑容。一个是赤发的小孩，一只手有了残疾，挂牢在项颈里。听说，他的父亲到亚美利加去了，母亲走来走去卖着野菜呢。靠我的左边，还有一个奇怪的小孩，他名叫斯带地，身材短而肥，项颈好像没有的一样。他是个暴躁的小孩，不和人讲话。好像是什么都不知道的，可是，先生的话，他总目不转睛地蹙了眉头、紧闭了嘴听着。先生说话的时候，如果有人说话，第二次他还忍耐着，一到第三次，他就要愤怒起来用脚来蹴了。坐在他的旁边的，是一个毫不知顾忌的有着狡猾相的小孩，他名叫勿兰谛，听说曾经在别校被除了名的。此外，还有一对很相像的兄弟，穿着一样的衣服，戴着一样的帽子。这许多同学之中，相貌最好，最有才能的，不消说要算代洛西了。今年大概还是要他得第一名的。但是我却爱铁匠的儿子，那像病人的泼来可西。据说，他父亲是要打他的，他非常老实，在和人说话的时候，或偶然触犯着别人的时候，他一定要说“对不住”，他常用了亲切而悲哀的眼光看人。至于最长大的和品格最高的，却是卡隆。

义侠的行为　　　　　　　　　　二十六日

卡隆的为人,我看了今日的事情就明白了。今日我因为二年级时候的女先生来问我何时在家,到校稍迟,入了教室,先生还未来。一看,有三四个小孩聚在一处正在戏弄着那赤发的一手有残疾的卖野菜人家的孩子克洛西。有的用三角板打他,有的把栗子壳向他的头上投掷,说他是“残废者”,是“鬼怪”,还将手挂在项颈上来装他的样子给他看。克洛西一个人坐在位子里苍白了脸,用了好像要说:“饶了我吧!”似的眼光,看着他们。他们见克洛西这样,越加得了风头,越加戏弄他,克洛西终于怒了,涨红了脸,身子颤抖着。这时那个脸孔很讨厌的勿兰谛,忽然跳上椅子,装出克洛西的母亲挑菜担的样子来了。克洛西的母亲,因为接克洛西回去,平日时常到学校里来的,现在听说正病在床上。许多学生都曾知道克洛西的母亲的,看了勿兰谛所装的样子,大家笑了起来。克洛西大怒,突然将摆在那里的墨水瓶对准了勿兰谛掷去。勿兰谛很敏捷地避过,墨水瓶恰巧打着了从门外进来的先生的胸部上。

大家都逃到座位里,怕得不作一声,先生变了脸色,走到教桌的旁边,用了严厉的声音问:“谁?”一个人都没有回答。先生又提高了声音说:“谁?”

这时,卡隆好像可怜了克洛西,忽然起立,用了很大的决心说:“是我!”先生眼盯着卡隆,又转看正呆着的学生们,静静地说:“不是你。”

过了一会儿,又说:“决不加罚,投掷者起立!”

克洛西起立了，哭着说："他们打我，欺侮我，我气昏了，不知不觉就把墨水瓶投过去了。"

"好的！那末，欺侮他的人起立！"先生说了，四个学生起立了把头俯着。

"你们欺侮了无辜的人了！你们欺侮了不幸的小孩，欺侮弱者了！你们做了最无谓、最可耻的事了！卑怯的东西！"

先生说着，走到卡隆的旁边，将手摆在他的腮下，托起他俯下着的头来，注视着他的眼说："你的精神是高尚的！"

卡隆附拢了先生的耳，不知说些什么，先生突然向着四个犯罪者说："我饶恕你们。"

我的女先生　二十七日

我二年级时候的女先生，准了约期，今日到家里来访我了。先生不到我家已一年，我们很高兴地招待她。先生的帽子旁仍旧罩着绿色的面纱，衣服极朴素，头发也不修饰，她原是没有工夫来打扮这些的。她比去年似乎脸上的红彩薄了好些，头发也白了些，时时咳嗽着。母亲问她：

"那末，你的健康怎样？先生！你如果不再顾着你的身体……"

"一点都没有什么。"先生回答说，带着又喜悦又像忧愁的笑容。

"先生太高声讲话了，为了小孩们太操劳自己的身体了。"母亲又说。

真的，先生的声音，听不清楚的时候是没有的。我还记得：

先生讲话，总是连续着一息不停，弄得我们学生连看旁边的工夫都没有了。先生不会忘记自己所教过的学生，无论在几年以前，只要是她教过的总还记得起姓名。听说，每逢月考，她都要到校长先生那里，去询问他们的成绩的。有时又站在学校门口，等学生来了就叫他拿出作文簿给她看，调查他进步得怎样了。已经入了中学校的学生，也常常着了长裤子，带了挂表，去访问先生。今天，先生是领了本级的学生去看绘画展览会，回去的时候，转到我们这里来的。我们在先生那班的时候，每逢星期二，先生常领我们到博物馆去，说明种种的东西给我们听。先生比那时已衰弱了许多了，可是仍非常起劲，遇到学校的事情，就很快活地讲话。二年前，我大病了在床上卧着，先生曾来望我过，先生今日还说要看看我那时所睡的床，这床其实已归我的姊姊睡了的。先生看了一会儿，也没有说什么。先生因为还要去望一个学生的病，不能久留。听说是个马鞍匠的儿子，发着麻疹卧在家里呢。她又挟着今晚非批改不可的课本，据说，晚饭以前，某商店的女主人还要到她那里来学习算术的。

"啊！安利柯！"先生临走的时候，向着我说，"你到了能解难题、作长文章的时候，仍肯爱你以前的女先生吗？"说着，吻我。等到出了门，还在阶沿下再扬了声说："请你不要忘了我！安利柯啊！"

啊！亲爱的先生！我怎能忘记你呢？我虽成了大人，也一定还记得先生，到校里来拜望你。无论到了何处，只要一听到女教师的声音，就要如同听见先生你的声音一样，想起先生教我的二年间的事情来。啊啊！那二年里面，我由于先生的教导学会了多少的事！那时先生虽有病，身体不健，可是无论何时，都热心地爱护我们，教导我们的。我们书法上有了恶癖，她就很担心。考试委员质问我们的时候，她担心得几乎坐立不安。我们写得清楚的时候，她就真心欢喜。她一向像母亲那样地爱我。这样的好先生，叫我怎样能忘记啊！

贫民窟 二十八日

昨日午后，我和母亲、雪尔维姊姊三人，送布给新闻上所记载的穷妇人。我拿了布，姊姊拿了写着那妇人住址姓名的条子。我们到了一处很高的住宅的屋顶小阁里，那里有长的走廊，沿廊有许多室，母亲到最末了的一室敲了门。门开了，走出一个年纪还轻，白色而瘦小的妇人来。是一向时常看见的妇人，头上常常包着青布。

"你就是新闻上所说的那位吗？"母亲问。

"呃，是的。"

"那末，有点布在这里，请你收了。"

那妇人非常欢喜，好像说不出答谢的话来。这时我瞥见有一个小孩，在那没有家具的暗腾腾的小室里，背向了外，靠着椅子好像在写字。仔细一看，确是在那里写字，椅子上摊着纸，墨水瓶摆在地板上。我想，这样黑暗的屋子里，如何能写字呢。忽然看见那小孩长着赤发，穿着破的上衣，才恍然悟到：原来这就是那卖菜人家的儿子克洛西，就是那一只手有残疾的克洛西。乘他母亲正收拾东西的时候，我轻轻地将这告诉了母亲。

"不要作声！"母亲说，"如果他觉到自己的母亲，受朋友的布施，多少难为情呢。不要作声！"

可是，恰巧这时克洛西回过头来了。我不知要怎样才好，克洛西对着我微笑。母亲背地里向我背后一推，我就进去抱住克洛西，克洛西立起来握我的手。

克洛西的母亲对我母亲说：

“我只是娘儿两个。丈夫这七年来一直在亚美利加，我又生了病。不能再挑了菜去卖，什么桌子等类的东西都已卖尽，弄得这孩子读书都为难，要点盏小小的灯也不能够，眼睛也要有病了。幸而教科书、笔记簿有市公所送给，总算勉强地得进了学校。可怜！他到学校去是很欢喜的，但是……像我这样的不幸的人，是再没有的了！”

母亲把钱包中所有的钱都拿出来给了她，吻了克洛西，出来几乎哭了。于是对我说：

“安利柯啊！你看那个可爱的孩子！他不是很刻苦地用着功吗？像你，是什么都自由的，还说用功苦呢！啊！真的！那孩子一日的勤勉，比你一年的勤勉，价值不知要大多少呢！像那小孩，总是应该受一等奖的哩！”

学　校　　　　二十八日

爱儿安利柯啊！你用功怕难起来了，像你母亲所说的样子。我还未曾看到你有高高兴兴勇敢地到学校里去的样子过。但是我告诉你：如果你不到学校里去，你每日要怎样地乏味，怎样地疲倦啊！只要这样过了一星期，你必定要合了手来恳求把你再送入学校里去吧！因为游嬉虽好，每日游嬉就要厌倦的。

现在的世界上，无论何人，没有一个不学习的。你想！职工们劳动了一日，夜里不是还要到学校里去吗？街上店里的妇人们、姑娘们劳动了一星期，星期日不是还要到学校里去吗？兵士们在白天做了一天的勤务，回到营里不是还要读书吗？就是瞎子和哑子，也在那里学习种种的事情。监狱里的囚犯，不是也同样地在那里学习读书写字等的功课吗？

每天早晨上学去的时候，你要这样想想：此刻，这个市内，有和我同样的三万个小孩都正在上学去。又，同在这时候，世界各国有几千万的小孩也正在上学去。有的正三五成群地经过着清静的田野；有的正行走在热闹的街道；也有的沿了河或湖在那里走着的吧。在猛烈的太阳下走着的也有，在寒雾蓬勃的河上驶着短艇的也有吧。从雪上乘了橇走的，渡溪的，爬山的，穿过了森林，渡过了急流，踯躅行着冷静的山路的，骑了马在莽莽的原野跑着的也有吧。也有一个人走着的，也有两个人并肩走的，也有成了群排了队走着的。穿着各种的服装，说着各样的语言，从被冰锁住的俄罗斯以至椰子树深深的阿拉伯，不是有几千万数都数不清楚的小孩，都挟了书，学着同样的事情，同样地在学校里上学吗？你想想这无数小孩所组成的团体！又想想这大团体怎样在那里作大运动！你再试想：如果这运动一终止，人类就会退回到野蛮的状态了吧。这运动才是世界的进步，才是希望，才是光荣。要奋发啊！你就是这大军队的兵士，你的书本是武器，你的一级是一分队，全世界是战场，胜利就是人类的文明，安利柯啊！不要做卑怯的兵士啊！

——父亲

少年爱国者(每月例话)　　二十九日

做卑怯的兵士吗?决不做!可是,先生如果每日把像今日那种有趣的话讲给我们听,我还要更加欢喜这学校呢。先生说,以后每月要讲一次像今天这样的高尚的少年故事给我们听,并且叫我们笔记下来。下面就是今天所讲的《少年爱国者》的故事:

一只法兰西轮船从西班牙的巴赛罗那开到意大利的热那亚来。船里乘客有法兰西人、意大利人、西班牙人,还有瑞士人。其中有个十一岁的少年,服装褴褛,远离了人们,像只野兽似的用白眼把人家看着。他所以用这种眼色看人,也不是无因。原来他是于二年前被他在乡间种田的父母,卖给戏法班了的,戏法班里的人打他,蹴他,叫他受饿,强迫他学会把戏,带了他到法兰西、西班牙一带跑,一味虐待,连食物都不十分供给他。这戏法班到了巴赛罗那的时候,他因为受不住虐待与饥饿,终于逃出,到意大利领事馆去请求保护。领事很可怜他,叫他乘入这只船里,并且给他一封到热那亚的出纳官那里去的介绍信,意思是要送他回到残忍的父母那里去。少年遍体受伤,非常衰弱,因为是住着二等舱的,人们都以为奇怪,大家对着他看。有人和他讲话,他也不回答,好像是把一切的人都憎恶了的。他的心已变歪到这地步了。

有三个乘客种种地探问他,他才开了口。他用了在意大利语中夹杂法兰西语和西班牙语的乱杂的言语,大略地把自己的经历讲了。这三个乘客虽不是意大利人,却也听懂了他的话,于是就一半因为怜悯，一半因为吃酒以后的高兴，给他少许的金钱，一面仍继续着和他谈话。这时有大批的妇人，也正从舱室走出，来到这里，她们听了少年的话，也就故意要人看见似的拿出若干的钱来掷在桌上，说："这给了你！这也拿了去！"

少年低声答谢了，把钱收入袋里，苦郁的脸上到这时才现出喜欢的笑容。他回到自己的床位里，拉拢了床幕，卧了静静地自己沉思：有了这些钱，可以在船里买点好吃的东西，饱一饱二年来饥饿的肚子；到了热那亚，可以买件上衣换上，又拿了钱回家，比空手回去也总可以多少好见于父母，多少可以得着像人的待遇。在他，这金钱竟是一注财产。他在床上正沉思得高兴，这时那三个旅客围坐在二等舱的食桌边，在那里谈论着。他们一面饮酒，一面谈着旅行中所经过的地方的情形。谈到意大利的时候，一个说意大利的旅馆不好，一个攻击火车。酒渐渐喝多了，他们的谈论也就渐渐地露骨了。一个说，如其到意大利，还是到北极去好。意大利住着的都是骗子、土匪。后来又说意大利的官吏是不识字的。

"愚笨的国民！"一个说。"下等的国民！"另一个说。"强盗……"

还有一个正在说出"强盗"的时候，忽然银币、铜币像雹子一般落到他们的头上和肩上，同时在桌上地板上滚着，发出可怕的声音来。三个旅客愤怒了举头看时，一把铜币又被飞掷到脸上来了。

"拿回去！"少年从床幕里探出头来怒叫。"我不要那说我国坏话的人的东西。"

第二卷　十一月

烟囱扫除人　　十一月一日

昨天午后，到近地一个女子小学校里去。因为雪尔维姊姊的先生说要看《少年爱国者》的故事，所以就拿了去给她看。那学校有七百人光景的女小孩，我去的时候正是放课，学生们因为从明天起接连有“万圣节”、“万灵节”两个节日，正在欢喜高兴地回去。我在那里看见一件很美的事：在学校那一边的街路角里，立着一个脸孔墨黑的烟囱扫除人。他还是个小孩，一手靠着了壁，一手托着头，在那里啜泣。有二三个三年级女学生走近去问他：“怎么了？为什么这样哭？”但是他总不回答，仍旧哭着。

“来！快告诉我们，怎么了？为什么哭的？”女孩子再问他，他才渐渐地抬起头来。那是一个像小孩似的脸孔，哭着告诉她们，说扫除了好几处烟囱，得着三十个铜币，不知在什么时候从口袋的破洞里漏出了。说着又指破洞给她们看。他说，如果没有这钱是不能回去的。

“师傅要打的！”他这样说着仍旧哭了起来。又把头俯伏在臂上，像是很为难的样子。女学生们围住了看着他，正在代他可怜，这时其余的女学生也挟了书包来了。有一个帽子上插着青羽的大女孩从袋里拿出两个铜币来说：

“我只有两个，再凑凑就好了。”“我也有两个在这里。”一个着红衣的接着说。“大家凑起来，三十个左右是一定有的。”又叫其余的同学们：“亚马里亚！璐迦！亚尼那！一个铜币，你们那个有钱吗？请拿出来！”

果然，有许多人是为买花或笔记本都带着钱的，大家都拿出来了。小女孩也有拿出一个半分的小铜币的。插青羽的女孩将钱集拢了大声地数：

八个，十个，十五个，但是还不够。这时，恰巧来了一个像先生一样的大女孩，拿出一个当十银币来，大家都高兴了。还不够五个。

“五年级的来了！她们一定有的。”一个说。五年级的女孩一到，铜币立刻集起许多了。大家还都急急地向这里跑来。一个可怜的烟囱扫除人，被围住了立在美丽的衣服、随风摇动的帽羽、发丝带、卷毛之中，那样子真是好看。三十个铜币不但早已集齐，而且还多出了许多了。没有带钱的小女孩，挤入大女孩的群中将花束赠给少年作代替。这时，忽然校役出来，说：“校长先生来了！”那女学生们就麻雀般的四方走散，烟囱扫除人独自立在街路中，欢喜地拭着眼泪，手里装满了钱，上衣的纽孔里、衣袋里、帽子里都装满了花，还有许多花在他的脚边散布着。

万灵节　　二日

安利柯啊！你晓得万灵节是什么日子吗？这是祭从前死去的人的日子。小孩在这天，应该纪念已死的人，——特别应纪念为小孩而死的人。从前死过的人有多少？即如今天，又有多少人正在将死？你曾把这想到过吗？不知道有多少做父亲的在劳苦之中失去了生命呢！不知道有多少做母亲的为了养育小孩，辛苦伤身，非命地早入坟墓呢！因不忍见自己的小孩陷于不幸，绝望了自杀的男子，不知有多少！因失去了自己的小孩，投水悲痛，发狂而死的女人，不知道有多少！安利柯啊！你今天应该想想这许多死去的人啊！你要想想：有许多先生因为太爱学生，在学校里劳作过度，年纪未老，就别了学生们而死的！你要想想：有许多医生为了要医治小孩们的病，自己传染了病菌牺牲而死的！你要想想：在难船、饥馑、火灾及其他非常危险的时候，有许多人是将最后的一口面包，最后的安全场所，最后从火灾中逃身的绳梯，让给了幼稚的小灵魂，自己却满足于牺牲而从容瞑目了的！

啊！安利柯啊！像这样死去的人，差不多数也数不尽。无论那里的墓地，都眠着成千成百的这样神圣的灵魂。如果这许多的人能够暂时在这世界中复活，他们必定要呼唤那自己将壮年的快乐、老年的平和、爱情、才能、生命贡献过的小孩们的名字的。二十岁的妻，壮年的男子，八十岁的老人，青年的——为幼者而殉身的这许多无名的英雄——这许多高尚伟大的人们墓前所应该撒的花，靠这地球，是无论如何不够出的。你们小孩们是这样地被爱着的，所以，安利柯啊！在万灵节一日，要用了感谢报恩的心，去纪念这许多亡人。这样，你对于爱你的人们，对于为你劳苦的人们，自会更亲和、更有情了吧。你真是幸福的人啊！你在万灵节，还未曾有想起来要哭的人呢。

——母亲

好友卡隆　　　　　　　　　　　　　　　四日

虽然只有两天的休假，我好像已有许多日子不见卡隆了。我愈和卡隆熟悉，愈觉得他可爱。不但我如此，大家都是这样，只有几个傲慢的人，嫌恶卡隆，不和他讲话。这是因为卡隆一贯不受他们压制的缘故。那大的孩子们正在举起手来要去打幼小的孩子的时候，幼的只要叫一声"卡隆!"那大的就会缩回手去的。卡隆的父亲是铁道的机关司。卡隆小时候曾得过病，所以入学已迟；在我们一级里身材最高，气力也最大。他能用一手举起椅子来；常常吃着东西；为人很好，有人请求于他，不论铅笔、橡皮、纸类、小刀，都肯借给或赠与。上课时，不言、不笑、不动，石头般地安坐在狭小的课椅上，两肩上装着大大的头，把背脊向前弯屈着。我去看他的时候，他总半闭了眼给笑脸我看。好像在那里说："喂，安利柯，我们大家做好朋友啊!"我一见卡隆，总是要笑起来。他身子又长，背膊又阔，上衣、裤子、袖子都太小太短，至于帽子，小得差不多要从头上落下来；外套露出绽缝，皮靴是破了的，领带时常搓扭得成一条线。他的相貌，一见都使人喜欢，全级中谁都欢喜和他并座。他算术很好，常用红皮带束了书本拿着。他有一把螺钿镶柄的大裁纸刀，这是去年陆军大操的时候，他在野外拾得的。他有一次，因这刀伤了手，几乎把指骨都切断了。他不论人家怎样嘲笑他，都不发怒，但是当他说着什么的时候，如果有人说他"这是谎话"，那就不得了了：他立刻火冒起来，眼睛发红，一拳打下来，可以把椅子击破。有一天星期六的早晨，他看见二年级里有一个小孩因失掉了钱，不能买笔记簿，立在街上哭，就把钱给他。他在母亲的生日，费了三天工夫，写了一封有八页长的信，纸的四周，还曾用笔画了许多装饰的花样呢。先生常注视着他，从他旁边走过的时候，时常用手轻轻地去拍他的后颈，好像爱抚柔和的小牛的样子。我真喜欢卡隆。当我握着他那大手的时候，那种欢喜真是非常！他的手和我的相比，就像大人的手了。我的确相信：卡隆真是能牺牲自己的生命而救助朋友的人。这种精神，在他的眼光里很显明地可以看出，又从他那粗大的喉音中，也谁都可以听辨出他所含有的优美的真情的。

卖炭者与绅士 七日

昨天卡罗·诺琵斯向培谛说的那样的话，如果是卡隆，决不会说的。卡罗·诺琵斯因为他父亲是上等人，很是傲慢。他的父亲是个身材很高有黑须的沉静的绅士，差不多每天早晨伴了诺琵斯到学校里来的。昨天，诺琵斯忽然和培谛相骂起来了。培谛是个顶年小的小孩子，是个卖炭者的儿子。诺琵斯因为自己的理错了，无话可辩，就说"你父亲是个叫花子！"培谛气得连发根都红了，一声不响，只簌簌地流着眼泪。好像后来他回去向父亲哭诉了，他那卖炭的父亲——全身墨黑的矮小的男子——午后上课时，就携他儿子的手同到学校里来，把这事告诉了先生。我们大家都默不作声。诺琵斯的父亲正照例在门口替他儿子脱外套，听见有人说起他的名字，就问先生说："什么事？"

"你们的卡罗对这位的儿子说：'你父亲是个叫花子！'这位正在这里告诉这事呢。"先生回答说。

诺琵斯的父亲脸红了起来，对着自己的儿子问："你，曾这样说的吗？"诺琵斯低了头立在教室中央，什么都不回答，于是，他父亲捉了他的手臂，拉他到培谛身旁，说："快道歉！"

卖炭的好像很对不住他的样子，说"不必，不必！"想上前阻止，可是绅士却不答应，仍对了他儿子说：

"快道歉！照我所说的样子快道歉：'对于你的父亲，说了非常失礼的话，这是我所不应该的。请原谅我。让我的父亲来握你父亲的手。'要这样说。"

卖炭的越发现出不安的神情来，好像在那里说"那不敢当"的样子，绅士总不肯答应，于是诺琵斯俯了头，用了断断续续的声音说：

"对于……你的父亲，……说了……非常失礼的话，这是……我所不应该的。……请你……原谅我。让我的父亲……来握……你父亲的手。"

绅士把手向卖炭的伸去，卖炭的就握着使劲地摇起来。还把自己的儿子推近卡罗·诺琵斯，叫用两手去抱他。

"从此，请叫他们两个坐在一处。"绅士这样向先生请求，先生就令培谛坐在诺琵斯的位上，诺琵斯的父亲等他们坐好了，就行了礼出去，卖炭的注视着这并坐的两孩，立着沉思了一会儿，走到座位旁，对着诺琵斯，好像要说什么，好像很依恋，好像很对不起他的样子，终于什么都不说，他张开了两臂，好像要去抱诺琵斯了，可是也终于没有去抱，只用了那粗大的手指，在诺琵斯的额上碰了一碰，等走出门口，还回头向里面一瞥，这才出去。

先生对我们说："今天的事情，大家不要忘掉，因为这可算这学年中最好的教训了。"

弟弟的女先生　　十日

我的弟弟病了，那个女教师代尔卡谛先生来探望。原来，卖炭者的儿子，从前也是由这先生教过的，先生讲出可笑的故事来，引得我们都笑。两年前，那卖炭家小孩的母亲，因为她儿子得了奖牌，用很大的围裙包了炭，拿到先生那里，当作谢礼，先生无论怎样推辞，她终不答应，等拿了回家去的时候，居然哭了。先生又说，还有一个女人，曾把金钱装入花束中送给她。先生的话，使我们听了有趣发笑，弟弟在平日无论怎样不肯吃的药，这时也好好地吃了。

教导一年级的小孩，多少费力啊！有的牙齿未全，像个老人，发音发不好；有的要咳嗽；有的淌鼻血；有的因为靴子在椅子下面，说"没有了"哭着；有的因钢笔尖触痛了手叫着；有的把习字帖的第一册和第二册掉错了吵不清。要教会五十个有着软软的手的小孩写字，真是一件不容易的事。他们的袋里，藏着什么甘草、纽扣、瓶塞、碎瓦片等等的东西，先生要去搜查他们的时候，他们连鞋子里也会去藏。先生的话他们是一点也不听的，有时从窗口飞进一只苍蝇来，他们就大吵。夏天呢，把草拿进来，有的捉了甲虫在里面放；甲虫在室内东西飞旋，有时落入墨水瓶中，弄得习字帖里都溅污了墨水。先生代替了小孩们的母亲，替他们整顿衣装；他们的手指受了伤，替他们裹绷带；帽子落了，替他们拾起；替他们留心别拿错了外套；用尽了心叫他们不要吵闹。女先生真辛苦啊！可是，学生的母亲们还要来提意见：什么"先生，我儿子的钢笔尖为什么不见了？"什么"我的儿子一些都不进步,究竟为什么?”什么“我的儿子成绩那样的好,为什么得不到奖牌?”什么“我们配罗的裤子,被钉刺破了,你为什么不把那钉去了呢?”

据说:这先生有时对于小孩,受不住气闹,不觉举起手来,终于用牙齿咬住了自己的手指,把气忍住了。她发了怒以后,非常后悔,就去抚慰方才被骂过的小孩。也曾把顽皮的小孩赶出教室,赶出以后,自己却咽着泪。有时,学生的父母要责罚他们自己的小孩,不给食物吃,先生听见了,总是很不高兴,要去阻止他们这样做的。

先生年纪真轻,身材高长,衣装整齐,很是活泼。无论做什么事都像弹簧样地敏捷。是个多感而柔慈易出眼泪的人。

“孩子们都非常和你亲热呢。”母亲说。

“是这样的,可是一到学年完结,就大都不顾着我了。他们到了要受男先生教的时候,就以受女先生的教为耻哩。两年间,那样地爱护了他们,一旦离开,真有点难过。那个孩子是一向亲热我的,大概不会忘记我吧。心里虽这样自忖,可是一到放了假以后,你看!他回到学校里来的时候,我虽‘我的孩子,我的孩子!’地叫着走近他去,他却把头向着别处,睬也不睬你了哩。”

先生这样说了,暂时住了口。又举起她的湿润的眼睛,吻着弟弟说:

“但是,你不是这样的吧?你是不会把头向着别处的吧?你是不会忘记我的吧?”

我的母亲　　十日

安利柯！你当你弟弟的先生来的时候，对于母亲，说了非常失礼的话了！像那样的事，不要再有第二次啊！我听见你那话，心里苦得好像针刺！我记得：数年前你病的时候，你母亲恐怕你病不会好，终夜坐在你床前，数你的脉搏，算你的呼吸，担心得至于啜泣，我以为你母亲要发疯了，很是忧虑。一想到此，我对于你的将来，有点恐怖起来，你会对了你这样的母亲说出那样不该的话！真是怪事！那是为要救你一时的痛苦不惜舍去自己一年间的快乐，为要救你生命不惜舍去自己生命的母亲哩。

安利柯啊！你须记着！你在一生中，当然难免要尝种种的艰苦，而其中最苦的一事，就是失去了母亲。你将来年纪大了，尝遍了世人的辛苦，必有时候会几千次地回忆起你的母亲来的。一分钟也好，但求能再听听母亲的声音，只一次也好，但求再在母亲的怀里，作小儿样的哭泣，像这样的时候，必定会有的。那时，你忆起了对于亡母曾经给与种种苦痛的事来，不知要怎样地流后悔之泪呢！这不是可悲的事吗？你如果现在使母亲痛心，你将终生受良心的责备吧！母亲的优美慈爱的面影，将来在你眼里，将成了悲痛的轻蔑的样子，不绝地使你的灵魂痛苦吧！

啊！安利柯！须知道亲子之爱，是人间所有的感情中最神圣的东西，破坏这感情的人，实是世上最不幸的。人虽犯了杀人之罪，只要他是敬爱自己的母亲的，其胸中还有美的贵的部分留着；无论怎样有名的人，如果他是使母亲哭泣、使母亲痛苦的，那就真是可鄙可贱的人物。所以，对于亲生的母亲，不该再说无礼的话，万一一时不注意，把话说错了，你该自己从心里忏悔，投身于你母亲的膝下，请求赦免的接吻，在你的额上拭去不孝的污痕。我原是爱着你，你在我原是最重要的珍宝，可是，你对于你母亲如果不孝，我宁愿还是没有了你好。不要再走近我！不要来抱我！我现在没有心来还抱你！

——父亲

朋友可莱谛　　十三日

父亲饶恕了我了，我还悲痛着。母亲送我出去，叫我和门房的儿子大家到河边去散步。在河边走着，到了一家门口停着货车的店前，觉有人在叫我，回头去看，原来是同学可莱谛。他身上流着汗正在活泼地扛着柴。立在货车上的人抱了柴递给他，可莱谛接了运到自己的店里，急急地堆积着。

“可莱谛，你在做什么？”我问。

“你不看见吗！”他把两只手伸向柴去，一面回答我。“我正在复习功课哩！”他又这样接续着说。

我笑了，可是可莱谛却认真地在嘴里这样念着：“动词的活用，因了数——数与人称的差异而变化——”一面抱着一捆柴走去，放下了柴，把他堆好了：“又因动作起来的时而变化——”走到车旁取柴：“又因表出动作的法而变化。”

这是明日文法的复习。“我真忙啊！父亲因事出门去了，母亲病了在床上卧着，所以我不能不做事。一面做事，一面读着文法。今日的文法很难呢，无论怎样记，也记不牢。——父亲说过，七点钟回来付钱的哩。”他又向了货车的人说。

货车去了。“请进来!”可莱谛说。我进了店里,店屋广阔,满堆着木柴,木柴旁还挂着秤。

“今天是一个忙日,真的!一直没有空闲过。正想作文,客人来了。客人走了以后,执笔要写,方才的货车来了。今天跑了柴市两趟,腿麻木得像棒一样,手也硬硬的,如果想画画,一定弄不好的。”说着又用扫帚扫去散在四周的枯叶和柴屑。

“可莱谛,你用功的地方在那里?”我问。

“不在这里。你来看看!”他引我到了店后的小屋里,这屋差不多可以说是厨房兼食堂,桌上摆着书册、笔记簿,和已开了头的作文稿。“在这里啊!我还没有把第二题做好——用革做的东西。有靴子、皮带——还非再加一个不可呢——及皮袍。”他执了钢笔写着端正的字。

“有人吗?”喊声自外面进来,原来买主来了。可莱谛回答着“请进来!”奔跳出去,称了柴,算了钱,又在壁角污旧的卖货簿上把账记了,重新走进来:“非快把这作文写完了不可。”说着执了笔继续写上:“旅行包,兵士的背包——咿哟!咖啡滚了!”跑到暖炉旁取下咖啡瓶:“这是母亲的咖啡。我已学会了咖啡煮法了哩。请等一等,我们大家拿了这个到母亲那里去吧,母亲一定很欢喜的。母亲这个星期一直卧在床上。——呃,动词的变化——我好几次因这咖啡瓶烫痛了手呢,——兵士的背包以后,写些什么好呢?——非再写点上去不可——一时想不出来——且到母亲那里去吧!”

可莱谛开了门,我和他同入那小室。母亲卧在阔大的床上,头部包着白的头巾。

“啊!好哥儿?你是来望我的吗?”可莱谛的母亲看着我说。

可莱谛替母亲摆好了枕头，拉直了被，往炉子里加上了煤，赶出卧在箱子上的猫。

“母亲，不再饮了吗?”可莱谛说着从母亲手中接过杯子，“药已喝了吗？如果完了，让我再跑药店去。柴是已经卸好了。四点钟的时候，把肉拿来烧了吧。卖牛油的如果走过，把那八个铜子还了他就是了。诸事我都会弄好的，你不必多劳心了。”

“亏得有你！你可以去了。一切留心些。”他母亲这样说了，还叫我必定须吃块方糖。可莱谛指着他父亲的照相给我看。他父亲穿了军服，胸间挂着勋章，据说是在温培尔脱亲王部下的时候得来的。相貌和可莱谛印板无二，眼睛也是活泼泼的，也作着很快乐的笑容。

我们又回到厨房里来了。“有了!”可莱谛说着继续在笔记簿上写，“——马鞍也是革做的——以后晚上再做吧。今天非迟睡不可了。你真幸福，用功的功夫也有，散步的闲暇也有呢。”他又活泼地跑出店堂，将柴搁在台上用锯截断：

“这是我的体操哩。可是和那‘两手向前!’的体操是不同的了。我在父亲回来以前把这柴锯了，使他见了欢喜吧。最讨厌的，就是手拿了锯以后，写起字来，笔画要同蛇一样。但是也无法可想，只好在先生面前把事情直说了。——母亲快点病好才好啊！今天已好了许多，我真快活！明天鸡一叫，就起来预备文法吧。——咿哟！柴又来了。快去搬吧!”

货车满装着柴，已停在店前了。可莱谛走向车去，又回过来：“我已不能奉陪你了。明日再会吧。你来得真好，再会，再会！快快乐乐地散你的步吧，你真是幸福啊!”他把我的手紧握了一下，仍去来往于店车之间，脸孔红红地像蔷薇，那种敏捷的动作，使人看了也爽快。

“你真是幸福啊！”他虽对我这样说，其实不然，啊！可莱谛！其实不然。你才是比我幸福呢。因为你既能用功；又能劳动；能替你父母尽力。你比我要好一百倍，勇敢一百倍呢！好朋友啊！

校长先生　　十八日

可莱谛今天在学校里很高兴，因为他三年级时的先生到校里来做考试监督来了。这位先生名叫考谛，是个肥壮、大头、缩发、黑须的先生，眼光炯炯的，话声响如大炮。这先生常恐吓小孩们，说什么要撕断了他们的手足交付警察，有时还要装出种种可怕的脸孔。可是，他其实决不会责罚小孩的。他无论何时，总在胡须底下作着笑容，不过被胡须遮住，大家都看不出来。男先生共有八人，考谛先生之外，还有像小孩样的助手先生。五年级的先生是个跛子，平常围着大的毛围巾，据说，他在乡间学校的时候，因为校舍潮湿，壁里满是湿气，就得了病，到现在身上还是要作痛哩。那级里还有一位白发的老先生，据说以前是曾做过盲人学校的教师的。另外还有一位衣服华美，戴了眼镜，留着好看的颊须的先生。他在教书的时候，又自己研究法律，曾得过证书。所以得着一个“小律师”的绰号，这先生又曾著过《书简文教授法》的书。教体操的先生，是一位军人那样的人。据说曾经隶属于格里巴第将军的部下，项颈上留着弥拉查战争时的刀伤。还有一个就是校长先生，高身秃头，戴着金边的眼镜，花白的须，长长地垂在胸前。平常穿着黑色的衣服，纽扣一直扣到腮下。他是个很和善的先生。学生犯了规则被唤到校长室里去的时候，总觉得是战战兢兢的，先生并不责骂，只是携了那小孩的手，好好开导，叫他下次不要再有那种事，并且安慰他，叫他以后做好孩子。因为他是用了和善的声气，亲切地说的，小孩出来的时候总是红着眼睛，觉得比受罚还要难过。校长先生每晨第一个到校，等学生来，候父兄来谈话。别的先生回去了以后，他一个人还自己留着，在学校附近到处巡视，恐怕有学生被车子碰倒，或在路上恶顽的。只要一看见先生的那高而黑的影子，群集在路上逗留的小孩们，就会弃了玩具东西逃散。先生那时，总远远地用了难过而充满了情爱的脸色，吓住正在逃散的小孩们的。

据母亲说：先生自爱儿入了志愿兵死去以后，就不见有笑容了。现在校长室的小桌上，放着他爱儿的照相。先生遭了那不幸以后，一时曾想辞职，据说已将向市政所提出的辞职书写好，藏在抽屉里，因为不忍与小孩别离，还踌躇着未曾决定。有一天，我父亲在校长室和先生谈话，父亲向着先生说道："辞职是多么乏味的事啊！"这时，恰巧有一个人领了孩子来见校长，是请求他许可转学的。校长先生见了那小孩，似乎吃了一惊，将那小孩的相貌和桌上的照相比较打量了好久，拉小孩靠近膝旁，托了他的头，注视一会儿，说了一声"可以的"，记出姓名，叫他们父子回去，自己仍沉思着。我父亲又继续着说："先生一辞职，我们不是困难了吗？"先生听了，就从抽屉里取出辞职书，撕成二段，说："已把辞职的意思打消了。"

兵　士　　　　二十二日

校长先生自爱儿在陆军志愿兵中死去了以后，课外的时间，常常出去看兵队的通过。昨天又有一个联队在街上通过，小孩们都集拢了一处，和了那乐队的调子，把竹尺敲击皮袋或书夹，依了拍子跳旋着。我们也站在路旁，看着军队进行。卡隆穿了狭小的衣服，也嚼着很大的面包在那里站着看。还有衣服很漂亮的华梯尼呀；铁匠的儿子、穿着父亲的旧衣服的泼来可西呀；格拉勃利亚少年呀；“小石匠”呀；赤发的克洛西呀；相貌很平常的勿兰谛呀；炮兵大尉的儿子，因从马车下救出幼儿自己跛了脚的洛佩谛呀；都在一起。有一个跛了足的兵士走过，勿兰谛笑了起来。忽然，有人去抓勿兰谛的肩头，仔细一看，原来是校长先生。校长先生说：“注意！嘲笑在队伍中的兵士，好像辱骂在缚着的人，真是可耻的事！”勿兰谛立刻躲避到不知那里去了。兵士们分作四列进行，身上都流着汗，沾满了灰尘，枪映在日光中闪烁地发光。

校长先生对我们说：

“你们不能不感谢兵士们啊！他们是我们的保卫者。一旦有外国军队来侵犯我国的时候，他们就是代我们去拼命的人。他们和你们年纪相差不多，都是少年，也是在那里用功的。看哪！你们一看他们的面色就可知道全意大利各处的人都有在里面：西西利人也有，那不勒斯人也有，赛地尼亚人也有，隆巴尔地人也有。这是曾经加入过一八四四年战争的古联队，兵士虽经变更，军旗还是当时的军旗。在你们未诞生以前，为了国家，在这军旗下战死过的人，不知有多少呢！”

“来了！”卡隆叫着说。真的，军旗就在眼前兵士们的头上了。

“大家听啊！那三色旗通过的时候，应该行举手注目的敬礼的哩!”

一个士官捧了联队旗在我们面前通过,已是块块破裂褪了色的旗帜了,旗杆顶上挂着勋章。大家向着行举手注目礼,旗手对了我们微笑,举手答礼。

“诸位,难得,”后面有人这样说。回头去看,原来是年老的退职士官,纽孔里挂着克里米亚战役的从军徽章,“难得!你们做了好事了!”他反复着说。

这时候,乐队已沿着河岸转了方向了,小孩们的哄闹声与喇叭声彼此和着。老士官注视着我们说:“难得,难得!从小尊敬军旗的人,大起来就是拥护军旗的。”

耐利的保护者　　二十三日

驼背的耐利,昨天也在看兵士的行军,他的神气很可怜,好像说:“我不能当兵士了。”耐利是个好孩子,成绩也好,身体小而弱,连呼吸都似乎困苦的。他母亲是个矮小白色的妇人,每到学校放课时,总来接她儿子回去。最初,别的学生,都要嘲弄耐利,有的用了书包去碰他那突出的背,耐利却毫不反抗,且不将人家以他为玩物的话告诉他母亲,无论怎样被人玩弄,他只是靠在座位里无言哭泣罢了。

有一天,卡隆突然跳了出来对大家说:

“你们再碰耐利一碰,我一个耳光,要他转三个圈子!”

勿兰谛不相信这话,当真尝了卡隆的老拳,果然一掌去转了三个圈子。从此以后,再没有敢玩弄耐利的人了。先生知道这事,使卡隆和耐利同坐在一张桌子里。两人很要好,耐利尤爱着

卡隆，他到教室里，必要先看卡隆有没有到，回去的时候，没有一次不说"卡隆，再会！"的。卡隆也同样，耐利的钢笔书册等落到地下时，卡隆不要耐利费力，立刻俯下去替他拾起；此外，又替他帮种种的忙，或替他把用具装入书包里，或替他穿外套。耐利平常总向着卡隆，听见先生称赞卡隆，他就欢喜得如同称赞自己一样。耐利到了后来，好像已把从前受人玩弄、暗泣，幸赖一个朋友保护的事，告诉了他的母亲了。今天在学校里有这样的一件事:先生有事差我到校长室去,恰巧来了一个着黑衣服的小而白色的妇人,这就是耐利的母亲。“校长先生,有个名叫卡隆的,是在我儿子的一级里的吗”这样问。

“是的。”校长回答。

“有句话要和他说,可否请叫了他来?”

校长命校役去叫卡隆,不一会儿,卡隆的大而短发的头已在门框间看见了。他不知叫他为了何事,正露出着很吃惊的样子。那妇人一看见他,就跳了过去。将腕弯在他的肩上,不绝地吻他的额:

“你就是卡隆!是我儿子的好朋友!帮助我儿子的!就是你!好勇敢的人!就是你!”说着,急忙地用手去摸衣袋,又取出荷包来看,一时找不出东西,就从颈间取下带着小小十字架的链子来,套上卡隆的颈项:

“将这给你吧,当作我的纪念!——当作感谢你,时时为你祈祷着的耐利的母亲的纪念!请你挂着吧!”

级　长　　　　　　　　　　　　　　　　二十五日

卡隆令人可爱,代洛西令人佩服。代洛西每次总是第一,取得一等奖,今年大约仍是如此的。可以敌得过代洛西的人,一个都没有。他什么都好,无论算术、作文、图画,总是他第一。他一学即会,有着惊人的记忆力,凡事不费什么力气,学问在他,好像游戏一般。先生昨天向着他说:

“你从上帝享受得非常的恩赐,不要自己暴弃啊!”

并且,他身材高大,神情挺秀,黄金色的发,蓬蓬地覆着头额。身体轻捷，只要片手一当，就能轻松地跳过椅子。剑术也已学会了。年纪十二岁，是个富商之子。穿着青色的金纽扣的衣服，平常总是高兴活泼，待什么人都和气，测验的时候肯教导别人。对于他，谁都不曾说过无礼的话。只有诺琵斯和勿兰谛白眼对他，华梯尼看他时，眼里也闪着嫉妒的光。可是他却似毫不介意这些的。同学见了他，谁也不能不微笑，他做了级长，来往桌位间收集成绩的时候，大家都要去捉他的手。他从家里得了画片来，如数分赠朋友，还画了一张小小的格拉勃利亚地图送给那格拉勃利亚小孩。他给东西与别人的时候，总是笑着，好像不以为意的。他不偏爱那一个，待那一个都一样。我有时候比不过他，不觉难过，啊！我也和华梯尼一样，嫉妒着代洛西呢！当我拼了命思索难题的时候，想到代洛西此刻早已完全做好，无气可出，常常要气怒他，但是一到学校，见了他那秀美而微笑的脸孔，听着他那可爱的话声，接着他那亲切的态度，就把气怒他的念头消释，觉得自己可耻，觉得和他在一处读书，是很可喜的了。他的神情，他的声音，都好像替我鼓吹勇气热心和快活喜悦的。

先生把明天的“每月例话”稿子交给代洛西，叫他誊清。他今天正写着。好像他对于那篇讲演的内容非常感动，脸孔烧着火红，眼睛几乎要下泪，嘴唇也颤着。那时他的神气，看去真是纯正！我在他面前，几乎要这样说：“代洛西！你什么都比我高强，你比了我，好像一个大人！我真正尊敬你，崇拜你啊！”

少年侦探（每月例话）　　　　一十六日

一八五九年，法意两国联军因救隆巴尔地，与奥地利战争，曾几次打破奥军。这正是那时候的事:六月里一个晴天的早晨,意国骑兵一队,沿了间道徐徐前进,一面侦察敌情。这队兵是由一士官和一军曹指挥着的,都噤了口注视着前方,看有没有敌军前哨的光影。一直到了在树林中的一家农舍门口,见有一个十二岁光景的少年立在那里,用小刀切了树枝削做杖棒。农舍的窗间飘着三色旗,人已不在了。因为怕敌兵来袭,所以插了国旗逃了的。少年看见骑兵来,就弃了在做的杖,举起帽子。是个大眼活泼而面貌很好的孩子,脱了上衣,正露出着胸脯。

“在做什么?”士官停了马问。“为什么不和你家族逃走呢?”

“我没有家族,是个孤儿。也会替人家做点事,因为想看看打仗,所以留在这里的。”少年答说。

“见有奥国兵走过么?”

“不,这三天没有见到过。”

士官沉思了一会儿,下了马,命兵士们注意前方,自己爬上农舍屋顶去。可是那屋太低了,望不见远处,士官又下来,心里想,“非爬上树去不可”。恰巧农舍面前有一株高树,树梢在空中飘动着。士官考虑了一会儿,把树梢和兵士的脸孔,上下打量,忽然,向着少年:

“喂!孩子!你眼力好吗?”

“眼力吗,一里外的雀儿也看得见呢。”

“你能上这树梢吗?”

“这树梢!我?那真是不要半分钟的工夫。”

“那末,孩子!你上去替我望望前面有没有敌兵,有没有烟气,有没有枪刺的光和马那种东西?”

“就这样吧。”

"应该给你多少?"

"你说我要多少钱吗? 不要! 我欢喜做这事。如果是敌人叫我,我那里肯呢? 为了国家才肯如此。我也是隆巴尔地人哩!"少年微笑着回答。

"好的,那末你上去。"

"且慢,让我脱了皮鞋。"

少年脱了皮鞋,把腰带束紧了,将帽子掷在地上,抱向树干去。

"当心!"士官的叫声,好似要他下来,少年用了那青色的眼,回过头去看着士官,似乎问他什么。

"没有什么,你上去。"

少年就像猫样地上去了。

"注意前面!"士官向着兵士叫喊。少年已爬上了树梢。身子被枝条网着。脚虽因树叶遮住了不能看见,上身却可从远处望见。那蓬蓬的头发,在日光中闪作黄金色。树真高了,从下面望去,少年的身体缩得很小了。

"一直看前面!"士官叫着说。少年将右手放了树干,遮在眼上望去。

"见到什么吗?"士官问。

少年向了下面,用手圈成喇叭套在嘴上回答说:"有两个骑马的在路上站着呢。"

"离这里多少?"

"半里。"

"在那里动吗?"

"只是站着的。"

“别的还看见什么？向右边看。”

少年向右方望：“近墓地的地方，树林里有什么亮晶晶的东西，大概是枪刺吧。”

“不看见有人吗？”

“没人，恐是躲在稻田中吧。”

这时，“嘶”地子弹从空中掠了过来，落在农舍后面。

“下来！已被敌人看见你了。已经好了，下来！”士官叫着说。

“我不怕。”少年回答。

“下来！”士官又叫，“左边不见有什么吗？”

“左边？”

“唔，是的。”

少年把头向左转去。这时，有一种比前次更尖锐的声音就在少年头上掠过。少年一惊，不觉叫道：“他们向我射击起来了。”枪弹正从少年身旁飞过，真是只有一发之差。

“下来！”士官着急地叫。

“立刻下来了。但是现在已有树叶遮住，不要紧了。你说看左边吗？”

“唔，左边。但是，可下来了！”

少年把身体突向左方，大声地：“左边有寺的地方——”话犹未完，又一声很尖锐的声音，掠过空中。少年像是忽然下来了，还以为他正在靠住树干，不料即张开了手，石块似的落在地上。

“完了！”士官绝叫着跑上前去。

少年仰天横在地上，伸了两手死了。军曹与两个兵士，从马上飞跳下来。士兵伏在少年身上，解开了他的衬衫一看，见枪弹正中在右肺。“没有希望了！”士官叹息着说。

“不，还有气呢！”军曹说。

“唉！可怜！难得的孩子！喂！当心！”士官说着，用手巾抑住伤口，少年两眼炯炯地张了一张。头就向后垂下，断了气了。士官苍白着脸对少年看了一看，就把少年的上衣铺在草上，将尸体静静横倒，自己立了看着，军曹与两个兵士也立视着不动。别的兵士注意着前方。“可怜！把这勇敢的少年——”士官这样反复地说了，忽然转念，把那窗口的三色旗取下，罩在尸体上当作尸衣，军曹集拢了少年的皮鞋、帽子、小刀、杖等，放在旁边。他们一时都静默地立着，过了一会儿，士官向军曹说道：“叫他们拿担架来！这孩子是当作军人而死，可以用军人的礼仪来葬他的。”说着，向着少年的尸体，吻了自己的手再用手加到尸体上，代替接吻。立刻向兵士们命令说：“上马！”

一声令下，全体上了马继续前进，经过数小时之后，这少年就在军队里受到了下面那样的敬礼：

日没时，意大利军前卫的全线，向敌行进，数日前把桑马底诺小山染成血红的一大队射击兵，从今天骑兵通行的田野路上作了两列进行。少年战死的消息，出发前已传遍全队，这队所取的路径，与那农舍相距只隔几步。在前面的将校等，见大树下的用三色旗遮盖着的少年，通过时都捧了剑表示敬意。一个将校俯下小河的岸摘取东西散开着的花草，洒在少年身上，全队的兵士也都模仿着摘了花向尸上投洒，一瞬间，少年已埋在花的当中了。将校兵士都大家齐声叫说：“勇敢啊！隆巴尔地少年！”“再会！朋友啊！”“金发儿万岁！”一个将校把自己挂着的勋章投了过去，还有一个走近去吻他的额。草花仍继续地有人投过去，落雨般地洒在那可怜的脚上、染着血的臂上、黄金色的头上，少年包了旗横卧在草上，露出苍白的笑脸，啊！他好像是听了许多人的称赞，把为国丧生的事当作了自己的最大的满足！

贫　民　　　　　　　　　　二十九日

安利柯啊！像隆巴尔地少年的为国捐身，固然是大大的德行，但你不要忘记，我们此外不可不为的小德行，不知还有多少啊！今天你在我的前面走过街上时，有一个抱着瘦小苍白的小孩的女乞丐向你讨钱，你什么都没有给，只看着走开罢咧！那时，你袋中是应该有着铜币的。安利柯啊！好好听着！不幸的人伸了手求乞时，我们不该假装不知的啊！尤其是对于为了自己的小儿而求乞的母亲，不该这样。这小儿或者正饥饿着也说不定，如果这样，那母亲的难过将怎样呢？假定你母亲不得已要至于对你说"安利柯啊！今日不能再给你食物了呢"的时候，你想！那时的母亲，心里是怎样？

给与乞丐一个铜币，他就会从真心感谢你，说："神必保佑你和你家族的健康。"听着这祝福时的快乐，是你所未曾尝到过的。受着那种言语时的快乐，我想，真是可以增加我们的健康的。我每从乞丐听到这种话时，觉得反不能不感谢乞丐，觉得乞丐所报我的比我所给他的更多，常这样怀着满足回到家里来。你碰着无依无靠的盲人，饥饿的母亲，无父母的孤儿的时候，可从钱包中把钱分给他们。仅在学校附近看，不是已有许多贫民了吗？贫民所欢喜的，特别是小孩的施与，因为：大人施与他们时，他们觉得比较低下，从小孩手里接受则是觉得不足耻的。大人的施与不过只是慈善的行为，小儿的施与于慈善外还有着亲切——你懂吗？用譬喻说，好像从你手里落下花和钱来的样子。你要想想：你什么都不缺乏，世间有缺乏着一切的；你在求奢侈，世间有但求不死就算满足的。你又要想想：在充满了许多殿堂车马的都市之中，在穿着华美服装的小孩们之中，竟有着无衣无食的女人和小孩，这是何等可寒心的事啊！他们没有食物吃哪！不可怜吗？在这大都市中，有许多品质也同样的好，很有才能的小孩，穷得没有食物，像荒野的兽类一样；啊！安利柯啊！从此以后，如遇有乞食的母亲，不要再不给一钱管自走开！

——父亲

第三卷 十二月

商　人　　　　　　　　　　一日

父亲叫我在休假日招待朋友来家或去访问他们，以达到彼此亲密。所以，这次星期日预备和那漂亮人物华梯尼去散步。今天卡洛斐来访，——就是那身材瘦长，长着鸦嘴鼻，生着狡猾的眼睛的。他是杂货店里的儿子，真是一个奇人。袋里总带着钱，数钱的本领，要算一等。心算的快，更无人能及了。他又能储蓄，无论怎样，决不滥用一钱。即使有五厘铜币落在座位下面，他虽费了一星期的功夫，也必须找到了才肯罢休。不论是用旧了的钢笔尖、编针、点剩的蜡烛或是旧邮票，他都好好地收藏起来。他已费二年的功夫收集旧邮票了，好几百张地粘在大大的空簿上，各国的都有，说是粘满了就去卖给书店的。他常拉了同学们到书店购物，所以书店肯把笔记簿送他。他在学校里，也经营着种种的交易；有时把东西向人买进，有时呢，卖给别人；有时发行彩票；有时把东西和别人交换；交换了以后，有时懊悔了，还要依旧掉回。他善作投钱的游戏，一向没有输过。集了旧报纸，也可以拿到纸烟店里去卖钱。他带着一本小小的手册，把账目细细地记在里面。在学校，算术以外，是什么都不用功的。他也想得奖牌，但这不过因为想不花钱去看傀儡戏的缘故。他虽是这样的一个奇人,我却很喜欢他。今天,我和他一同做买卖游戏,他很熟悉物品的市价,称戥也知道,至于折叠喇叭形的包物的纸袋,恐怕一般商店里的伙计,也比不上他。他自己说,出了学校,要去经营一种新奇的商店呢。我赠了他四五个外国的旧邮票,他那脸上的欢喜,真是了不得,并且还说明每张邮票的卖价给我听。当我们正在这样玩着的时候,我父亲虽在看报纸,却静听着卡洛斐的话,他那样子,看去好像听得很有趣味似的。

卡洛斐袋里满装着物品,外面用长的黑外套遮盖着。他平时总是商人似的在心里打算着什么。他最看重的要算那邮票簿了,这好像是他的大大的财产,他平日不时和人谈及这东西。大家都骂他是鄙吝者,说他是盘剥重利的,但我不知道为什么,却欢喜他。他教给我种种的事情,俨然像个大人。柴店里的儿子可莱谛说,他虽到用那邮票簿可以救母亲生命的时候,也不肯舍了那邮票簿的。但我的父亲却不信这话。父亲说:

"不要那样批评人,那孩子虽然气量不大,但也有亲切的地方哩!"

虚荣心　　五日

昨日与华梯尼及华梯尼的父亲,同在利华利街方面散步。斯带地立在书店的窗外看着地图,他是无论在街上、在何处也会用功的人,不晓得是什么时候到了这里的。我们和他招呼,他只把头一回就算,好不讲理啊!

华梯尼的装束,不用说是很漂亮的。他穿着绣花的摩洛哥皮的长靴,着了绣花的衣裳,衣扣是绢包裹了的,戴了白海狸的帽子，戴了挂表，阔步地走着。可是，昨天的华梯尼，因为虚荣心却遇到了很大的失败了。他父亲走路很缓，我们两个一直在前，向路旁石凳上坐下。那里又坐了一个衣服朴素的少年，他好像很疲倦了，垂下了头在沉思。华梯尼坐在我和那少年的中间，忽然似乎记起自己的服装华美，想向少年夸耀了，举起脚来对我说：

“你见了我的军靴了吗？”意思是给那少年看的，可是少年竟毫不注意。华梯尼放下了脚，指绢包的衣扣给我看，一面眼瞟着那少年说：“这衣扣不合我意，我想换了那银的。”那少年仍不向他一看。

于是，华梯尼将那白海狸的帽子用手指顶着打起旋来，少年也不瞧他，好像竟是故意如此的。

华梯尼愤然地把挂表拿出，开了后盖，叫我看里面的机械。那少年到了这时，仍不抬起头来，我问：“这是镀金的吧？”

“不，金的罗！”华梯尼答说。

“不会是纯金的，多少总有一点银在里面吧？”

“哪里！那是没有的。”华梯尼说着把挂表送到少年面前，向着他说：

“你，请看！不是纯金的吗？”

“我不知道。”少年淡然地说。

“嗄呀！好骄傲！”华梯尼怒了，大声说。

这时，恰巧华梯尼的父亲也来了，他听见这话，向那少年注视了一会儿，尖声地对自己的儿子：“别作声！”又附近儿子的耳朵：“这是一个瞎了眼的。”

华梯尼惊跳了起来，去细看少年的面孔，见那眼珠宛如玻璃，果然是什么都不能见的。

华梯尼羞耻了，默然地把眼注视着他，过了一会儿，终于非常难为情地这样说："我不好，我没有知道。"

那瞎少年好像已明白了一切了。用了亲切的、悲哀的声音：

"哪里！一点没有什么。"

华梯尼虽好卖弄阔绰，但却全无恶意。他为了这事，在散步中一直都不曾笑。

初　雪　　　　　　十日

利华利街的散步，暂时不必再想，现在，我们美丽的朋友来了——初雪下来了！从昨天傍晚，已大片飞舞，今晨积得遍地皆白。雪花在学校的玻璃窗上，片片地打着，窗框周围也积了起来，看了真有趣，连先生也搽着手向外观看。一想起做雪人呀，摘檐冰呀，晚上烧红了炉，围着谈有趣的故事等等的事来，大家都无心上课。只有斯带地独自热心地在对付功课，毫不管下雪的事。

放了课回去的时候，大家多高兴啊！都大声狂叫了跳着走，或是手抓了雪，或是在雪中跑来跑去。来接小孩的父兄们拿着的伞，上面也完全白了，警察的帽上也白了，我们的书包，一不顾着也转瞬白了。大家都喜欢得像发狂，永没有笑脸的铁匠店里的儿子泼来可西，今天也笑了；从马车下救出了小孩的洛佩谛，也挂了拐杖跳着；还未曾手触着过雪的格拉勃利亚少年，把雪团拢了，像桃子样地吃着；卖菜人家的儿子克洛西把雪装到书包里去。最可笑的是"小石匠"，我父亲叫他明天来玩的时候，他口里正满含着雪，欲吐不得，欲咽不能，只是默然地眼看着父亲的脸孔。大家见了都笑了起来。

女先生们也都跑着出来，也好像很高兴的。我那二年级时的可怜的病弱的先生，也咳嗽着在雪中跑来了。女学生们"呀呀"地从隔壁的学校哄出，在敷了毛毡样的雪地上来回跳跃，先生们都大声叫着说："快回去，快回去！"他们看了在雪中狂喜的小孩们，也是笑着。

安利柯啊！你因为冬天来了快乐着，但你不要忘记！世间有许多无衣无履、无火暖身的小孩啊！因为要想使教室暖些，在迸出了血的冻疮手中拿着许多薪炭到远远的学校里去的小孩也有；又，世界之中，全然埋在雪中样的学校也很多，在那种地方，小孩都震抖着牙根，看了不断下降的雪，抱着恐怖，那雪一积多，从山上崩倒下来，连房屋也要被压入了的。你们因为冬天来了欢喜，但不要忘了冬天一到世间，就有许多人要冻死的啊！

——父亲

"小石匠" 十一日

今天，"小石匠"到家里来访问我们了。他着了父亲穿旧的衣服，满身都沾着石粉与石灰。他如约到了我们家里，我很快活，我父亲也欢喜。

他真是一个有趣的小孩。一进门，就脱去了被雪打湿了的帽子，塞在袋里，阔步地到了里面，用了那苹果样的脸孔，向一切注视。他走进餐室，把周围陈设打量了一会儿，看到那驼背的滑稽画，就装一次兔脸。他那兔脸，谁见了也不能不笑的。

我们作积木的游戏，“小石匠”关于筑塔造桥有异样的本领，一遇到这种事情，就坚忍不倦地认真去做，样子居然像大人。他一面玩着积木，一面告诉我自己家里的事情：据说，他家只有一间屋阁，父亲夜间进着夜学校，又说，母亲还替人家洗着衣服呢。我看他父母必是很爱他的。他衣服虽旧，却穿得很温暖，破绽了的地方，也很妥帖地补缀在那里，像领带那种东西，如果不经母亲的手，也断不能结得那样整齐好看的。他身形不大，据说，他父亲是个身材高大的人，进出家门，都须弯着身，平时呼他儿子叫“兔头”的。

到了四时，我们坐在安乐椅上，吃牛油面包。等大家离开了椅子以后，我看见“小石匠”上衣里沾着的白粉，染到椅背上了，就想用手去扑。不知为了什么，忽然父亲抑住我的手，过了一会儿，父亲自己却偷偷地把它拭了。

我们游戏中，“小石匠”上衣的纽扣，忽然落下了一个，我母亲替他缝缀，“小石匠”红了脸在旁看着。

我将滑稽画册给他看，他不觉一一装出画上的面容来，引得父亲也大笑了。回去的时候，他非常高兴，至于忘记去戴他的破帽。我送他出门，他又装了一次兔脸给我看，当作答礼。他叫安东尼阿·拉勃柯，年纪是八岁零八个月。

安利柯啊！你去扑椅子的时候，我为什么阻止你，你不知道吗？这因为在朋友面前如果扑了，那就无异于骂他说：“你为什么把这弄脏了？”他并不是有意弄污，并且他衣服上所沾着的东西，是从他父亲工作时沾来的。凡是从工作上带来的，决不是脏东西，不管它是油石灰、漆或是尘埃，决不脏。劳动不会生出脏东西来，见了劳动着的人，决不应该说“啊！脏啊！”应该说“他身上有着劳动的痕迹。”你不要把这忘了！你应该爱“小石匠”，一则，他是你的同学，二则，他是个劳动者的儿子。

——父亲

雪　球　　　　　　　　　　十六日

雪还是不断地下着，今天从学校回来的时候，雪地里发生了一件可怜的事：小孩们一出街道，就将雪团成了石头样硬的小球来往投掷，有许多人正在旁边通过，行人之中，有的叱叫着说：“停止！停止！你们太顽皮了。”忽然，听见惊人的叫声，急去看时，有一老人落了帽子，双手遮了脸，在那里蹒跚着。一个少年立在旁边正叫着：“救人啊！救人啊！”

人从四方集来，原来老人被雪球打伤了眼了！小孩们立刻四面逃散，我和父亲立在书店面前，向我们这边跑来的小孩也有许多。嚼着面包的卡隆、可莱谛、“小石匠”、收集旧邮票的卡洛斐，都在里面。这时，老人已被人围住，警察也赶来了。也有向这里那里来回跑着的人。大家都齐声说：“是谁掷伤了的？”

卡洛斐立在我旁边，颜色苍白，身体战抖着。“谁？谁？谁闯了这祸？”人们叫着说。

卡隆走近来，低声向着卡洛斐说：“喂！快走过去承认了，瞒着是卑怯的！”

“但是，我并不是故意的。”卡洛斐声音抖抖地回答。

“虽然不是故意的，但责任总要你负。”卡隆说。

“我不敢去!”

“那不成！来！我陪你去。”

警察和观者的叫声,比前更高了:“是谁投掷的? 眼镜打碎,玻璃割破了眼,怕要变瞎子了。投掷的人真该死!”

那时的卡洛斐,我以为要跌倒在地上了。“来！我替你想法。”卡隆说着,捉了卡洛斐的手臂,扶病人样地拉了卡洛斐过去。群众见这情形,也猜测知道闯祸的是卡洛斐,有的竟捏紧了拳头想打他。卡隆把他们推开了说:“你们集了十个以上的大人,来和一个小孩作对手吗?”人们才静了不动。

警察携了卡洛斐的手,推开人群,带了卡洛斐到那老人暂时睡着的人家去。我们也随后跟着走。走近一看,原来那受伤的老人,就是和他的侄子同住在我们上面五层楼上的一个雇员。他卧在椅子上,用手帕盖住着眼睛。

“我不是故意的。”卡洛斐用了几乎听不清楚的低声,战抖抖地反复着说。观者之中,有人挤了进来,大叫“伏在地上谢罪!”要想把卡洛斐推下地去。这时,另外又有一人用两腕将他抱住,说:“咿呀,诸位！不要如此。这小孩已自己承认了,不要再这样责罚他,不也可以了吗?”那人就是校长先生。先生向着卡洛斐说:“快赔礼!”卡洛斐眼中忽然迸出泪来,前去抱住老人的膝,老人伸手来摸卡洛斐的头,且抚掠他的头发。大家见了都说:

“孩子！去吧。好了,快回去吧。”

父亲拉着我出了人群,在归路上向我说:“安利柯啊！你在这种时候,有自白过失承担责任的勇气吗?”我回答他:“我愿这样做。”父亲又重复地问我:“你现在能对我立誓说必定这样吗?”我说:“是的,立了誓这样做,父亲!”

女教师　　十七日

卡洛斐怕先生责罚他，今天很担心。不料先生今天缺席，连助手先生也没有在校，由一个名叫克洛弥夫人的年龄最大的女先生来代课。这位先生有两个很大的儿子，其中一个正病着，所以她今天很有忧容。学生们见了女先生，就喝起彩来，先生用了和婉的声音说："请你们对我的白发表示些敬意，我不但是教师，还是母亲呢。"于是大家都肃静了，唯有那铁面皮的勿兰谛，还在那里嘲弄着先生。

我弟弟那年级的级任教师代尔卡谛先生，到克洛弥先生所教的一级里去了，另外有个绰号叫"尼姑"的女先生，代着代尔卡谛先生教那级的课。这位女先生平时总穿黑的罩服，是个白皮肤、头发光滑、炯眼、细声的人。无论何时，好像总在那里祈祷，性格很柔和，用那种丝一样的细声说话，听去几乎不能清楚。发大声和动怒那样的事是决没有的。虽然如此，只要略微举起手指训诫，无论怎样顽皮的小孩，也立刻不敢不低了头静肃就范，刹时间教室中就全然像个寺院了，所以大家都称她作"尼姑"。

此外，还有一位女先生，也是我所喜欢的。那是一年级三号教室里的年青的女教师。她脸色好像蔷薇，颊上有着两个笑涡，小小的帽子上插着长而大的红羽，项上悬着黄色的小十字架。她自己本是快活，学生也被她教得变成快活。她说话的声音，像银球转滚，听去和在那里唱歌一样。有时小孩喧扰，她常用教鞭击桌，或是拍手，来镇静他们。小孩从学校回去的时候，她也小孩似的跳着出来，替他们整顿行列，帮他们戴好帽子，外套的扣子不扣的代他们扣好，叫他们不要伤风。恐怕他们路上争吵，一直送他们出了街道。见了小孩的父亲，教他们在家里不要打小孩，见小孩咳嗽，就把药送他，伤风的时候把手套借给他。年幼的小孩们缠住她，或要她接吻，或去抓她的面纱，拉她的外套，吵得她很苦，但她永不禁止，总是微笑着一一地去吻他们。她回家去的时候，身上不论衣服，不论什么，都已被小孩们弄得很不好看，但她仍是快快活活地回去。她又是在女学校教女学生绘画，据说，她用了一人的薪金，抚养着母亲和弟弟呢。

负伤者访问　　　　　　　　　　十八日

伤了眼睛的老人的侄子，就是帽上插红羽的那位女先生所担任一级里的学生。今天在他叔父家里看见他了，叔父像自己儿子一样地爱着他。今晨，才替先生抄清好下星期要用的每月例话《少年笔耕》，父亲说："我们到那五层楼上去望望那受伤的老人吧，看他的眼睛怎样了。"

我们走进了那暗沉沉的屋里，老人高枕卧着，他那老妻坐在旁边陪着，侄子在屋角游戏。老人见了我们，很欢喜，叫我们坐，说已大好了，受伤的并不是要紧地方，四五日内可全好的。

"只不过受了一些些伤。可怜！那孩子正担心着吧？"老人说。又说医生立刻要来。恰巧门铃响了。他老妻说："医生来了。"前去开门，我看时，来的却是卡洛斐，他穿了长外套，立在门口，低了头好像不敢进来。

"谁？"老人问。

"就是那掷雪球的孩子。"父亲说。

老人听了："嘎！是你吗？请进来！你是来看望我的，是吗？已经大好了，请放心。立刻就复原的。请进来！"

卡洛斐似乎不看见我们也在这里，他忍住了哭走近老人床前去。老人抚摩着他：

"谢谢你！回去的时候，告诉你父亲母亲，说经过情形很好，叫他们不必挂念。"

卡洛斐立着不动，似乎像还有话要说。

"你还有什么事吗？"老人说。

"我，也没有别的。"

"那末，回去吧！再会，请放心！"

卡洛斐走出门口，仍立住了，眼看着送他出去的侄子的脸。忽然从外套里面拿出一件东西交给那侄子，低声地说了一句："这给了你。"就一溜烟去了。

那侄子将东西拿给老人看，包纸上写着"奉赠"。等打开包纸，我见了不觉大惊。那东西不是别的，就是卡洛斐平日那样费尽心血，那样珍爱着的邮票簿。他竟把那比生命还重视的宝物，拿来当作报答原宥之恩的礼品了。

少年笔耕(每月例话)

叙利亚是小学五年级生，十二岁，是个黑发白皮肤的小孩。他父亲在铁路作雇员，在叙利亚以下，还有着许多儿女，一家营着清苦的生计，还是拮据不堪。父亲不以儿女为累赘，一味爱着他们，对于叙利亚，百事依从，唯有对于他在学校的功课，却毫不放松地督促他用功。这因为想他快些毕业，得着较好的位置，来帮助一家生计的缘故。

父亲的年纪已大了,并且因为一向辛苦,面容更老。一家生计,全担在他肩上,他于日间铁路工作以外,又从别处接了书件来抄写,每夜执笔伏案到很迟了才睡。近来,某杂志社托他写封寄杂志给定户的封条,用了大大的正楷字写,每五百条写费六角。这工作好像很辛苦,老人每于食桌上向自己家里人叫苦:

"我眼睛似乎坏起来了。这个夜工,要把我的寿命缩短呢!"

有一天,叙利亚向他父亲说:"父亲!我来替你写吧。我也能写得和你一样地好呢。"

但是,父亲终不许可:"不要,你应该用你的功,功课在你是大事,就是一小时,我也不愿夺了你的时间的。你虽有这样的好意,但我决不愿累你;以后不要再说这话了。"

叙利亚向来知道父亲的性格,也不强请,只独自在心里想法。他每夜夜半听见父亲停止工作,回到卧室里去。有好几次,十二点钟一敲过,立刻听到椅子向后拖的声音,接着就是父亲轻轻回卧室去的脚步声。一天晚上,叙利亚等父亲去睡了以后,起来悄悄地穿好衣裳,蹑着脚步走进父亲写字的屋间里,把油灯点着。案上摆着空白的纸条和杂志定户的名册,叙利亚就执了笔,仿着父亲的笔迹写起来,心里既欢喜又有些恐惧。写了一会儿,条子渐渐积多,放了笔把手搓一搓提起精神再写。一面动着笔微笑,一面又侧了耳听着动静,怕被父亲起来看见。写到一百六十张,算起来值两角钱了,方才停止,把笔放在原处,熄了灯,蹑手蹑脚地回到床上去睡。

第二天午餐时,父亲很是高兴。原来他父亲是一些不觉着的。每夜只是机械地照簿誊写,十二点钟一敲就放了笔,早晨起来把条子数目一算罢了。那天父亲真高兴，拍着叙利亚的肩说：

“喂！叙利亚！你父亲还着实未老哩！昨晚三小时里面，工作要比平常多做三分之一。我的手还很自由，眼睛也还没有花。”

叙利亚虽不说什么，心里却快活。他想：“父亲不知道我在替他写，却自己以为还未老呢。好！以后就这样去做吧。”

那夜到了十二时，叙利亚仍起来工作。这样经过了好几天，父亲依然不曾知道。只有一次，父亲在晚餐时说：“真是奇怪！近来灯油突然多费了。”叙利亚听了暗笑，幸而父亲不更说别的，此后他就每夜起来抄写。

叙利亚因为每夜起来，不觉渐渐睡眠不足，朝起觉着疲劳，晚间复习要打瞌睡。有一夜：叙利亚伏在案上睡熟了，那是他生后第一次的打盹。

“喂！用心！用心！做你的功课！”父亲拍着手叫说。叙利亚张开了眼，再去用功复习。可是第二夜，第三夜，又同样打盹，愈弄愈不好：总是伏在书上睡熟，或早晨晏起，复习功课的时候，总是带着倦容，好像对于功课很厌倦了似的。父亲见这情形，屡次注意他，结果至于动气，虽然他是一向不责骂小孩的。有一天早晨，父亲对他说：

“叙利亚！你真对不起我！你和从前，不是变了样子了吗？当心！一家的希望都在你身上呢。你知道吗？”

叙利亚出世以来第一次受着叱骂，很是难受。心里想：“是的，那样的事不能够长久做下去的，非停止不可。”

可是，这天晚餐的时候，父亲很高兴地说：“大家听啊！这个月比前月多赚六元四角钱呢。”又从食桌抽屉里取出一袋果子来，说是买来一家庆祝的。小孩们都拍手欢乐，叙利亚也因此把心重新振作起来，元气也恢复许多，心里自语道："咿呀！还是再接续做吧。日间多用点功，夜里依旧工作吧。"父亲又接着说："六元四角哩！这虽很好，只有这孩子——"说着指了叙利亚："我实在觉得可厌！"叙利亚默然受着责备，忍住了要迸出来的眼泪，但心里却觉得欢喜。

从此以后，叙利亚仍是拼了命工作，可是，疲劳之上，更加疲劳，终于难以支持。这样过了两个月，父亲仍是叱骂他，对他的脸色更渐渐可怕起来。有一天，父亲到学校去访问先生，和先生商量叙利亚的事。先生说："是的，成绩好是还好，因为他的资质原是聪明的。但是不及以前的热心了，每日总是打着哈欠，似乎要想睡去，思想不能集中在功课上。叫他作文，他只是短短地写了点就算，字体也草率了，他原是可以更好的。"

那夜父亲唤叙利亚到他旁边，用了比平常更严厉的态度对叙利亚说：

"叙利亚！你知道我为了养活一家，怎样地劳动着？你不知道吗？我为了你们，是在把命拼着呢！你竟什么都不想想，也不管你父母兄弟怎样！"

"啊！并不！请不要这样说！父亲！"叙利亚咽着泪说，正要想把经过的一切声明，父亲又来拦住他的话头了：

"你应该知道家里的境况。一家人要刻苦努力才可支持得住，这是你应该早已知道了的。我不是那样努力做着加倍的工作吗？本月我原以为可从铁路局得到二十元的奖金的，已预先派入用途，不料到了今天，才知道那笔钱是没有希望的了。"

叙利亚听了把口头要说的话重新抑住，自己心里反复着说：

"咿呀！不要说，还是始终隐瞒了仍替父亲工作吧。对父亲不起的地方，从别的地方来补报吧。功课原是非用功使他及格不可的，但最要紧的，就是要帮助父亲，养活一家，略微减去父亲的疲劳。是的，是的。"

又过了两个月。儿子仍继续着夜里的工作，日间疲劳不堪，父亲依然见了他就动怒。最可痛的是父亲对于儿子渐渐冷淡。好像以为此子太不忠实，是没有什么希望的了，不多向他说话，甚至不愿看见他。叙利亚见这光景，心痛的了不得，父亲背向了他的时候，他几乎要从背后下拜。悲哀疲劳，使他愈加衰弱，脸色愈苍白，学业也似乎愈不勤勉了。他自己也知道非停止夜工作不可，每夜就睡的时候，常自己对自己说："从今夜起，真是不再夜半起来了。"可是，一到了十二点钟，以前的决心，不觉忽然松懈，好像如果睡着不起，就是避了自己的义务，把家里的钱偷用了两角的样子。于是熬不住了仍旧起来。他以为父亲总有一日会起来看见他。或者偶然在数纸的时候会发觉他的作为的。到了那时，自己虽不声明，父亲自然会知道的吧。他这样想了仍继续着夜夜的工作。

有一天，晚餐的时候，母亲觉得叙利亚的脸色比平常更不好了，说：

"叙利亚！你不是不舒服吗？"说着又向着丈夫：

"叙利亚不知怎么了，你看看他脸色的青——叙利亚！你怎么了吗？"说时现着很忧愁的样子。

父亲把眼向叙利亚一瞟："即使有病也是他自作自受，以前用功的时候，并不如此的。"

"但是，你！这不是因为他有病的缘故吗？"母亲说了，父亲就这样说：

“我早已不管他了！”

叙利亚听了心如刀割。父亲竟不管他了！那个他偶一咳嗽就忧虑得了不得的父亲！父亲确实已不爱他，眼中已没有他这个人了！“啊！父亲！我没有你的爱，是不能生活的！——无论如何，请你不要如此说，我一一说了出来吧，不再欺瞒你了。只要你再爱我，无论怎样，我一定像从前那样地用功的。啊！这次真下决心了！”

叙利亚的决心仍是徒然。那夜因为习惯的力量，又自己起来了。起来以后，就想到几月来工作的地方作最后的一行。进去点着了灯，见到桌上的空白纸条，觉得从此不写，有些难过，就情不自禁地执了笔又开始写了。忽然手动时把一册书碰落在地，那时满身的血液突然集注到心胸里来：如果父亲醒了怎么办！这原也不算是什么做坏事，发现了也不要紧，自己也本来屡次想声明了的。但是，如果父亲现在醒了，走了出来，被他看见了我，母亲将怎样吃惊啊！并且，如果现在被父亲发觉，父亲对于自己这几月来对我的情形，不知要怎样懊悔惭愧啊！——心念千头万绪，一时迭起，弄得叙利亚震栗不安。他侧着耳朵，抑住了呼吸静听，觉得并没有什么响声，一家都睡得静静的，这才放了心，重新工作。门外有警察的皮靴声，还有渐渐远去的马车蹄轮声，过了一会儿，又有货车“轧轧”地通过，自此以后。一切仍归寂静，只时时听到远处的犬吠声罢了。叙利亚振着笔写，笔尖的声音“唧唧”地响到自己耳朵里来。

其实，这时父亲早已立在他的背后了。父亲从书册落地的时候，就惊醒，等待了好久，那货车通过的声音，把父亲开门的声

音夹杂了。现在，父亲已进那室，他那白发的头，就俯在叙利亚小黑头的上面，看着那钢笔尖的运动。父亲忽然把从前一切的事都恍然了，胸中充满了无限的懊悔和慈爱，只是钉住样地立在那里不动。

叙利亚忽然觉得有人用了震抖着的两腕抱他的头，不觉突然“呀！”地叫了起来。及听出了他父亲的啜泣声，叫着说：

“父亲！原恕我！原恕我！”

父亲咽了泪，吻着他儿子的脸：

“倒是你要原恕我！明白了！一切都明白了！我真对不起你了！快来！”说着抱了他儿子到母亲床前，将他儿子交给母亲腕上：

“快吻这爱子！可怜！他三个月来竟睡也不睡为一家人劳动！我还只管那样地责骂他！”

母亲抱住了爱子，几乎说不出话来。

“宝宝！快去睡！”又向着父亲：“请你陪了他去！”

父亲从母亲怀里抱起叙利亚，领他到他的卧室里，把他睡倒了，替他整好枕头，盖上棉被。

叙利亚好几次地说：

“父亲，谢谢你！你快去睡！我已经很好了。请快去睡吧！”

可是，父亲仍伏在床旁，等他儿子睡熟，携了儿子的手说：

“睡熟！睡熟！宝宝！”

叙利亚因为疲劳已极，就睡去了。几个月来，到今天才得好好地睡一觉，梦魂为之一快。醒来时早晨的太阳已经很高了，忽然发现床沿旁近自己胸部的地方，横着父亲白发的头。原来父亲那夜就是这样过了的，他将额贴近了儿子的胸，还是在那里熟睡哩。

坚忍心　　　　　　　　二十八日

像笔耕少年那样的行为，在我们一级里，只有斯带地做得到。今天学校里有二件事：一件是受伤的老人把卡洛斐的邮票簿送还他了，并且还替他粘了三枚瓜地马拉共和国的邮票上去。

卡洛斐欢喜得非常，这是当然的，因为他已寻求了瓜地马拉的邮票三个月了。还有一件是斯带地受二等奖。那个呆笨的斯带地居然和代洛西只差一等，大家都很奇怪！那是十月间的事，斯带地的父亲领了他的儿子到校里来，在大众面前对先生说：

“要多劳先生的心呢，这孩子是什么都不懂的。”当他父亲说这话时，谁会料到有这样的一日！那时我们都以为斯带地是呆子，可是他却不自怯，说着“死而后已”的话。从此以后，他不论日里、夜里，不论在校里、在家里、在街路上，总是拼命地用功。别人无论说什么，他总不顾，有扰他的时候，他总把他推开，只管自己，这样不息地上进，遂使呆呆的他，到了这样的地位。他起初毫不懂算术，作文时只写着无谓的话，读本也一句都不记得的。现在是算术的问题也能做，文也会做，读本熟得和唱歌一样了。

斯带地的容貌，一看就可知道他有坚忍心的：身子壮而矮，头形方方的像没有项颈，手短而且大，喉音低粗。不论是破报纸，是剧场的广告，他都拿来读熟。只要有一角钱，就立刻去买书，据说自己已设了一个小图书馆，邀我去看看呢。他不和谁闲谈，也不和谁游戏，在学校里上课时候，只把两拳摆在双颊上，岩石样坐着听先生的话。他得到第二名，不知费了多少力呢！可怜！

先生今天样子虽很不高兴，但是把奖牌交给斯带地的时候，却这样说：

“斯带地！难为你！这就是所谓精神一到何事不成了。”

斯带地听了并不表示得意，也没有微笑，回到座位上，比前更认真地听讲。

最有趣的是放课的时候：斯带地的父亲到学校大门口来接，父亲是做针医的，也和他儿子一样，是个矮身方脸、喉音粗大的人，他不相信自己的儿子居然会得奖牌，等先生出来和他说了，才哈哈地笑了拍着儿子的肩头，声音里用了力说：

“好的，好的，竟看你不出，你将来会有希望呢！”我们听了都笑，斯带地却连微笑都没有，只是抱了那大大的头，复习他明日的功课。

感　恩　　　　　　　　　　　　　　　　三十一日

安利柯啊！如果是你的朋友斯带地，决不会说先生的不是的。你今天恨恨地说：“先生态度不好。”你自己对于你父亲母亲，不是也常有态度不好的时候吗？先生的有时不高兴是当然的，他为了小孩们，不是劳动了许多年月了吗？学生之中有情义的固然不少，然而也有许多不知好歹，蔑视先生的亲切，轻看先生的劳力的。平均说来，做先生的苦闷胜于满足。无论怎样的圣人，处在那样的地位，能不时时动气吗？并且，有时还要耐了气去教导那生病的学生，那神情的不高兴，是当然的。

应该敬爱先生：因为先生是父亲所敬爱的人，因为是为了学生牺牲着一生的人，因为是开发你精神的人。先生是要敬爱的啊！你将来年纪大了，父亲和先生都去世了，那时，你会在想起你父亲的时候也想起先生来吧？那时想起先生的那种疲劳的样子，那种忧闷的神情，你会觉得现在的不是吧？意大利全国五万的小学校教师，是你们未来国民精神上的父亲，他们立在社会的背后，以轻微的报酬，为国民的进步、发达劳动着。你先生就是其中的一人，所以应该敬爱。你无论怎样爱我，但如果对于你的恩人——特别是对于先生不爱，我决不欢喜。应该将先生看作叔父一样来爱他。不论待你好，或责骂你，都要爱他。不论先生做得对的时候，或是你以为错了的时候，都要爱他。先生高兴，固然要爱，先生不高兴，尤其要爱他。无论何时，总须爱先生啊！先生的名字，永远须用了敬意来称呼，因为除了父亲的名字，先生的名字是世间最尊贵、最可怀慕的名字呢！

——父亲

第四卷　一月

助教师　　　　　　　　　　　　　　　　　　四日

父亲的话不错，先生的不高兴，果然是为了有病的缘故。这三天来，先生告假，另外有一位助教师来代课。那是一个没有胡须的像孩子样的先生。今天，学校里发生了一件可耻的事：这位助教师，无论学生怎样地说他，他总不动怒，只说："诸位！请规矩些！"前两日，教室中已扰乱不堪，今天竟弄得不可收拾了。那真是稀有的骚扰。先生的话声，全然听不清，无论怎样晓谕，怎样劝诱，也都像耳边风一样，校长先生曾到门口来探看过两次，校长一转背，骚扰就依然如故。代洛西和卡隆在前面回过头来，向大家使眼色叫他们静些，他们哪里肯静。斯带地独自用手托了头凭在座位上沉思着，那个歪鼻的旧邮票商人卡洛斐呢，正向大家各索铜元一枚，用墨水瓶为彩品，作着彩票。其余有的笑，有的说，有的用钢笔尖钻着课桌，有的用了吊袜带上的橡皮弹掷着纸团。

助教师曾一个一个地去禁止他们。或是捉住他的手，或是拉了他去叫他立壁角。可是仍旧无效。助教师没了法，于是很和气地对他们说：

"你们为什么这样？难道一定要我来责罚你们吗？"

说了又以拳敲桌，用了愤怒而兼悲哀的声音叫“静些！静些！”可是他们仍是不听，骚扰如故。勿兰谛向先生投掷纸团，有的吹着口笛，有的彼此以头相抵触赌力，完全不知道在做什么了。这时来了一个校役，说：

“先生，校长先生有事请你。”

先生现出很失望的样子，立起身匆忙就去。于是骚扰愈厉害起来了。

卡隆忽然站起，他震动着头，捏紧了拳，怒不可遏地叫说：

“停止！你们这些不是人的东西！因为先生好说了一点，你们就轻侮他起来。倘然先生一用腕力，你们就要像狗一样地伏倒在地上哩！卑怯的东西！如果有人再敢嘲弄先生，我要打得他脱落牙齿！就是他父母看见，我也不管！”

大家不响了。这时卡隆的样子，真是庄严堂堂的立着，眼中几乎要怒出火来，好像是一匹发了威的小狮子。他从最坏的人起，一一用眼去盯视，大家都不敢仰起头来。等助教师红了眼进来的时候，差不多肃静得连呼吸的声音都听不出了。助教师见这模样，大出意外，只是呆呆地立住。后来看见卡隆怒气冲冲地立在那里，就猜到了八九分，于是用了对兄弟说话时的那种充满了情爱的声气说：“卡隆！谢谢你！”

斯带地的图书室

斯带地家在学校的前面，我到他家里去，一见到他的图书室，就羡慕起来了。斯带地不是富人，虽不能多买书，但他能保存书籍，无论是学校的教科书，无论是亲戚送他的，都好好地保存着。只要手里有钱，都用以买书。他已收集了不少的书了，摆在华丽的栗木的书箱里，外面用绿色的幕布遮着，据说这是父亲给他的。只要将那细线一拉，那绿色的幕布就牵拢在一方，露出三格的书来。各种的书排得很整齐，书背上闪烁着金字的光。其中有故事、有旅行记、有诗集还有画本。颜色配合得极好，远处望去，很是美丽：譬如说，白的摆在红的旁边，黄的摆在黑的旁边，青的摆在白的旁边。斯带地还时常把这许多书的排列变换式样，以为快乐。他自己作了一个书目，俨然是一个图书馆馆长。在家时只管在那书箱旁边，或是拂拭尘埃，或是把书翻身，或是检查钉线。当他用了那粗大的手指，把书翻开，在纸缝中吹气或是作着什么的时候，看了真是有趣。我们的书都不免有损伤，他所有的书却是簇新的。他得了新书，拂拭干净，装入书箱里，不时又拿出来看，把书当作宝贝珍玩，这是他最大的快乐。我在他家里停了一个钟点，他除了书以外，什么都未曾给我看。

过了一会儿，他那肥胖的父亲出来了。手拍着他儿子的背脊，用了和他儿子相像的粗声向我说道：

“这家伙你看怎样？这个铁头，很坚实哩，将来会有点希望吧。”

斯带地被父亲这样地嘲弄，只是像猪犬样地把眼半闭着。不知为了什么，我竟不敢和斯带地嘲笑。他只比我大了一岁，这是无论如何几乎不能相信的。我回来的时候，他送我出门，像煞有介事地说：“那末，再会吧。”我也不觉像着大人似的说：“愿你平安。”

我到了家里，和我父亲说：“斯带地既没有才，样子也不好，他的面貌，令人见了要笑，可是不知为了什么，我一见了他，就会有种种事情教我的。”父亲听了说:“这是因为那孩子有真诚的地方的缘故啊。”我又说:“到了他家里,他也不多和我说话,也没有玩具给我看。可是我却仍喜欢到他家里去。”“这因为你心服那孩子的缘故。”父亲这样说。

铁匠的儿子

是的，父亲的话是真的。我还心服着泼来可西。不，心服这话，还不足表示我对于泼来可西的心情。泼来可西是铁匠的儿子，就是那身体瘦弱，有着悲哀的眼光，胆子小小地向着人只说“原恕我，原恕我。”却是很能用功的小孩。他父亲酒醉回来，据说常要无故地打他，把他的书或笔记簿丢掷的。他常在脸上带了黑痕或青痕到学校里来，脸孔肿着的时候也有，眼睛哭红的时候也有。虽然如此，他无论如何，总不说是父亲打他的。“父亲打过你了。”朋友这样说的时候，他是立刻替父亲掩盖，说：“这是没有的事，这是没有的事。”

有一天，先生看见他的作文簿被火烧损了一半了。对他说：“这不是你自己烧的吧。”

“是的，我把它落在火里过了。”他回答。其实，这一定是他父亲酒醉回来把桌子或油灯踢翻的缘故。

泼来可西的家，就住在我家屋顶的小阁上。门房时常将他们家里的事情，告诉给我母亲听。雪尔维姊姊有一天听到泼来可西哭。那时据说是他向他父亲要求买文法书的钱，父亲把他从楼梯上踢了下来哩。他父亲一味喝酒，不务正业，一家都为饥饿所苦。泼来可西时常饿了肚皮到学校里来，吃卡隆给他的面包，一年级时教他过的那个戴赤羽的女先生，也曾给他苹果吃过。可是，他决不说“父亲不给与食物”的话的。

他父亲也曾到学校里来过，脸色苍白，两脚抖抖的，一副怒容，发长长地垂在眼前，帽子是歪戴着的。泼来可西在街路上一见父亲,虽怕得发抖,可是就立刻走近前来。父亲呢,并不顾着儿子,好像心里另外在想着什么似的。

可怜!泼来可西把破的笔记簿补好了或是借了别人的书籍用着功。他把破了的衬衣用针贯牢了穿着,拖着太大的皮鞋,系着长得拖到地的裤子,穿着太长的上衣,袖口高高地卷起到肱肘为止:见了他那样子,真是可怜!虽然如此,却很勤勉,如果他在家里能许他自由用功,必定可得优良的成绩的。

今天早晨,他颊上带了爪痕到学校里来,大家见了,说:

"这是你父亲吧,这次可不要再说'这是没有的事'了。把你弄得这步田地的,这一定是你父亲。你可告诉校长先生去,校长先生就会叫了你父亲来替你劝说他的。"

泼来可西跳了起来,红着脸,战抖着怒声说:"这是没有的事,父亲是不打我的。"

话虽如此说,后来他究竟在上课时眼泪落到了桌上,有人去看他,他就把眼泪抑住。可怜!他还要硬装笑脸给人看呢!明天代洛西与可莱谛、耐利原定要到我家里来的,打算约泼莱可西一块儿来。我想明天请他吃东西,给他看书,领他到家里各处去玩耍,回去的时候,把果物给他装入袋里带去。那样善良而勇敢的小孩,应该使他快乐快乐,至少一次也好。

友人的来访　　十二日

今天是这一年中最快乐的星期四。正好两点钟的时候,代洛西和可莱谛领了那驼背的耐利来了。泼来可西因为他父亲不许他来,竟没有到。代洛西和可莱谛笑了对我说,在路上曾遇见那卖野菜人家的儿子克洛西，据说克洛西提着大卷心菜，说是要把卖了的钱去买钢笔的。又说，他新近接到父亲不久将自美国回来的信，很欢喜着呢。

三位朋友在我家里留了两小时光景，我却是非常高兴。代洛西和可莱谛是同级中最有趣的小孩，连父亲都欢喜他们。可莱谛穿了茶色的裤子，戴了猫皮的帽，性情活泼，无论何时总是非活动不可，或将眼前的东西移动，或是将它翻身。据说他从今天早晨起，已搬运过半车的柴，可是他却没有疲劳的样子，在我家里跑来跑去，见了什么都注意，口也不住地谈说，完全像松鼠般地活动着。他到了厨房里，问下女每一束柴的买价，据说，他们店里每束是卖二角的。他欢喜讲他父亲在温培尔脱亲王部下从军柯斯脱寨战争时候的事。礼仪很周到。确像我父亲所说：这小孩虽生长在柴店里，但里面却含着真正贵族的血统的。

代洛西讲有趣味的话给我们听。他对地理的熟悉，竟全同先生一样。他闭了眼说：

“我现在眼前好像看见全意大利。那里有亚平宁山脉突出在爱盎尼安海中，河水在这里那里流着，有白色的都会。有湾，有青的内海，有绿色的群岛。”这样顺次把地名背诵，全然像个眼前摆着地图一样。他穿着金纽扣的青色的上衣，举起了金发的头，闭了眼，石像似的直立着的那种丰采，使我们大家看了倾倒。他把明后日大葬纪念日所要背诵的三页光景长的文章，在一小时内记牢，耐利看了也在他那悲愁的眼中现出微笑来。

今天的会集真是快乐，并且还给我在胸中留下了一种火花样的东西。他们三人回去的时候，那两个长的左右夹辅着耐利，携了他的手走，和他讲有趣的话，使一向未曾笑过的耐利笑。我看了真是欢喜。回来到了食堂里,见平日挂在那里的驼背的滑稽画没有了,这是父亲故意除去的,因为恐怕耐利看见。

维多利亚·爱马努爱列王的大葬　　十七日

今天午后二时,我们一进教室,先生就叫代洛西。代洛西立刻走上前去,立在小桌边,向着我们朗诵那篇大葬纪念辞。开始背诵的时候,略微有点不大自然,到后来声音渐渐清楚,脸上充满着红晕。

“四年前今日的此刻,前国王维多利亚·爱马努爱列二世陛下的玉棺,正到着罗马太庙正门。维多利亚·爱马努爱列二世陛下功业实远胜于意大利开国诸王,从来分裂为七小邦,为外敌的侵略及暴君的压制所苦的意大利,到了王的时代,才合为一统,确立了自由独立的基础。王治世二十九年,勇武绝伦,临危不惧,胜利不骄,困逆不馁,一意以发扬国威爱抚人民为务。当王的柩车,在掷花如雨的罗马街市通过的时候,全意大利各部的无数群众,都集在路旁拜观大葬行列。柩车的前面有许多将军,有大臣,有皇族,有一队的仪仗兵,有林也似的军旗,有从三百个都市来的代表者,此外凡是可以代表一国的威力与光荣者,无不加入。大葬的行列,这样地到了庄严的太庙门口,十二个骑兵奉了玉棺入内,一瞬间意大利全国就与这令人爱慕的老国王作最后的告别了,与二十九年来作了国父、作了将军、爱抚国家的前国王,永久地告别了!这实是最崇高严肃的一瞬间!上下目送玉棺,对了那色彩黯然的八十旒的军旗掩面泣下。这军旗实足令人回想到无数的战死者,无数的鲜血,我国最大的光荣,最神圣的牺牲，及最悲惨的不幸来。骑兵把玉棺移入，军旗就都向前倾倒。其中有新联队的旗，也有曾经过了不少的战争而破碎不全的古联队旗。八十条的黑旒，向前垂下，无数的勋章触着旗竿叮咚作响。这响声在群众耳里，好像有千人齐声在那里说：'别了！我君！在太阳照着意大利的时候，君的灵魂永远宿在我们臣民的心胸里！'"

"军旗的头又抬到空中了，我们的维多利亚·爱马努爱列二世陛下，在灵庙之中永享着不朽的光荣了！"

勿兰谛的斥退　　二十一日

代洛西读着维多利亚·爱马努爱列王的悼词的时候，笑的只有一人，就是勿兰谛。勿兰谛真讨厌，他确是坏。父亲到校里来骂他，他反高兴；见人家哭了，他反笑了起来。他在卡隆的面前，胆小得发抖；碰见那怯弱的"小石匠"或一只手不会动的克洛西，就要欺侮他们。他嘲诮大家所敬服的泼来可西，甚至于对于那因救援幼儿跛了脚的三年生洛佩谛，也要加以嘲弄。他和弱小的人吵闹了，自己还要发怒，务必要对手负了伤才爽快。帽子戴得很低，他那深藏在帽缘下的眼光，好像含有着什么恶意，谁都见了要恐惧的。他在谁的面前都不顾虑，对了先生也会哈哈大笑。有机会的时候，偷窃也来，偷窃了东西，却还装出不知道的神气。时常和人相骂，带了大大的钻刺到学校来刺人。不论自己的也好，人家的也好，摘了上衣的纽扣，拿在手里玩。他的纸、书籍、笔记簿都是破污了的，三角板也破碎，钢笔杆头都是牙齿咬过的痕迹，不时咬指甲，衣服不是破就是龌龊。听说，他母亲为了他，曾忧郁得生病，父亲已把他赶出过三次了。母亲常到学校里来探听他的情形，回去的时候，眼睛总是哭得肿肿的。他嫌恶功课、嫌恶朋友、嫌恶先生。先生有时也把他弃之度外，他有不规矩，只是装作不见。他竟因此愈坏起来，先生待他好，他反嘲笑先生；很凶地骂他呢，他用手遮住了脸装假哭，其实在那里暗笑。曾罚他停学三天，再来以后，更加顽皮乱暴了许多。有一天，代洛西劝他："停止，停止！先生怎样为难，你不知道吗？"他胁迫代洛西说："不要叫我刺穿你的肚皮！"

今天，勿兰谛真个像狗一样地被逐出了。先生把每月例话《少年鼓手》的草稿交付卡隆的时候，勿兰谛在地板上放起爆竹来，爆发以后，声音震动全教室，好像枪声，大家大惊。先生也跳了起来：

"勿兰谛！出去！"

"不是我。"勿兰谛笑着假装不知。

"出去！"先生反复地说。

"不愿意。"勿兰谛反抗。

于是，先生大怒，赶到他座位旁，捉住他的臂，将他从座位里拖出。勿兰谛虽咬了牙齿抵抗，终于力敌不过先生，被先生从教室里拉出到校长室里去了。

过了一会儿，先生独自回到教室里，坐在位上，两手掩住了头暂时不响，好像很疲劳的样子。那种苦闷的神气，看了也有些不忍。

"做了三十年的教师，不料竟碰到这样的事情！"先生悲哀地说着，把头向左右摇着。

我们大家静默无语。先生的手还在那里颤抖，额上的皱纹深刻得好像是伤痕。大家都不忍起来。这时代洛西起立：

“先生！请勿伤心！我们都敬爱先生的。”

先生听了也平静了下去，说：

“上课吧！”

少年鼓手（每月例话）

这是一八四八年七月二十四日，柯斯脱寨战争开始第一日的事。我军步兵六十人光景的一队，被派遣到某处去占领一所空屋，忽然受到奥地利二中队的攻击。敌军从四面攻来，弹丸雨一般地飞落，我军只好弃了若干的死伤者，退避入空屋中，闭住了门，上了楼在窗口射击抵御。敌军成了半圆形，步步夹击拢来。我军指挥这队的大尉，是个勇敢的老士官，身材高大，须发都已白了。六十人之中，有一个少年鼓手，赛地尼亚人，年纪虽已过了十四岁，身材却还似连十二岁都不到，是个浅黑色，眼光炯炯的少年。大尉在楼上指挥防战，时时发出尖利如手枪声的号令，他那铁铸般的脸上，一点都没有感情的影子。面相的威武，真足使部下见了战栗。少年鼓手脸已急得发青了，可是还能不手忙脚乱，跳上桌子，探头窗外，从烟尘中去观看白服的奥军近来。

这家屋是筑在高崖上的，向着崖的一面，只有屋顶阁上开着一个小窗，其余都是墙壁。奥军只在另三面攻击，向崖的一面安然无事的。那真是很厉害的攻击，弹丸如雨，破壁、碎瓦、天幕、窗子、家具、门户，一被击就成粉碎。木片在空中飞舞，玻璃和陶器的破碎声，轧啦轧啦地东西四起，听去好像人的头骨正在那里破裂。在窗口射击防御的兵士，受伤倒在地板上，就被拖开到一边。也有用手抵住了伤口，呻吟着在这里那里打圈子走的。在厨房里，还有被击碎了头的死尸，敌军的半圆形只管渐渐地逼近拢来。

过了一会儿，一向镇定自若的大尉，忽然现出不安的神情，带了一个军曹，急忙地出了那室。过了三分钟光景，那军曹跑来同少年鼓手招手。少年跟了军曹急步登上楼梯，到了那屋顶阁里。大尉正倚着小窗拿了纸条写字，脚旁摆着汲水用的绳子。

大尉折叠了纸条，把他那使兵士战栗的、凛然的眼光注视着少年，并且很急迫地叫唤：

“鼓手！”

鼓手举手到帽旁。

“你有勇气吗？”大尉说。

“是的，大尉！”少年答时，眼炯炯地发光。

大尉把少年推近窗口：

“往下面看！近那家屋处有枪刺的光吧，那里就是我军的本队。你拿了这条子，挂下窗去，快快地翻过那山坡，穿过那田坂，跑入我军的阵地，只要一遇见士官，就把这条子交给他。将你的皮带和背包除了！”

鼓手去了皮带、背包，把纸条放入袋中。军曹将绳子放到窗口去，另一端在自己的臂上缠了。大尉将少年扶出了窗，使他背向着外：

“喂！这分队的安危，要由于你的勇气和你的脚力而决定哩！”

“凭我！大尉！”少年回答着下去。

大尉和军曹握住了绳:

“下那山坡的时候,要把身体伏倒了走的啊!”

“放心!”

“但愿你成功!”

鼓手立刻落到地上了。军曹取了绳子就走。大尉好像很不放心的样子,在窗畔踱来踱去,看着少年走下坡去。

已经差不多快要到达成功了。忽然在少年前后数步间发出五六处的烟来,原来已被奥军发现,从高处把少年射击着。少年正拼了命跑,突然倒下在地,“糟了!”大尉咬着牙焦急地自语。正自语间,少年又好好地起立了。“啊,啊! 只是跌了一跤!”大尉说着,吐了一口气。少年虽然拼命地跑着,可是一眼望去像有些跛。大尉想:“踝骨受了伤哩!”接着烟尘又从少年的近旁起来,都很远,未曾中着,“好呀! 好呀!”大尉欢喜得独自叫着,眼仍不离少年。一想到这是千钧一发的事,不觉就要战栗! 那条纸如果幸而送到本队,援兵就会到来。万一误事,这六十人只有战死与被俘两条路了。

远远望去:见少年跑了一会儿,忽而把脚步放缓,只是跛着走。及再重新跑起,力气就渐渐衰弱下去,好几次地只是坐倒了休息。

“大概子弹擦过了他的脚了。”大尉一面这样想,一面目不转睛地注视少年的举动,慌急得身体颤抖。他用了要迸出火星来的眼睛,测量着少年的所在地与因日光反射而发着光的枪刺间的距离。楼下呢,只听见子弹穿过东西声,士官与军曹的怒叫声,凄绝的负伤者的哭泣声,器具的破裂声和物件的落下声。

一个士官默默地跑来,说敌军依旧猛攻,已高举起白旗劝诱投降了。

“不要睬他!”大尉说时,眼睛仍不离那少年。少年虽已走到平地,可是已经不能跑了,望去好像只是拖着脚一步一步地勉强走着。

大尉咬紧了牙齿,握紧了拳头:“走呀! 快走呀! 该死的! 畜生! 走! 走!”过了一会儿,大尉说出可怕的话来了:“咿呀! 没用的东西! 坐倒了哩!”

方才还在田坂中望得见的少年的头,忽然不见了,好像已经倒下。隔了一分钟光景,少年的头重新出现,不久为篱笆所阻,已望不见了。

大尉于是急下楼梯,子弹雨一般地在那里飞舞,满室都是负伤者,有的像醉汉似的乱滚,扳住着家具,墙壁和地板上满污染着血迹,许多死骸堆在门口。副官已被子弹打折了手臂,烟和灰尘把周围的东西都笼罩得不清楚了。

大尉高声鼓励着叫说:

“大胆防守,万勿退一步! 援兵快来了! 就在此刻! 当心!”

敌军渐渐逼近,敌兵的头部,已可从烟尘中望见,枪声里面又夹杂着可怕的哄声和骂声。这是敌军在那里胁迫叫喊:快降服,否则不必想活了。我军胆怯起来,从窗口退缩进来。军曹又驱赶他们,迫他们向前,可是防守的火力,渐渐薄弱,兵士脸上,都表现出绝望的神情,再要抵抗,已是不可能的了。这时,敌军忽然把火力减弱,雷轰似的喊叫起来:“投降!”

“不!”大尉从窗口回喊。

两军的炮火重新又猛烈了。我军的兵士接连地受伤倒下,有一面的窗已没有人守卫,最后的时间快到了。大尉用了嘶叫的声音："援兵不来了！援兵不来了！"一面狂叫，一面野兽似的跳着，以颤抖的手挥着军刀，预备战死。这时军曹从房顶阁下来，急促地说：

"援兵来了！"

"援兵来了！"大尉欢声回答。

一听这声音，未负伤的、负伤的、军曹、士官都立刻突进窗口，重新去猛力抵抗敌军。

过了一会儿，敌军似乎气馁，阵势纷乱了起来。大尉急忙收集残兵，叫他们把刺刀套在枪上，预备冲锋，自己跑上楼梯去。这时听到震天动地的呐喊声，和杂乱的脚步声。从窗口望去，意大利骑兵一中队，正用了全速从烟尘中奔来。远看那明晃晃的枪刺，不断地落在敌军头上、肩上、背上。屋内的兵士也抱了枪刺突喊而出，敌军动摇混乱，就开始退却。转瞬间，用了两大队的步兵与两门大炮，把高地占领了过来。

大尉率引残兵回到自己所属的联队里。战争依然继续，在最后一次冲锋的时候，他为流弹所中，伤了左手。

这天战斗的结果，我军胜利。次日起再战，我军虽勇敢对抗，终以寡不敌众，于二十七日早晨，退守泯契阿河。

大尉负了伤，仍率领部下兵士，徒步行进。兵士虽困惫疲劳，却没有一个说不满的话的。日暮，到了泯契阿河岸的哥伊托地方，找寻副官。那副官是伤了手腕，被卫生队所救，比大尉先到这地方来的。大尉走进一所设着临时野战病院的寺院，其中满住着伤兵，病床分作两列，床的上面，还架着床，两个医师和许多助手应接不暇地奔走，触耳都是幽泣声与呻吟声。

大尉一到寺里，就到处探寻副官，这时有人用了低弱的声音叫："大尉。"大尉近身去看，见是少年鼓手，他卧在吊床上，脑部以下覆盖着粗质的窗帘布，苍白而细的两腕露出在布的外面，眼睛仍似宝石样地闪着光。大尉一惊，急促地对他说：

"你在这里？真了不得！你尽了你的本分了！"

"我已尽了我的全力。"少年答。

"你受了什么伤？"大尉再问，一面在眼看附近各床，寻找副官。

"那是万料不到的。"少年回答说。他因为说话，把元气恢复过来了，在这时始觉得负伤在他来说是荣誉。如果没有这满足的快感，他在大尉面前恐怕已没有开口的气力了。"我拼命地跑，原是恐怕被看见，弯着上身的，不料竟被敌人看见了。如果不被射中，应该还可以再快二十分钟的。幸而，逢着参谋大尉，把纸条交给他了。可是，在被射击以后，全然走不动，口也干渴得好像就要死去。要再走上去是无论如何不能的了。愈迟，战死的人将愈多：我一想到这里，几乎要哭起来。还好！我总算拼了命把我的目的达到了，不要替我担心。大尉！你要留心你自己，你流着血呢！"

的确如他所说，滴滴的血，正从大尉臂下绷带里流下手指来。

"请把手交给我，让我替你包好了绷带。"少年说。

大尉伸过左手来，更用右手来扶少年。少年把大尉的绷带解开重新结好。可是，少年因离了枕，面色忽然苍白，不得不就卧下头去。

"好了，已经好了。"大尉见少年那样子，想把包着绷带的手缩回，少年还似不肯放。

"不要顾着我。留心你自己要紧！即使是小小的伤，不注意就要厉害的。"大尉说。

少年把头向左右摇。大尉注视着他：

"但是，你这样困惫，一定是出过许多血了吧？"

"你说出了许多血？"少年微笑着说，"不但血呢，请看这里！"说着把盖着的布揭开。

大尉见了不觉吃惊地倒退了一步。原来，少年已失去了一只脚了！他的左脚已被齐膝截去，切口用血染透了的布包着。

这时，一个矮而胖的军医，穿了衬衣走过，向着少年唧咕了一会儿，对大尉说：

"啊！大尉！这真是出于不得已，他如果不那样坚持支撑，脚是可以保牢的。——引起了非常严重的炎症哩！终于把脚齐膝截断了。但是，真是勇敢的少年！眼泪不流一滴，不惊慌，连喊也不喊一声。我替他做手术的时候，他以意大利男儿自豪哩！他的家世出身一定是很好的！"军医说了急忙地走去。

大尉蹙了那浓而白的两眉，注视少年一会儿，替他依旧将布盖好。眼睛仍不离少年，不知不觉，就慢慢地举手到头边去除了帽子。

"大尉，"少年惊叫，"作什么？对了我！"

一向对于部下不曾发过柔言的威武的大尉，这时竟用了说不出的充满了情爱的声音说道：

"我不过是大尉，而你是英雄啊！"说了这话，便张开了手臂，伏在少年身上，在他胸部吻了三次。

爱　国　　　　　　　　　　　　二十四日

安利柯啊！你听了少年鼓手的故事，既然感动，那末在今天的测验里，作《爱意大利的理由》题目的文章，定是很容易了。我为什么爱意大利？因为我母系是意大利人，因为我血管里所流着的血是意大利的血，因为我祖先的坟墓在意大利，因为我自己的诞生地是意大利，因为我所说的话、所读的书都是意大利语，因为我的兄弟、姊妹、友人，在我周围的伟大的人们，在我周围的美丽的自然，以及其他我所见、所爱、所研究、所崇拜的一切，都是意大利的东西，所以我爱意大利。这对于祖国的感情，你现在也许尚未能真实理解，将来长大了就会知道的。从外国久客归来，倚在船舷从水天中望见故国的青山，这时，自会涌出热泪或是发出心底的叫声来吧。又，远游外国的时候，偶然在路上听到有人操我国的语言，必会走近去与那说话的人接近吧。外国人如果对于我国有无礼的言语，怒火必从心头突发，一旦和外国有交涉时，对于祖国的爱，格外容易发生吧。战争终止，疲惫的军队凯旋的时候，见了那被弹丸打破了的军旗，见了那裹着绷带的兵士高举着打断了的兵器在群众喝彩声中通过，你的感激欢喜将怎样啊！那时，你自能把爱国的意义真正了解吧。那时，你自会觉到自己与国家一体吧。这实是高尚神圣的感情。将来你为国出战，我愿见你平安凯旋——你是我的骨肉，愿你平安，自不必说。但是，如果你做了卑怯无耻的行径，偷生而返，那末，现在你从学校回来时这样欢迎你的父亲，将以万斛之泪来迎接你，父子不能再如旧相爱，终而至于断肠愤死吧。

——父亲

嫉　妒　　二十五日

爱国题的作文，第一仍是代洛西。华梯尼这次满信自己必得一等奖——华梯尼虽有虚荣心，喜阔绰，我却欢喜他，一见到他嫉妒代洛西，就觉得可厌。他平日想和代洛西对抗，拼命地用着功，可是究竟敌不过代洛西，无论那一件，代洛西都要胜他十倍。华梯尼不服，总嘲弄着代洛西。卡罗·诺琵斯也嫉妒代洛西，却只是藏在心里，华梯尼则竟表现在脸上，听说他在家里曾说先生不公平呢。每次代洛西很快地把先生的问话圆满回答出的时候，他总板着脸，垂着头，装着不听见，还要故意地笑。他笑的样子很不好，所以大家都知道。只要先生一称赞代洛西，大家就去对华梯尼看，华梯尼必在那里苦笑的。“小石匠”常常在这种时候，装兔脸给他看。

今天，华梯尼很难为情。校长先生到教室里来报告成绩：

“代洛西一百分，一等奖。”正说时，华梯尼打了一个喷嚏。校长先生见他那神情，就悟到了：

“华梯尼！不要喂着嫉妒的蛇！这蛇是要吃你的头脑，坏你的心胸的。”

除了代洛西，大家都向华梯尼看。华梯尼像是要想回答些什么话，可是究竟说不出来，脸孔青青地，像石头般固定着不动。等先生讲课的时候，他在纸上用了大大的字，写了这样的句子：

“我们不艳羡那由于不正与偏颇而得一等奖的人。”

这是他想写了给代洛西的。坐在代洛西近处的人，都互相私语。有一个竟用纸做成大大的奖牌，在上面画了一条黑蛇，华梯尼全不知道。先生因事暂时出去的时候，代洛西近旁的人，都立起身来，离了座位，要想将那纸奖牌送给华梯尼。教室中一时充满了杀气。华梯尼气得全身发抖。忽然，代洛西说："将这给了我！"把奖牌取来撕得粉碎。恰好，先生回来，即继续上课。华梯尼脸红得像火一样，把自己所写的纸片，搓拢塞入口中，嚼糊了唾在椅旁。功课完毕的时候，华梯尼好像有些昏乱了，走过代洛西座位旁，落掉了吸墨水纸，代洛西好好地代为拾起，替他藏入书包，且结好了袋纽。华梯尼只是俯视着地，不能举起头来。

勿兰谛的母亲　　二十八日

华梯尼的脾气，仍是不改。昨天早晨宗教班上，先生在校长面前问代洛西有否记牢读本中"无论向了那里，我都看见你大神"的句子。代洛西回答说不曾记牢。华梯尼突然说："我知道呢。"说了对着代洛西冷笑。恰好，这时勿兰谛的母亲突然走进教室里来，华梯尼于是没了背诵的机会。

勿兰谛的母亲屏了气息，白发蓬松，全身都被雪打得湿湿的，把那前星期被斥退的儿子推着进来。我们不知道将发生什么事情，大家都咽着唾液。可怜！勿兰谛的母亲跪倒在校长先生面前，合掌恳求着说：

"啊！校长先生！请你发点慈悲，许这孩子再到学校里来！这三天中，我把他藏在家里，如果被他父亲知道，或者要弄死他的。怎样好呢！恳求你！救救我！"

校长先生似乎要想引了她到外面去，她却不管，只是哭着恳求：

“啊！先生！我为了这孩子，不知受了多少苦楚！如果先生知道，必能怜悯我吧。对不起！我怕不能久活了，先生！死是早已预备了的，但总想见了这孩子改好以后才死。确是这样的坏孩子——”她说到这里，呜咽得不能即说下去，“——在我总是儿子，总是爱惜的。——我要绝望而死了！校长先生！请你当作救我一家的不幸，再一遍，许这孩子入学！对不起！看我这苦女人面上！”她说了用手掩着脸哭泣。

勿兰谛好像毫不觉得什么，只是把头垂着，校长先生看着勿兰谛想了一会儿，说：

“勿兰谛，坐在位上吧！”

勿兰谛的母亲把手从脸上放了下来，反复地说了许多感谢的话，连校长先生要说的话，也都被拦住了。她拭着眼睛走出门口，又很速捷地说：

“你要给我当心啊！——诸位！请你们大家原恕了他！——校长先生！谢谢你！你做了好事了！——要规规矩矩的啊！——再会，诸位！——谢谢！校长先生！再会！原恕了这可怜的母亲！”

她走出门口，又回头一次，用了好像恳求的眼色对儿子看了一看才去。脸色苍白，身体已有些向前弯屈，头仍是震着，下了楼梯，就听到她的咳嗽声。

全级又肃静了。校长先生向勿兰谛注视了一会儿，用了极郑重的调子说：

“勿兰谛！你在那里杀你母亲呢。”

我们都向勿兰谛看,那不知羞耻的勿兰谛还在那里笑着。

希 望　　二十九日

安利柯!你听了宗教的话回来,跳伏在母亲的怀里那时候的热情,真是美阿!先生和你讲过很好的话了哩!神已拥抱着我们,我俩从此已不会分离了。无论我死的时候,无论父亲死的时候,我们不必再说"母亲,父亲,安利柯,我们就此永诀了吗!"那样绝望的话了,因为我们还可在别个世界相会的。在这世多受苦的,在那世得报;在这世多爱人的,在那世遭逢自己所爱的人。在那里没有罪恶,没有悲哀,也没有死。但是,我们须自己努力,使可以到那无罪恶无污浊的世界去才好。安利柯!是这样的:凡是一切的善行,如诚心的情爱,对于友人的亲切,以及其他的高尚行为,都是到那世界去的阶梯。又一切的不幸,使你与那世界接近。悲哀是可以消罪,眼泪是可以洗去心的污浊的。今天须比昨天好,待人须再亲切一些:你要这样地存心啊!每晨起来的时候,下这样的决心:"今天要做良心赞美我的事,要做父亲见了欢喜的事,要做能使朋友先生及兄弟们爱我的事。"并且要向神祈祷,求神给与你实行这决心的力量。

"主啊!我愿善良、高尚、勇敢、温和、诚实,请帮助我!每夜母亲吻我的时候,请使我能说,'母亲!你今夜吻着比昨夜更高尚更有价值的少年哩!'的话。"你要这样的祈祷。

到来世去,须变成天使般清洁的安利柯:无论何时,都要这样存心,不可忘了,并且还要祈祷。祈祷的欢悦在你或许还未能想象,见了儿子敬虔地祈祷,做母亲的将怎样欢喜啊!我见你在祈祷的时候，只觉得实有什么人在那里看着你、听着你的。这时，我能比常时更确信有大慈大悲至善的神存在。因此，我能起更爱你的心，能更忍耐辛苦，能真心宽恕他人的罪恶，能用了平静的心境去想着死时的光景。啊！至大至仁的神！在那世请使能再闻母亲之声，再和小孩们相会，再遇见安利柯——圣洁了而有无限生命的安利柯，作永远不离的拥抱！啊！祈祷吧！时刻祈祷，大家相爱，施行善事，使这神圣的希望，牢印在心里，牢印在我高贵的安利柯的灵魂里！

——母亲

第五卷 二月

授 奖　　　　　　　　　　四日

今天，视学官到学校里来，说是来授奖的。那是一位有白须穿黑服的绅士，在功课将完毕的时候，和校长先生一同到了我们的教室里，坐在先生的旁边，对三四个学生作了一会儿询问。把一等奖的奖牌给与代洛西。又和先生及校长低声谈话。

“受二等奖的不知是谁？”我们正这样想，一面只是默然地咽着唾液。既而，视学官高声说：

“配托罗·泼来可西此次应受二等奖。他宿题、功课、作文、操行，一切都好。”大家都向泼来可西看，心里都替他欢喜。泼来可西张惶得不知如何才好。

“到这里来！”视学官说。泼来可西离了座位走近先生案旁去，视学官用了怜悯的眼光，把泼来可西的蜡色的脸、缝补过的不合身材的服装打量了一会儿，替他将奖牌悬在肩下，口音中含着深情说：

“泼来可西！今天给你奖牌，并不是因为没有比你更好的人，并且并不单只因为你的才能与勤勉；这奖牌是对于你的心情、勇气及强固的孝行而给的。”说着又向了我们：

“不是吗？他是这样的吧！”

“是的，是的！”大家齐声回答。泼来可西动着喉好像在那里咽什么，过了一会儿，用了很好的脸色对我们看，那脸上充满了感谢之情。

“好好回去，要更加用功呢！”视学官对泼来可西说。

功课已完毕了，我们一级比别级先出教室，走出门外，见接待室里来了一个想不到的人，那就是泼来可西的做铁匠的父亲。照例苍白着脸，歪戴了帽子，头发长得要盖着眼，脚颤抖抖地立着。先生见了他，向视学官附耳低语，视学官就去找泼来可西，携了他的手，同到他父亲的旁边。泼来可西颤栗起来，学生们都群集在他的周围。

“你是这孩子的父亲吗？”视学官对着铁匠，快活地说，好像和熟识的朋友谈话一样。并且不等他回答，又接续地：

“恭喜！你看！你儿子超越了五十四个同学得了二等奖了。作文、算术，一切都好。既有才，又能用功，将来必定有大事业可成的。他心地善良，为大家所尊敬，真是好孩子！你见了也该欢喜吧。”

铁匠只是张着嘴听着，看看视学官，看看校长，一面又去看那低了头战栗着的自己的儿子。他好像到了这时，才觉得自己从前虐待过儿子，儿子总是振作地忍耐着的。脸上不觉露出茫然的惊讶和难言的情爱，急去抱了儿子的头到自己的胸边来。我们都在他们前面走过。我约泼来可西在下礼拜四和卡隆、克洛西同到我家里来。大家都向他道贺：有的去抱他，有的用手去摸他的奖牌，不论哪个，走过他旁边时，总有一点表示。泼来可西的父亲，用了惊异的眼色注视我们，他还是将儿子的头抱住在胸口，他儿子在那里啜泣着。

决　心　　　　　　　　　　　　五日

见了泼来可西的取得奖牌，我不觉后悔，我还一次都未曾得过呢。我近来不用功，自己固觉没趣，先生、父亲、母亲对了我也不快活，像从前用功时候的那种愉快，现在已没有了。以前，离了座位去玩耍的时候，好像是已有一个月不曾玩耍的样子，总是高兴跳跃着去的。现在，在全家的食桌上，也没有从前的快乐了。我心里现有着一个黑暗的影，这黑影在里面发声，说"这不对！这不对！"

一到傍晚，就看见许多的小孩杂在工人之间从工场回到家里去。他们虽很疲劳，神情却很快活。他们要想快点回去吃他们的晚餐，都急急地走，用了被煤熏黑或是被石灰染白了的手，大家相互拍着肩头高声谈笑着。他们都是从天明一直劳动到了现在的。其他，比他们还小的小孩，终日在屋顶阁上、炉旁，或是水中、地下劳动，只用一小片的面包充饥的，也尽多尽多。我呢，除了勉强做四页光景的作文以外，什么都不曾做。想起来真是可耻！啊！我自己既没趣，父亲对我也不欢喜，父亲原要责骂我，不过因为爱我，所以还忍耐在那里呢！父亲是一直劳动辛苦到现在了的，家里的东西，那一件不是父亲的劳动换来的？我所用的、穿的、吃的和教我的、使我快活的种种事物，都是父亲劳动的结果。我接受了这一切，却一事不做，只让父亲在那里操心劳力，不去加以丝毫的帮助。啊！不对！这真是不对！这样子不能使我快乐！就从今日起吧！像斯带地那样捏紧了拳咬了牙齿用功吧！拼了命，夜深也不打哈欠，天明就跳起床来吧！不绝地把头脑锻炼，真实地把惰性革除吧！就是病了也不要紧。劳动吧！辛苦吧！像现在这样自己既苦恼而在别人也难过的这种怠倦的生活，决计从今日起停止啊！劳动！劳动！以全心全力用功，拼了命用功！由此，再去得愉快的游戏和快乐的生活吧！由此，再去得那先生的亲切的微笑和父亲的亲爱的接吻吧！

玩具火车　　十日

今天泼来可西和长隆一道来了。就是见了皇族的儿子，我也没有这样的欢喜。卡隆是头一次到我家，他是个很沉静的人，身材那样长了，还是四年生，被人见了好像是很羞愧的样子。门铃一响，我们都迎出门口去，据说，克洛西因为父亲从美国回来了，不能来。父亲就去与泼来可西亲吻，又介绍卡隆给母亲，说：

“卡隆就是他。他不但是善良的少年，并且还是一个正直重名誉的绅士呢。”

卡隆低了那平顶发的头，看着我微笑。泼来可西依旧挂着那奖牌，听说，他父亲已仍旧开始铁匠工作，这五日来滴酒不喝，时常叫泼来可西到工场去协助劳动，和从前竟如二人了。泼来可西因此也很欢喜。

我们开始游戏了。我将所有的玩具取出给他们看。我的火车好像很中了泼来可西的意。那火车附有车头。只要把发条一开，就自己会动。泼来可西因为未曾见到过这样的火车玩具，见了只自惊异。我把开发条的钥匙交给了他，他只管低了头一心地玩。那种高兴的脸色，是我在他面上所一向未曾见过的。我们都围集在他身边去注视他那枯瘦的项颈，曾有一次出过血的小耳朵，以及他的向里卷短的袖口，细削的手臂。在这时候，我恨不得把我所有的玩具、书物，都送给了他，就是把我自己正要吃的面包，正在穿着的衣服如数送他，也决不可惜。并且还想伏倒在他身旁去吻他的手。我想，“至少把那火车送他吧！”但是，又觉得这非和父亲说明不可，正踌躇间，忽然有人把纸条塞到我手里来，一看，原来是父亲。纸条上用铅笔写着：

“你的火车泼来可西见着很欢喜哩！他是不曾有过玩具的，你不设法吗？”

我立刻双手捧了那火车，交在泼来可西的手中：

“把这送你！”泼来可西看着我，好像不懂的样子，我又说：

“是把这送给你的。”

泼来可西惊异起来，一面向着我父亲、母亲那里看，一面问我：

“但是，为什么？”

“因为安利柯和你是朋友，将这送给你，当作你得奖牌的贺礼的。”父亲说。

泼来可西很难为情的样子：

“那末，我可以拿回去吗？”

“自然可以的。”我们大家回答他。泼来可西走出门口时，欢喜得嘴唇发颤，卡隆相帮他把火车包在手帕里。

“什么时候，我引你到父亲的工场里去，把钉子送你吧！”泼来可西向我说。

母亲把小花束插入卡隆的纽孔中，说：“给我带去送给你的母亲！”卡隆只是低了头大声地说：“多谢！”他那亲切高尚的精神，在眼光中闪耀着。

傲 慢　　　　　　　　十一日

偶然在走路的时候，和泼来可西相碰，就要故意用手把袖拂拭的是卡罗·诺琵斯那家伙。他自以为父亲有钱，一味傲慢。代洛西的父亲也有钱，代洛西却一向不曾以此向人骄傲。诺琵斯有时想一个人占有一条长椅，别人去坐，就要憎嫌，好像于他有玷辱的。他目中看不起人，唇间无论何时，总浮着轻蔑的笑容。排了队出教室时，如果有人践踏着他的脚，那可不得了了。平常一些些的小事，他也要当面骂人，或是恐吓别人，说要叫了父亲到学校里来。其实，他对着卖炭者的儿子骂他的父亲是叫花子的时候，反被自己的父亲责骂过了的。我不曾见过那样讨厌的学生，无论那个，都不和他讲话，回去的时候，也没有人会对他说"再会"的。他忘了功课的时候，教他的连狗也没有，别说人了。他嫌恶一切人，代洛西好像更是他所嫌恶的，因为代洛西是级长。又因为大家欢喜卡隆的缘故，他也嫌恶卡隆。代洛西就是在诺琵斯的旁边的时候，也从不留意这些。卡隆听见有人告诉他诺琵斯在背后说他的坏话时，就说："怕什么，他是什么都不知道的，理他做什么？"

有一天，诺琵斯见可莱谛戴着猫皮帽子，很轻侮地嘲笑他。可莱谛这样说：

"请你暂时到代洛西那里去学习学习礼仪吧！"

昨日，诺琵斯告诉先生，说格拉勃利亚少年践踏了他的脚。

"故意的吗？"先生问。

"不，无心的。"格拉勃利亚少年答辩。于是先生说：

"诺琶斯,你在小小的事情上动怒呢。"

诺琶斯像煞有介事地说:

"我会去告诉父亲的!"

先生怒了:"你父亲也一定说你错的。因为在学校里,评定善恶,执行赏罚,全是教师之权!"接着,又和气地继续说:

"诺琶斯啊! 从此改了你的脾气,亲切地对待朋友吧。你也早应该知道,这里有劳动者的儿子,也有绅士的儿子,有富的,也有贫的,他们大家都像兄弟样地亲爱着,为什么只有你不肯这样呢? 要大家和你要好,是很容易的事,如果这样,自己也会快乐起来哩。对吗? 你还有什么要说的话吗?"

诺琶斯依然像平时那样冷笑了听着,先生问他,他只是冷淡地回答:"不,没有什么。"

"请坐下,无趣啊! 你全没有情感!"先生向他说。

这事总算完结了,不料坐在诺琶斯前面的"小石匠"回头来看诺琶斯,对他装出一个说不出的可笑的兔脸。大家都哄笑了起来,先生虽然喝责"小石匠",可是自己也不觉掩口笑着。诺琶斯也笑了,不过,却不是十分高兴的笑。

劳动者的负伤　　十五日

诺琶斯和勿兰谛真是无独有偶的。今天,眼见着悲惨的光景而漠不动心的只是他们俩。从学校回去的时候,我和父亲正在观看三年级淘气的孩子们在街路中伏着溜冰,这时街头尽处忽然跑来了大群的人,大家面上都现出忧容,低声地彼此不知谈着些什么。人群之中,有三个警察,后面跟着两个抬担架的。小孩们都从四面聚拢来观看，群众渐渐向我们近来，见那担架中卧着一个皮色青得像死人的男子，头发上都粘着血，耳朵里口里也都有血，一个抱着婴儿的妇人跟在担架旁边，发狂似的时时哭叫："死了！死了！"

妇人的后面还有一个背皮包的男子，也在那里哭着。

"怎么了？"父亲问。据说，这人是做石匠的，在工作中从五层楼上落下来了。担架暂时停下，许多人都把脸避开，那个戴赤羽的女先生把几乎要晕倒的我二年级时的女教师抱住，用身体支持着。这时，有人拍着我肩头，那是"小石匠"，他脸已青得像鬼一样，全身战栗着。这必是想着他父亲的缘故了。我也不觉惦念起他的父亲来。

啊！我可以安心在学校里读书。父亲只是在家里伏着案，所以没有什么危险。可是，有许多朋友就不然了，他们的父亲或是在高桥上工作，或是在机车的齿轮间劳动，一不小心，常要有生命的危险，他们完全和出征军人的儿子一样，所以"小石匠"一见到这悲惨的光景就战栗起来了。先生觉到了这事，就和他说：

"回到家里去！就到你父亲那里去！你父亲是平安的，快回去！"

"小石匠"一步一回头地去了，群众继续行动，那妇人伤心地叫着"死了！死了！"

"咿呀！不会死的。周围的人安慰她，她好像没有听到，只是披散了头发哭。

这时，忽然有怒骂的声音："什么！你不是在那里笑吗？"

急去看时，见有一个绅士怒目向着勿兰谛，且用了手杖把勿兰谛的帽子掠落在地上：

“除去帽子！蠢货！因劳动而负伤的人正在通过哩！”群众过去了，血迹长长地划在雪上。

囚　犯　　　　　　　　　　　　　　　　　十七日

这真是今年一年中最可惊异的事：昨天早晨，父亲领了我同到孟卡利爱利附近去寻借别墅，预备夏季去住。管理那别墅的大门钥匙的是个学校的教师，他引导我们去看了别墅以后，又邀了我们到他的房间里去喝茶。他案上摆着一个奇妙的雕刻的圆锥形的墨水瓶，父亲注意地看着，这先生说：

“这墨水瓶在我是个重宝，其来历很长哩！”他继续着就告诉我们下面的话。

据说：数年前这位先生在丘林时，有一次冬天，曾去到监狱里担任教囚犯的学科过。授课的地方在监狱的礼拜堂里，那礼拜堂是个圆形的建筑，周围有许多小而且高的窗，窗口都用铁栅栏拦住。窗的里面各有一间小室，囚犯就在各自的窗口站立着，把笔记簿摊在窗槛上用功，先生则在暗沉沉的礼拜堂中走来走去地授课。室中很暗，除了囚犯胡髭蓬松的脸孔以外，什么都看不见。这些囚犯之中，有一个七十八号的，比其余的特别用功，感谢着先生的教导。是一个黑须的年轻的人，与其说他是恶人，毋宁说他是个不幸者。他原是个细木工，因为在愤怒中，把刨子投掷一个虐待他的主人，不意误中着头部，致命而死，因此受了几年的监禁罪。他在三个月中，把读写都学会，每日读着书。学问进步，性情也因而变好，已觉悟到自己的罪过，自己痛悔了。

有一天，功课完了以后，那囚犯向着先生招手，请先生走近窗口去。说明天就要离开丘林的监狱，被转解到威尼斯的监狱里去了。他向先生告别，且用了含着深情的亲切的语声，请先生让他触一触先生的手。先生伸过手去，他就吻着，说了一声“谢谢”而去，先生缩回手时，据说手上沾着眼泪哩。先生以后就不再看见他了。

先生说了又继续着这样说：

“从此以后过了六年，我差不多已把这不幸的人忘怀了，不料前日，突然来了个不相识的人，黑须，渐花白的头发，粗下的衣装，见着我问：

“‘你是某先生吗？’

“‘你是那位？’我问。

“‘我是七十八号的囚犯。六年前曾蒙先生教我读书写字过的。先生想还记得吧：在最后授课的那天，先生曾将手递给我的。我已满了刑期了，今天来拜望，想送一件纪念品给先生，请把这收下，当作我的纪念！先生！’

“我只是无言地立着，他以为我不受他的赠品罢，他那注视着我的眼色好像在这样说：

“‘六年来的苦刑，还不足拭净这手的不洁吗？’

“他眼色中充满了痛苦，我就伸过手去，接收他的赠品，就是这个。”

我们仔细看那墨水瓶，好像是用钉子凿刻的，真不知要费去多少功夫哩！盖上雕刻着钢笔搁在笔记簿上的花样。周围刻着“七十八号敬呈先生，当作六年间的纪念”几个字。下面又用小字刻着“努力与希望”。

先生已不说什么，我们也就告别。我在回到丘林来的路上，心里总是描绘着那礼拜堂小窗口立着囚犯的光景，那向先生告别时的神情，以及在狱中作成的那个墨水瓶。昨天夜里，就做这事的梦，到今天早晨还是想着。

不料，今天到学校里去，又听到出人意外的怪事。我坐在代洛西旁边，才做好了算术题，就把那墨水瓶的故事告诉代洛西，将墨水瓶的由来，以及雕刻的花样，周围“六年”等的文字，都大略地和他诉说了一番。代洛西听见这话，就跳了起来，看看我，又看看那卖野菜人家的儿子克洛西。克洛西坐在我们前面，正背向了我们在那里一心对付算术。代洛西告诫我：“不要声张！”又捉住了我的手：

“你不知道吗？前天，克洛西对我说，他看见过他父亲在美洲雕刻的墨水瓶了。是用手做的圆锥形的墨水瓶，上面雕刻着钢笔杆摆在笔记簿上的花样。就是那个吧？克洛西说他父亲在美洲，其实，在牢里呢。父亲犯罪时，克洛西还小，所以不知道。他母亲大约也不曾告诉他哩。他什么都不知道，还是不使他知道好啊！”

我默然地看着克洛西，这时代洛西正做好算术，从桌下递给克洛西，附给克洛西一张纸，又从克洛西手中取过先生叫他抄写的每月例话《爸爸的看护者》的稿子来，说替他代写。还把一个钢笔尖塞入他的掌里，再去拍他的肩膀。代洛西又叫我对于方才所说的，务守秘密。散课的时候，代洛西急忙地对我说：

“昨天克洛西的父亲曾来接他儿子的，今天也来着吧？”

我们走到大路口，见克洛西的父亲站立在路旁，黑色的胡须，头发已有点花白，穿着粗质的衣服，那无光彩的面上，看去好像正在沉思。代洛西故意地去握了克洛西的手，大声地：

“克洛西！再会！”说着把手托在腮下，我也照样地把腮下托住。

可是，这时我和代洛西脸上都有些红了。克洛西的父亲虽然亲切地看着我们，脸上却呈露出若干不安和疑惑的影子来，我们自己觉得好像胸里正在浇着冷水！

爸爸的看护者（每月例话）

正当三月中旬，春雨绵绵的一个早晨，有一个乡下少年满身沾透了泥水，一手抱着替换用的衣包，到了那不勒斯市某著名的病院门口，把一封信递给管门的，说要会见他新近入院的父亲。少年生着圆脸孔，面色青黑，眼中好像在沉思着什么，厚厚的两唇间，露出雪白的牙齿。他父亲去年离了本国到法兰西去做工，前日回到意大利，在那不勒斯登陆后，忽然患病，遂进了这病院，一面写信给他的妻子，告诉她自己已经回国，及因病入院的事。妻得信后虽很担心，但因为有一个儿子正在病着，还有着正在哺乳的小儿，不能分身，不得已叫顶大的儿子到那不勒斯来探望父亲——家里都称为爸爸。少年是天明动身，步行了三十里的长途，才到了这里的。

管门的把信大略瞥了一眼，就叫了一个看护妇来，托她领了少年进去。

“你父亲叫什么名字？”看护妇问。

少年怕病人已有了变故，一面暗地焦急狐疑，一面颤栗着说出他父亲的姓名来。

看护妇一时记不起他所说的姓名，再问：

“是从外国回来的老年职工吗?”

“是的，职工呢原是职工，老是还不十分老的，新近才从外国回来哩。”少年说时越加担心。

“几时入院的?”

“五天以前。”少年看了信上的日期说。

看护妇暂时回忆了一会儿，突然好像记起了的样子，说：“是了，是了，在第四号病室中一直那面的床位里。”

“病得很厉害吗？怎样?”少年焦急了问。

看护妇注视着少年，不回答他，只说：“跟了我来!”

少年跟看护妇上了楼梯，到了长廊尽处一间很大的病室里，其中病床分左右二列排着。“请进来。”看护妇说。少年鼓着勇气进去，但见左右的病人都脸色发青骨瘦如柴地卧着。有的闭着眼，有的向上凝视，又有小孩似的在那里哭泣的。薄暗的室中，充满了药气味，两个看护妇拿了瓶匆忙地东西来回走着。

到了室的一隅，看护妇立住在病床的前面，扯开了床幕，说：“就是这里。”

少年哭了起来，急把衣包放下，将脸靠近病人的肩头，一手去握那露出在被外的手。病人只是不动。

少年起立了看着病人的状态又哭泣起来。这时，病人忽然把眼张开，注视着少年，似乎有些知觉了，可是仍不开口。病人很瘦，看去几乎已认不出是他的父亲还是不是，头发也白了，胡须也长了，脸孔肿胀而青黑，好像皮肤要破裂似的。眼睛缩小了，嘴唇也加厚了，差不多全不像父亲平日的样子，只有面孔的轮廓和眉间，似乎还有些像父亲。呼吸已只有微微的一点儿。

少年叫着：

“爸爸！爸爸！是我呢，不知道吗？是西西洛呢！母亲自己不能来，叫我来迎接你的。请你向我看。你不知道吗？说句话给我听听啊！”

病人对少年看了一会儿，又把眼闭拢了。

“爸爸！爸爸！你怎么了？我就是你儿子西西洛啊！”

病人仍旧不动，只是痛苦地呼吸着。少年哭泣着把椅子拉了拢去坐着等待，眼睛牢牢地注视他父亲。他想：“医生想是快来了，那时就可知道详情吧。”一面又独自悲哀地沉思，想起父亲种种的事情来，去年送他下船，在船上分别的光景，他说赚了钱回来，全家一向很欢乐地等待着的情形，接到生病的信后母亲的悲愁，以及父亲死去的状态等，都一一想起，父亲死后，母亲穿了丧服和一家哭泣的样子，也在心中浮现出了。正沉思间，觉得有人用手轻轻地拍他的肩膀，惊着去看时，原来是看护妇。

“我父亲怎么了？”他很急地问。

“这是你的父亲吗？”看护妇亲切地反问。

“是的，我来服侍他的，我父亲患的什么病？”

“不要担心，医生就要来了。”她说着去了，别的也不说什么。

过了半点钟，铃声一响，医生和助手从室的那面来了，后面跟着两个看护妇。医生按了病床的顺序，一一地诊察，费去了不少的工夫。医生愈近拢来，西西洛觉得忧虑也愈重，终于诊察到了接邻的病床了。医生是个身长而背微屈的诚实的老人。西西洛不待医生过来，就立起了身。及医生走到他身旁，他就哭了起来。医生向他注视。

“他就是这位病人的儿子，今天早晨从乡下来的。”看护妇说。

医生把一只手搭在少年肩上，向病人俯伏了检查脉搏，手摸头额，又向看护妇问了经过状况。

“也没有什么特别变化，仍照前调理他就是了。”医生对看护妇说。

“我父亲怎样？”少年鼓了勇气，含着泪问。

医生又将手放在少年肩上：

“不要担心！脸上发了丹毒了。虽是很厉害，但还有希望。请你当心服侍他！有你在旁边，真是再好没有了。”

“但是，我和他说，他一点儿不明白呢。”少年呼吸急迫地说。

“就会明白吧，如果到了明天。总之，病是应该有救的，请不要伤心！”医生安慰他说。

西西洛还有话想问，只是说不出来，医生就走了。

从此，西西洛就一心服侍他爸爸的病了。别的原不会做，或是替病人整顿枕被，或是时常用手去摸病体，或是赶去苍蝇，或是呻吟的时候，去看病人的脸，看护妇送汤药来时，就取了调匙代为灌喂。病人时时张眼看西西洛，可是好像仍不明白，不过每次注视他的时间，觉渐渐地长了些起来，西西洛用手帕遮住了眼哭泣的时候，病人总是凝视着他的。

这样过去了一天，到了晚上，西西洛拿两把椅子在病室的一角拼着当床睡了，天亮，就起来看护。这天病人的眼色，好像已有些省人事了，西西洛说种种安慰的话给病人听，病人在眼中似乎露出感谢的神情来。有一次，竟把嘴唇微动，好像要说什么话，暂时昏睡了去，忽又张开眼来找寻看护他的人。医生来看过两次，说觉得好了些了。傍晚，西西洛把茶杯拿近病人嘴边去的时候，那唇间已露出微微的笑影。于是西西洛自己也高兴了些，和病人说种种的话。把母亲的事情，妹妹们的事情，以及平日盼望爸爸回国的情形等都说给他听，又用了深情的言语，劝慰病人。懂吗？不懂吗？这样自己疑怪的时候也有，但总继续地和他说。病人虽不懂西西洛所说的话，似乎因喜听西西洛的带着深情含着眼泪的声音，所以总是侧耳听着。

第二日，第三日，第四日，都这样过去了，病人的病势才觉得好了一些，忽而又变坏起来，反复不定。西西洛尽了心力服侍，看护妇虽每日两次送面包或干酪来，也只略微吃些就算，除了病人以外，什么都如不见不闻。像病人之中突然有危笃的人了，看护妇深夜跑来，访病的亲友聚在一处痛哭等一切病院中惨痛的情景，在他也竟不留意。每日每时，他只一心对着爸爸的病，无论是轻微的呻吟，或是病人的眼色略有变化，他都会心悸起来。有时觉得略有希望，可以安心，有时又觉得难免失望，如冷水浇心，左右使他陷入烦闷。

到了第五日，病人忽然沉笃起来了，去问医生，医生也摇着头，表示难望有救，西西洛倒在椅下啜泣。可以使人宽心的是病人病虽转重，似乎神志已清了许多。他热心地看着西西洛，且露出欢悦的脸色来，不论药物饮食，别人喂他都不肯吃，除了西西洛。有时口唇也会动，似乎想说什么。西西洛当病人如此时，就去扳住他的手，很快活地这样说：

“爸爸！好好地，就快痊愈了！就要回到母亲那里去了！快了！好好地！”

这日下午四点钟光景，西西洛依旧在那里独自流泪，忽然听见室的外侧有脚步声。

“阿姐！再会!”同时又听见这样的话声。这话声使西西洛惊跳了起来,暂时勉强地把已在喉头的叫声抑住。

这时,一个手里缠着绑带的人走进室中来,后面有一个看护妇跟着送他。西西洛立在那里,发出尖锐的叫声,那人回头一看见西西洛,也叫了起来:

“西西洛!”一面箭也似的飞近拢去。

西西洛倒伏在他父亲的腕上,情不自禁地啜泣。

看护妇都围集拢来,大家惊怪。西西洛仍是泣着。父亲吻了儿子几次,又注视了那病人。

“呀！西西洛！这是哪里说起！你错到了别人那里了！母亲来信说已差西西洛到病院来了,等了你好久不来,我不知怎样地担忧啊！啊！西西洛！你几时来的？为什么会有这样的错误？我已经痊愈了,母亲好吗？孔赛德拉呢？小宝宝呢？都怎样？我现在正出院哩！大家回去吧！啊！天啊！谁知道竟有这样的事!”

西西洛想说家里的情形,可是竟说不出话。

“啊！快活！快活！我曾病得很危险了呢!”父亲说了,不断地吻着儿子,可是儿子只是立着不动。

“去吧！到夜还可赶到家里呢。”说着,要想拉了儿子走,西西洛回视那病人。

“怎么？你不回去吗?”父亲奇怪地催促着。

西西洛又回顾病人,病人也张大了眼注视着西西洛。这时,西西洛不觉从心坎里流出这样的话来。

“不是,爸爸！请等我一等！我不能回去！那个爸爸啊！我在这里住了五天了！将他当作爸爸了的。我可怜他,你看他在那样地看着我啊！什么都是我喂他吃的。他没有我，是不好的。他病得很危险，请等待我一会儿，我无论如何，今天是不能回去的。明天回去吧，等我一等。我不能弃了他走。你看，他在那样地看我呢！他不知是什么地方人，我走了，他就要独自一个人死在这里了！爸爸！暂时请让我再留在这里吧！”

“好个勇敢的孩子！”周围的人都齐声说。

父亲一时决定不下，看看儿子，又去看看那病人。问周围的人：“这人是谁？”

“也是个同你一样的乡间人，新从外国回来，恰和你同日进院的。送到病院来的时候，已什么都不知道，话也不会说了。家里的人大概都在远处，他将你的儿子当着自己的儿子呢。”

病人仍是看着西西洛。

“那末，你留在这里吧。”父亲向他儿子说。

“也不必留长久了呢。”看护妇低声地说。

“留着吧！你真亲切！我先回去，好叫母亲放心。这两块钱给你作零用。那末，再会！”说毕，吻了儿子的额，就出去了。

西西洛回到病床旁边，病人似乎就安心了。西西洛仍旧从事看护，哭是已经不哭了，热心与忍耐仍不减于从前。递药呀，整理枕被呀，把手去抚摸呀，用言语安慰他呀，从日到夜，一直陪待在旁。到了次日，病人渐渐危笃，呻吟苦闷，热度骤然增加。傍晚医生来诊，说今夜恐怕难过。西西洛越加注意，眼不离病人；病人也只管看着西西洛，时时动着嘴唇，像要说什么话。眼色有时也很和善，只是眼瞳渐渐缩小而且昏暗起来了。西西洛那夜彻夜服侍他，天将明的时候，看护妇来，一见病人的光景，急忙跑去。过了一会儿，助手就带了看护妇来。

"已在断气了。"助手说。

西西洛去握病人的手,病人张开眼向西西洛看了一看,就把眼闭了。

这时,西西洛觉得病人在紧握他的手,喊叫着说:"他紧握着我的手呢!"

助手俯身下去观察病人,不久即又仰起。

看护妇从壁上把耶稣的十字架像取来。

"死了!"西西洛叫着说。

"回去吧,你的事完了。你这样的人是有神保护的,将来应得幸福,快回去吧!"助手说。

看护妇把窗上养着的堇花取下交给西西洛:

"没有可以送你的东西,请拿了这花去当作病院的纪念吧!"

"谢谢!"西西洛一手接了花,一手拭眼。"但是,我要走远路呢,花要枯掉的。"说着将花分开了散在病床四周:

"把这留了当作纪念吧!谢谢,阿姐!谢谢,先生!"又向着死者:

"再会!……"正出口时,忽然想到如何称呼他?踌躇了一会儿,那五日来叫惯了的称呼,不觉就脱口而出:

"再会!爸爸!"说着取了衣包,忍住了疲劳,倦倦地慢慢地出去。天已亮了。

铁工场　　十八日

泼来可西昨晚来约我去看铁工场,今天和父亲出去的时候,父亲就领我到泼来可西父亲的工场里去。我们将到工场,见卡洛斐抱了个包从内跑出，衣袋里仍是藏着许多东西，外面用外套罩着。哦！我知道了，卡洛斐时常用炉屑去掉换旧纸，原来是从这里拿去的！走到工场门口，泼来可西正坐在砖瓦堆上，把书放在膝上用功呢。他一见我们，就立起招呼引导。工场宽大，里面到处都是炭和灰，还有各式各样的锤子、铁子、铁棒及旧铁等类的东西。屋的一角燃着小小的炉子，有一少年在拉风箱。泼来可西的父亲站在铁砧面前，另一年青的汉子正把铁棒插入炉中。

那铁匠一见我们，脱去了帽：

“难得请过来，这位就是送小火车的哥儿！想看看我们做工的吧，就做给你看。”说着微笑。以前的那种怕人的神气，凶恶的眼光，已经没有了。年青的汉子将赤红的铁棒取出，铁匠就在砧上敲打起来。所做的是栏杆中的曲干，用了大大的锤，把铁各方移动，各方敲打。一瞬间，那铁棒就弯成花瓣模样，其手段的纯熟，真可佩服。泼来可西很得意似的向我们看，好像是在说：“你们看！我的父亲真能干啊！”

铁匠把这作成以后，擎给我们看：

“怎么样？哥儿！你可知道做法了吧？”说着把这向旁安放，另取新的铁棒插入炉里。

“做得真好！”父亲说，“你这样劳动，已恢复了从前的元气了吧？”

铁匠略红了脸，拭着汗：

“已能像从前一样地一心劳动了。我能改好到这地步，你说是谁的功劳？”

父亲似乎一时不了解他的问话，铁匠用手指着他自己的儿子：

“全然托了这家伙的福！做父亲的只管自己喝酒，像待狗样地恶待他，他却用了功把父亲的名誉恢复了！我看见那奖牌的时候——喂！小家伙！走过来给你父亲看看！”

泼来可西跑近父亲身旁，铁匠将儿子抱到铁砧上，携了他的两手说：

“喂！你这家伙！还不把你父亲的脸揩拭一下吗？”

泼来可西去吻他父亲墨黑的脸孔，自己也惹黑了。

“好！”铁匠说着把儿子重新从砧上抱下。

“真的！这真好哩！泼来可西！”我父亲欢喜地说。

我们辞别了铁匠父子出来。泼来可西跑近我，说了一句“对不起！”一边将一束小钉塞入我的袋里。我约泼来可西于“谢肉节”到我家里来玩。

到了街路上，父亲和我说：

“你曾把那火车给了泼来可西，其实，那火车即使用黄金制成，里面装满了珍珠，对于那孩子的孝行，还嫌是很轻微的赠品呢！”

小小的卖艺者　　二十日

谢肉节快过完了，市上非常热闹。每一处空地里都搭着做戏法或说书的棚子。我们的窗下，也有一个布棚，从威尼斯来的马戏班，带了五匹马在这里卖艺。棚设在空地的中央，棚的一旁停着三辆马车。卖艺的睡觉、化装，都在这车里。竟好像是三间房子，不过附有轮子罢了。马车上各有窗子，又各有烟囱，不断地冒着烟。窗间晒着婴儿的衣服，女人有时抱了婴孩哺乳，有时弄食物，有时还要走绳。可怜！平常说起变戏法的，好像不是人，其实，他们把娱乐供给人们，很正直地过着日子哩！啊！他们是何等勤苦啊！在这样的寒天，终日只穿了一件汗衣在布棚与马车间奔走。立着身子吃一口或两口的食物，还要等休息的时候。棚里观众集拢了以后，如果一时起了风，把绳吹断或是把灯吹黑，一切就都完了！他们要付还观众的戏票钱，谢去观众，再连夜把棚子修好。这个戏法班中有两个小孩。其中小的一个，在空地里行走的时候，我父亲看见他，知道就是这个班主的儿子，去年在维多利亚·爱马努爱列馆，乘马卖艺，我们曾看见过他的。已经大了许多了，大约八岁是有了吧。他生着聪明的圆脸，墨黑的头发在圆锥形的帽子外露出。小丑打扮，上衣的袖子是白的，衣上绣着黑的花样，足上是布鞋子。那真是一个快活的小孩，大家都喜欢他。他什么都会做。早晨起来披了围巾去拿牛乳呀，从横巷的暂租的马房里牵出马来呀，管婴孩呀，搬运铁圈、踏凳、棍棒及线网呀，打扫马车呀，点灯呀，都能干。空闲的时候呢，却只是缠在母亲身边。我父亲时常从窗口去看他，只管说起关于他的话。他的两亲似乎有许多地方也不像下等人，据说很爱他的。

晚上，我们到棚里去看戏法，这天很寒冷，观众不多。可是那孩子要想使这少数的观众欢喜，非常卖力。或从高处飞跳下地来，或拉住马的尾巴，或独自走绳，且在那可爱的黑脸上浮了微笑唱歌。他父亲看了赤色的小衣和白色的裤子，穿了长靴，拿了鞭，看着自己的儿子玩把戏，脸上似乎带着悲容。

我父亲很替那小孩了可怜，第二天，和来访的画家代利斯谈起：

“他们一家真是拼命地劳动着，可是生意不好，很困苦着吧！尤其是那小孩子，我很欢喜他。可有什么帮助他们的方法吗？”

画家拍着手：

“我想到了一个好方法了！请你写些文章投寄《格射谛报》，你是个能作文章的，可将那小艺人的绝艺巧妙地描写出来，我来替那孩子画肖像吧。《格射谛报》是没有人不看的，他们的生意一定立刻会发达哩。”

于是，父亲执了笔作起文章来，把我们从窗口所看见的情形等，很有趣地、很动人地写了；画家又画了一张与真面目无二的肖像，登入星期六晚报。居然，第二天的日戏，观众大增，场中几乎没有立足的地方。观众手里都拿着《格射谛报》，有的给那孩子看，孩子欢喜得东蹦西跳，班主也大为欢喜，因为他们的名字一向不曾被登入报里过。父亲坐在我的旁边，观众中有许多相识的人，近马的入口，有体操先生立着，就是那曾在格里波底将军部下的。我的对面，“小石匠”翘着小小的圆脸孔，靠在他那大大的父亲身旁。他一看见我，立刻装出兔脸来。再往那面点，卡洛斐在着，他屈了手指在那里计算观众与戏资的数目哩。靠我们近旁，那可怜的洛佩谛倚在他父亲炮兵大尉身上，膝间放着拐杖。

把戏开场了。那小艺人在马上、踏凳上、绳上，演出各样的绝技。他每次飞跃下地，观众都拍手，还有去摸他的小头的。别的艺人，也轮番地献出种种的本领，可是观众的心目中都只有他，他不出场的时候，观众都像很厌倦似的。

过了一会儿，在马的入口的近处立着的体操先生，靠近了班主的耳朵，不知说了些什么，又寻人也似的把眼四顾，终而向着我们看。大约他在把新闻记事的投稿者是谁报告班主吧。父亲似乎怕受他们感谢，对我说：

“安利柯！你在这里看吧，我到外面等你。”出场去了。

那孩子和他父亲谈说了一会儿，又来献种种的技艺。立在飞奔的马上，装出参神、水手、兵士及走绳的样子来，每次经过我面前时，总向我看。一下了马，就手执了小丑的帽子在场内环走，观众有的投钱在里面，也有投给果物的，我正预备着两个铜元，想等他来时给他，不料他到了我近旁，不但不把帽子擎出，反缩了回去，只是目视着我走过去了。我很不快活，心想，他为什么如此呢？

把戏完毕，班主向观众道谢后，大家都起身拥出场外。我被挤在群众中，正出场门的时候，觉着有人触我的手。回头去看，原来就是那小艺人。小小的黑脸孔上垂着黑发，向我微笑，手里满捧了果子。我见了他那样子，方才明白他的意思。

“你不肯稍微取些果子吗？”他用了他的土音说。

我点了点头，取了二三个。

“请让我吻你一下！”他又说。

“请吻我两下！”我抬过头去，他用手拭去了自己脸上的白粉，把腕勾住了我的项颈，在我颊上接了两次吻，并且说：

“这里有一个请带给你的父亲！”

谢肉节的末日　　　　二十一日

今天化装行列通过，发生了一件非常悲惨的事情，幸而结果没有什么，不曾造成了意外的灾祸。桑·卡洛的空地中，聚集了不知多少的用红花、白花、黄花装饰着的人。各色各样的化装队来来往往巡游，有装饰成棚子的马车，有小小的舞台，还有乘着小丑、兵士、厨司、水手、牧羊妇人等的船，混杂得令人看都来不及看。喇叭声、鼓声，几乎要把人的耳朵震聋。马车中的化装队，或饮了酒跳跃，或和行人及在窗上望着的人们攀谈。同时，对手方面也竭力发出大声来回答，有的投掷橘子、果子给他们。马车上及群众的头上，只看见飞扬着的旗帜，闪闪发光的帽子，颤动的帽羽，及摇摇摆摆的厚纸盔。大喇叭呀，小鼓呀，几乎闹得天翻地覆。我们的马车进入空地时，恰好在我们前面有一辆四匹马的马车。马上都带着金镶的马具，并且用纸花装饰着。车中有十四五个绅士，扮成法兰西的贵族，穿着发光的绸衣，头上戴着白发的大假面和有羽毛的帽子。腰间挂着小剑，胸间用花边、苏头等装饰着。样子很是好看。他们一齐唱着法兰西歌，把果子投掷给群众，群众都拍手喝彩起来。

这时，突然有一个男子从我们的左边过来，两手抱了一个五六岁的女孩，高高地擎出在群众的头上。那女孩可怜已哭得不成样子，全身起着痉挛，两手颤栗着。男子挤向绅士们马车旁去，见车中一个绅士弯了身注视他，他就大声叫道：

“替我接了这小孩，这是一个迷了路的。请你将她高举起来，她的母亲大概就在这近旁吧，就会寻着她吧。除此也没有别的方法了！”

绅士抱过小孩去，其他的绅士们也不再唱歌了。小孩拼命地哭着，绅士把假面除了，马车缓缓地前进。

事后听说：这时空地的那面，有一个贫穷的妇人，发狂似的在群众中挤来挤去，哭着喊着：

“玛利亚！玛利亚！我不见了女儿了！被拐了去了！被人踏死了！”

这样狂哭了好一会儿，被挤在群众之中，只是来往焦躁。

车上的绅士，将小孩抱住在他用花边、苏头装饰着的胸怀里，一面眼向四方环看，一面逗诱着小孩，小孩不知自己到了什么地方了，只用手遮住了脸，啜泣得几乎要把小胸膛裂破。这啜泣声似乎很打击了绅士的心了，使绅士烦恼得手足无措。其余的绅士们想把果子、橘子等给与小孩，幼儿却用手推开，愈加哭泣得厉害起来。

绅士向着群众叫喊：“替我找寻那做母亲的！”大家都向四方留心，总不见有像她母亲的人。一直到了罗马街，始看见有一个妇人向马车方面追赶过来。啊！那时的光景，我永远不会忘记的！那妇人已不像个人样，发也乱了，脸也歪了，衣服也破了，喉间发出一种怪异的声音，——差不多分辨不出是快乐的声音还是苦闷的声音来，奔近车前，突然伸出两手想去抱那小孩，马车于是停止了。

“在这里呢。”绅士说了将小孩吻了一下，递给她母亲手里。母亲狂也似的抱过去贴紧在胸前，可是小孩的一只手还放在绅士的手里。绅士从自己的右手上脱下一个镶金刚石的指环来，很快地套在小孩指上：

“将这给了你，当作将来的嫁妆吧！”

那做母亲的呆了，化石般立着不动，群众的喝彩声，四面八方都响起来了，绅士于是重新把假面戴上，同伴们又唱起歌来，马车慢慢地从拍手喝彩声中移动了。

盲　孩　　　　　　　　　　　　　　　二十四日

我们的先生大病，五年级的先生来代课了。这位先生以前曾经做过盲童学校里的教师，是学校当中年纪最大的先生。头发的白，几乎像棉花作成的假发，说话的调子很妙，好像在唱着悲歌。可是，讲话很巧，并且熟悉种种的世事。一入教室，看见一个眼上缚着绷带的小孩，就走近他的身旁去，问他患了什么。

"眼睛是要注意的！我的孩子啊！"这样说。于是代洛西问先生：

"听说先生曾做过盲童学校里的先生，真的吗？"

"呃，曾做过四五年。"

"可以将那里的情形讲给我们听听吗？"代洛西低声说。

先生回到自己的座位上了。

"盲童学校在维亚尼塞街哩。"可莱谛大声地说。

先生于是静静地开口了。

"你们说'盲童，盲童'，好像很是平常。你们能真懂得'盲'字的意味吗？请想想看，盲目！什么都不见，昼夜也不能分别，天的颜色，太阳的光，自己父母的面貌，以及在自己周围的东西，自己手所碰着的东西，一切都不能看见。说起来竟好像是一出世就被埋在土里，永久住在黑暗之中的样子。啊！你们暂时闭住了眼睛看！并想象终身都非这样不可的情境看！如此你们就会觉得心里难过起来，可怕起来吧！觉得无论怎样也忍耐不住，要哭泣起来，或是发狂而死了吧！虽然如此，你们初到盲童学校去的时候，在休息时间中，可以看见盲童在这里那里弄小提琴呀，吹笛呀，大踏步地上下楼梯呀，在廊下或寝室奔跑呀，大声地互相谈说呀，你们也许觉得他们的境遇，并不怎样不幸吧！其实，真正的情况，非用心细察，是不会明白的。他们在十六七岁时期中，很多意气旺盛的少年，好像不怎么以自己的残废为痛苦的。可是，我们见了他们那种高慢自矜的神情，愈可知道他们到将来意识到自己的不幸这中间，要经过多少的难过啊！其中也有可怜地青着脸，似乎已意识到了自己的不幸的人，他们虽已意识到，但总现出痛苦的样子，我们一定可以想见他们有暗泣的时候的。啊！诸君！这里面有只患了二三日的眼病就盲了的，也有经过几年的疾病，受了可怖的手术，终于盲了的。还有，出世就盲的，这竟像是生于夜的世界，完全如生活在大坟墓之中了。他们不曾见过人的脸是怎样。你们试想：他们一想到自己与别人的差别，自己问自己'为什么有差别？啊！如果我们眼睛是亮的……'的时候，将怎样苦闷啊！怎样烦恼啊！

"在盲童中生活过几年的我，记得出永远闭锁着眼的无光明无欢乐的那些小孩们。现在见了你们，觉得你们之中无论那一个，都不能说是不幸的。试想：意大利全国有二万六千个盲人啊！就是说，不能见光明的有二万六千人啊！知道吗？如果这些人排成行列，在这窗口通过，要费四小时光景哩！"

先生到此把话停止了。教室立刻肃静。代洛西问："盲人的感觉，据说是比一般人灵敏，真的吗？"

先生说：

"是的，眼以外的感觉是很灵敏的。因为无眼可用，多用别的感觉来代替眼睛，当然是会特别熟练了。天一亮，寝室里的一个盲童就问：'今天有太阳吧？'那最早穿好了衣服的即跑出庭中，用手在空中查察日光的有无以后，跑回来回答问的说：'有太阳的。'盲童还能听了话声辨别出说话的人的长矮来。我们平常都是从眼色上去看别人的心，他们却能听了声音就会知道。他们能把人的声音记忆好几年，一室之中，只要有一个人在那里说话，其余的人虽不作声，他们也能辨别出室中的人数来。他们能碰着食匙就知其发光的程度，女的孩子则能分别染过的毛线与不染过的毛线。排成二列在街上行走的时候，普通的商店，他们能闻了气味就知道，陀螺旋着的时候，他们只听了那呜呜的声音，就能一直走过去取在手里。他们能旋环子，跳绳，用小石块堆筑房屋，采堇花，用了各种的草很巧妙地编织席或篮子。——他们的触觉练习得这样敏捷，触觉就是他们的视觉。他们最喜探摸物的形状。领他们到了工业品陈列所去的时候，那里是许可他们摸索一切的，他们就热心地奔去捉摸那陈列的几何形体呀，房屋模型呀，乐器等类，用了惊喜的神气，从各方面去抚摸，或是把它翻身，探测其构造的式样！在他们叫做'看'。"

卡洛斐插言，把先生的话头打断，问盲人是否真的擅长计算的。

"真的啰。他们也学算术与语文。课本也有，那文字是突出在纸上的，他们用手摸了去读。读得很快呢！他们也能写，不用墨水，用针在厚纸上刺成小孔，因为那小孔的排列式样，就可代表各个字母。只要把厚纸翻身，那小孔就突出在背后，可以摸着读了。他们用此作文、通信、数字，也用这方法写了来计算。他们心算很巧，这因为眼睛一无所见、心专一了的缘故。盲孩读书很热心，一心把它记熟，连小小的学生，也能就历史、语文上的事情，大家互相议论。四五个人在长椅上坐了，彼此眼不见谈话的对手在那里，第一位与第三位做了一组，第二位与第四位又成了一组，大家高声间隔地同时谈话，一句都不会误听。

“盲童比你们更看重试验，与先生也很亲热。他们能根据脚步声和气味，认识先生。只听了先生一句话，就能辨别先生心里是高兴或是懊恼。先生称赞他们的时候，都来扳着先生的手或臂，高兴喜乐。他们在同伴中友情又极好，总在一处玩耍。在女子学校中，是按照乐器的种类自已组织团体的，有什么小提琴组、钢琴组、箫笛组，各自集在一处玩弄，要使她们分离，不是容易的事。他们判断也正确，善恶的见解也明白，听到真正善意的话，会发出惊人的热心来。”

华梯尼问他们会不会善于使用乐器。

“非常喜欢音乐，音乐是他们的快乐，音乐是他们的生命。才入学的小小的盲孩，已会站立了听三小时光景的演奏，他们立刻就能学会，而且用了火样的热心去做。如果对他们说‘你音乐不好啰！’他们就很失望，但因此更拼命去学习了。把头后仰了，嘴上绽着微笑，红着脸，含着感情，在那黑暗的周围中一心神往地听着谐和的曲调：见了他们那种神情，就可知音乐是何等神圣的安慰了。对他们说，你可成音乐家，他们就发出欢声露出笑脸来。音乐最好的——小提琴拉得最好或是钢琴弹得最好的人，被大家敬爱得如王侯。如果遇到争执，就齐集到他那里，求他评判，在他那里学音乐的小学生，把他当作父亲看待，晚上睡觉的时候，大家都要对他说了‘请安息！’才去睡。他们一味谈着音乐的话，夜间在床上是这样，日间疲劳得要打盹的时候，也仍低声谈说歌剧、音乐的名人，乐器或乐队的事。禁止读书与音乐，在他们是最严重的处罚，那时他们的悲哀，使人见了不忍再将那种的责罚加于他们。好像光明在我们的眼睛里是不能缺的东西一样，音乐在他们也是不能缺的东西。”

代洛西问我们可以到盲童学校里去看吗？

“可以去看的。但是你们小孩还是不去的好。到年岁大了能完全了解这不幸，同情于这不幸了以后，才可以去。那种光景是看了可怜的。你们只要走过盲童学校前面，常可看见有小孩坐在窗口，一点不动地浴着新鲜空气。平常看去，好像他们正在眺望那宽大的绿野或苍翠的山峰呢，然而一想到他们是什么都不能见，永远不能见这美的自然，这时你们的心就会好像受了压迫，觉得这时你们自己也成了盲人了的吧？其中，出生就盲了的，因为开始就未曾见过世界，苦痛也就不多。至于二三月前新盲了目的，心里记着各种事情，明明知道现在都已不能再见了，并且那心中所记着的可喜的印象，逐日地消退下去，自己所爱的人的面影，渐渐退出记忆之外，就觉得自己的心一日一日地黑暗了。有一天，这里面有一个，非常悲哀地和我说：‘就是一瞬间也好，让我眼睛再亮一亮，再看看我母亲的脸孔，我已记不清母亲的面貌了！’母亲们来望他们的时候，他们就将手放在母亲的脸上，从额以至面颊耳朵，处处抚摸，一面还反复地呼着：‘母亲！母亲！’见了那种情形，不论怎样心硬的人，也不能不流了泪走开的！离开了那里，觉得自己的眼睛能看，实在是例外的事；觉得能看得见人面、房屋、天空，是过份的特权了。啊！我料想你们见了他们，如果能够，谁都宁愿分出一部分自己的视力来，给那全班可怜的——太阳不替他们发光，母亲不给他们脸面看的孩子们的吧！”

病中的先生　　二十五日

今日下午从学校回来，顺便去望先生的病。先生是因过度劳累才病了的。每日授五小时的课，运动一小时，再去夜学校担任功课二小时，吃饭只是草草地吞咽，从朝到晚一直劳动着没有休息，所以把身体弄坏了，这些都是母亲说给我听的情形。母亲在先生门口等我，我一个人进去，在楼梯里看见黑发的考谛先生，就是那只哄吓小孩、从不加罚的先生。他张大了眼看着我，毫无笑容地用了狮子样的声音说可笑的话，我觉得可笑，一直到四层楼去按门铃的时候还是笑着。仆人引我入那狭小阴暗的室里去，我才停止了笑。先生现在室内卧着，他卧在铁质的床上，胡须长得深深地，一手遮在眼旁，看见了我，就用了含着深情的声音说：

"啊！安利柯吗？"

我走近床前，先生一手搭在我的肩上：

"来得很好！安利柯！我已病得这样了，学校里怎样？你们大家怎样？好吗？啊！我虽不在那里，先生虽不在那里，你们也可以好好地用功的，不是吗？"

我想回答说"不"，先生拦住了我的话头：

"是的，是的，你们都看重我的！"说着叹息。

我眼看着壁上挂着的许多相片。

"你看见吗？"先生说给我听。"这都是二十年前得着的，都是我所教过的孩子呢。个个是好孩了。这就是我的纪念品，我预备将来死的时候，看着这许多相片断气，我的一生是在这班勇

我預備將來死的時候，看看這許多相片斷氣

健淘气的孩子中度过的啰。你如果毕了业，也请送我一张相片吧！送我的吗？”说着从桌上取过一个橘子，给我塞在手里，又说：

“没有什么给你的东西，这是别人送来的。”

我凝视着橘子，不觉悲伤起来，自己也不知道为了什么。

“我和你讲，”先生又说，“我还望病好起来。万一我病不好，望你用心学习算术，因为你算术不好。要好好地用功的啊！困难只在开始的时候，不能做的事是决没有的，所谓不能，无非是用功不够罢了。”

这时先生呼吸迫促起来，神情很苦。

“发热呢！”先生叹息着说，“我差不多没用了！所以望你将算术、将练习题好好地用功！做不出的时候，暂时休息一下再做，要一一地去做，但是不要心急！勉强是不好的，不要过于拼命！快回去吧！望望你的母亲！不要再来了！将来在学校里再见吧！如果不能再见面，你要将这爱着你的四年级的你的先生，时时记起的啊！”

我要哭了。

“把头伸些过来！”先生说着自己也从枕上翘起头来，在我发上亲吻，并且说：“可回去了！”眼睛转向壁上去看。我飞跑地下了楼梯，因为急于想投到母亲怀里去了。

街　路　　　　　　　　　　　　二十五日

今日你从先生家里回来的时候，我在窗口望你。你碰撞了妇人了。走街路是最要当心的呀！在街路上也有我们应守的义务，既然知道在家里样子要好，那么在街路上也是同样，街路就是万人的家呢！安利柯！不要把这忘了！遇见老人，贫困者，抱着小孩的妇人，拄着拐杖的跛脚，负着重物的人，穿着丧服的人，总须亲切地把路让过。我们对于衰老、不幸、残废、劳动、死亡和慈爱的母亲，应表示敬意。见人将被车子碾轧的时候，如果那是小孩，应去救援他；是大人的时候，应注意关照他。见有小孩独自在那里哭，要问他原因；见老人落了杖，要替他拾起。有小孩在相打，替他们拉开，如果那是大人，不要近拢去。暴乱人们的相打是看不得的，看了自己也不觉会残忍起来了。有人被警察吊着走过的时候，虽然有许多人集在那里看，但也不该加入张望，因为那人或是冤枉被吊，也说不定的。如果有病院的畀床正在通过，不要和朋友谈天或笑，因为在畀床中的或是临终的病人，或竟是葬式，都说不定。明天，自己家里或许也要有这样的人哩！遇着排成二列走的养育院的小孩，要表示敬意——无论所见的是盲人，是驼背者的小孩，是孤儿，或是弃儿，都要想到此刻我眼前通过着的，不是别的，是人间的不幸与慈善。如果那是可厌可笑的残疾者，装作不看见就好了。路上有未熄的火柴梗，应随即踏熄，因为那是弄得不好，要酿成大祸，伤人生命的东西。有人问你问路，你应亲切而仔细地告诉他。不要见了人笑，非必要勿奔跑，勿高叫。总之，街路是应该尊敬的，一国国民的教育程度，因了街上行人的举动，最可看出，街上如果有不好的样子，家里也必定有同样的不好的情形的。

还有，研究市街的事，也很重要。自己所住着的城市，应该加以研究。将来不得已离去了这城市的时候，如果还能把那地方明白记忆，能把某处某处一一都记出来，这是何等愉快的事呢！你的诞生地，是你几年中的世界。你曾在这里，随着母亲学步，在这里学得初步的知识，养成最初的情绪，求觅最初的朋友的。这地方实是生你的母亲，教过你，爱过你，保护过你。你要研究这市街及其居民，而且要爱。如果这市街和居民遭逢了侮辱，你是应该竭力卫护的。

——父亲

第六卷　三月

夜学校　　二日

昨晚，父亲领了我去参观夜学校。校内已上了灯，劳动者渐渐从四面集来。进去一看，见校长和别的先生们正在发怒，据说，方才有人投掷石子，把玻璃窗打破了。校役奔跑出去，从人群中拖捉了一个小孩来。这时，住在对门的斯带地跑来说：

“不是他，我看见的。投掷石子的是勿兰谛。勿兰谛曾对我说：‘你如果去告诉，我是不甘休的！’但是我不怕他。”

校长先生说勿兰谛非除名不可。这时，劳动者已聚集了二三百人。我觉得夜学校真有趣，有十二岁光景的小孩，有才从工场回来留着胡须而拿书本、笔记簿的大人，有木匠，有黑脸的伙夫，有手上沾了石灰的石匠，有发上满是白粉的面包店里的徒弟。漆的气息，皮革的气息，鱼的气息，油的气息——一切职业的气息都有。还有，炮兵工厂的职工，也穿了军服样的衣服，大批地由伍长率领着来了。大家都急忙找到了座位，低了头就用起功来。

有的翻开了笔记簿到先生那里去请求解释，我见那个平常叫做“小律师”的穿美服的先生，正被四五个劳动者围住了用笔改削着什么。有一个染店里的人，把笔记簿用赤色、青色颜料装饰了来，引得那跛足的先生笑了。我的先生病已愈了，明日就可依旧授课，晚上也在校里。教室的门是开着的，由外面可以望见一切。上课以后，他们眼睛都不离书本，那种热心，真使我佩服。据校长说，他们要想不迟到，大概都不吃正式晚餐，甚至于有空了腹来的。

可是，那年纪小的经过约有一半时间，就要伏在桌上打盹儿，有一个竟将头靠在椅上睡去了。先生用笔杆触动他的耳朵，使他醒来。大人都不打瞌睡，只是目不转睛地张了口注意功课。见了那种有了须的人，坐在我们的小椅子上用功，真使我感动。我们又上楼去到了我一级的教室门口，见我的座位上坐着一位胡须很多的手上缚着绷带的人。大概是在工场中被机器伤了手的吧，慢慢地正在写着字呢。

最有趣的，是那“小石匠”的高大的父亲，他满满地就坐在“小石匠”的座位上，把手托着面颊，一心地在那里看书。这不是偶然的。据说，他第一夜到校里来，就和校长商量：

“校长先生！请让我坐在我们‘兔头’的位子里吧！”他无论何时都称儿子为“兔头”的。

父亲一直陪我看到课毕才离去，到了街上，见妇人们都抱了儿女等着丈夫从夜学校出来。在学校门口，丈夫从妻子手里抱过儿女去，把书册、笔记簿交给妻的手里，大家一齐回家。一时街上满是人声，过了一会儿，即渐渐静去，最后只见校长的高长瘦削的身影，向前面消失了去。

相　打　　五日

这原是意中事：大约勿兰谛因为被校长命令退学，想向斯带地报仇，有意在归路上等候斯带地的。斯带地是每日到大街的女学校去领了妹子回家的，雪尔维姊姊一走出校门，见他们正在相打，就吓慌了逃回家里。据说，情形是这样：勿兰谛把那蜡布的帽子歪戴在左耳旁，蹑手蹑脚地赶在斯带地的后面，故意把他妹子的头发向后猛拉，他妹子几乎仰面跌倒，就哭叫了起来。斯带地急回头去，见是勿兰谛，那神气好像在说“我比你大得多，你这家伙是不敢做声的，如果你说什么，就把你打倒”的样子。

不料斯带地却毫不恐惧，他虽小小的，竟跳过去攫住敌人，举拳打去。但是，还没有打着，反给敌人回打了一顿，这时街上除了女学生外没有别人，没有人前去把他们拆开。勿兰谛把斯带地翻倒地上，乱打乱踢，一瞬间斯带地耳朵也破了，眼也肿了，鼻中流出血来。虽然这样，斯带地仍不屈服，怒骂着说：

“要杀就杀，我总不饶你！”

两人或上或下，互相扭打。一个女子从窗口叫喊：“但愿小的那个胜！”别的也叫喊：“他是保护妹子的，打呀！打呀！打得再厉害些！”又骂勿兰谛：“欺侮这弱者！卑怯的东西！”勿兰谛狂也似的扭着斯带地。

“服了吗？”

“不服！”

“服了吗？”

“不服！”

忽然，斯带地掀起身来，拼了命扑向勿兰谛，用尽了力，把勿兰谛摔倒在石阶上，自己在上面骑着。

“啊！这家伙带着小刀呢！”旁边一个男子叫着，跑过来想夺下勿兰谛的小刀。斯带地愤怒极了，忘了自己，这时已经用双手把敌人的手臂捉住，咬他的手，小刀也就落下。勿兰谛的手上流出血来，恰好有许多人集合了把二人拉开，勿兰谛狼狈地逃去了。斯带地满脸都是伤痕，一只眼睛漆黑，一面又带着战胜的矜夸，立在哭着的妹子身旁。有二三个小女孩替他收拾着散落在街上的书册和笔记簿。

“能干！能干！保护了妹子了。”旁人说。

斯带地把书包看得比相打的胜利还重。将书册、笔记簿等一一检查，看有没有遗失或破损的。用袖把书拂过，又把钢笔的数目点过，仍旧藏在原来的地方。然后像平常的态度，向妹子说：

“快回去吧！我还有一门算术没有做出哩！”

学生的父母　　六日

斯带地的父亲，恐防自己的儿子再有遇着勿兰谛那样的事，今天特来迎接。其实，勿兰谛已经被送到感化院去，不会再出来了。

今天学生的父母来的很多。可莱谛的父亲也到了，容貌很像他儿子，是个瘦小敏捷、头发挺硬的人，上衣的纽孔中带着勋章。我差不多已把学生的父母个个都认识了，有一个弯了背的老妇人，领了在二年级的孙子，不管下雨下雪，每日总到学校里来走四次。替孙子穿外套呀，脱外套呀，整好领结呀，拍去灰尘呀，整理笔记簿呀。这位老妇人，恐怕是除了这孙子以外，对于世界，已经没有别的想念了吧。还有，那被马车碾伤了脚的洛佩谛的父亲炮兵大尉，也是常来的。洛佩谛的朋友于回去时去抱洛佩谛，他父亲就去返抱他们，当做还礼。如果那是穿粗衣服的贫孩，更非常爱惜，向着他们道谢。

其中，也有很可怜的事：有一个绅士，原是每天领了儿子们来的。他因为一个儿子死了，一个月来，只叫女仆代理他伴送。昨天偶然到学校里来，见了孩子的朋友，就躲在屋角里用手掩着面哭了起来，给校长看见，拉了他的手同到校长室里去了。

这许多父母中，有的能全数记着自己儿子的朋友的姓名。隔壁的女学校或中学校的学生们，也有领了自己的弟弟来的。有一位以前曾做过大佐的老绅士，见学生们有书册、笔记簿掉落，就代为拾起。又在校里，时常看见有衣服华美的绅士们和头上包着手巾或是手上拿着篮的人，共同谈着校里的事情，说什么：

"这次的算术题目很难哩！"

"那个文法课今天是教不完了。"

同级中遇有生病的学生，大家就都知道。病一痊愈，大家就都欢喜。今天那克洛西的卖野菜的母亲身边，围立着十个人光景的绅士及职工，探问和我弟弟同级的一个孩子的病状。这孩子就住在卖菜的附近，正生着危险的病呢。在学校里，无论什么阶级的人，都成了平等的友人了。

七十八号的犯人　八日

昨天午后，见了一件可感动的事。这四五天来，那个卖野菜的妇人遇到代洛西，总是用了爱敬的眼色注视他。这是因为代洛西自从知道了那七十八号犯人和墨水瓶的事，就爱护那卖野菜的妇人的儿子克洛西——那个一手残废了的赤发的小孩——在学校里的时候替他帮忙指教他所不知道的，或是送他铅笔及纸类。代洛西对于他父亲的不幸，很是感动，所以把他像自己的弟弟一般地爱护着。

卖野菜的母亲，这四五天中见了代洛西，总是盯着眼睛看他。这母亲是个善良的妇人，是只为儿子生存着的。代洛西是个绅士的儿子，又是级长，竟能那样爱护她的儿子，在她眼中看来，代洛西已成了王侯或是圣人样的人物了。每次注视了代洛西，好像有什么话要说而又不敢出口的样子。到了昨天早晨，毕竟在学校门口把代洛西叫住了，这样说：

“哥儿，真对不起你！你把我儿子那样爱护，不肯收受我这穷母亲的纪念物吗？”说着从菜篮里取出小小的果子盒来。

代洛西脸全通红了，就明白地谢绝她说：

“请给了你自己的儿子吧！我是不受的。”

那妇人难为情起来了，支吾地辩解着说：

“这不是什么了不得的东西，只是些微的方糖哩！”

代洛西仍旧摇着头说：“不。”

于是那妇人赧然地从篮里取出一束萝卜来：

“那么，请收了这个吧！这还新鲜哩——请送与你母亲！”

代洛西微笑着：

“不，谢谢！我什么都不要。我愿尽力替克洛西帮忙，但是什么都不受的。谢谢！”

那妇人很惭愧地问：

“你可是动气了吗？”

“不，不。”代洛西说了笑着就走。

那妇人欢喜得了不得，自语说：

“咿呀！从没有见过有这样漂亮的好哥儿哩！”

这事总以为这样就完了，不料午后四时光景，做母亲的不来，他那瘦弱而脸上有悲容的父亲来了。他叫住了代洛西，好像觉得代洛西已经知道了他的秘密的样子，把代洛西只管注视，用了悄然的温和的声音和代洛西交谈：

“你爱护我的儿子，为什么竟那样地爱护他呢？”

代洛西脸红得像火一样，他大概想这样说吧：

“我的爱他，是因为他不幸的缘故。又因为他父亲是不幸的人，是忠实地偿了罪的人，是有真心的人的缘故。”可是究竟没有说这话的勇气。大约是因眼见着曾杀过人，曾住过六年监牢的犯人，心里不免恐惧了吧。克洛西的父亲似乎已觉到了这层，就附着代洛西的耳朵低声地说，说时他差不多是颤栗着的：

“你大概是爱我的儿子，而不欢喜我这做父亲的吧？”

“哪里，哪里！全没有那样的事。”代洛西从心底里这样喊着说。

于是，克洛西的父亲走近去，想用腕勾住代洛西的项颈，终于不敢这样，只是把手指插入那黄金色的头发里抚摸了一会儿。又眼泪汪汪地对着代洛西，将自己的手放在口上亲吻，其意好像在说，这吻是给你的。以后他就携了自己的儿子，急速地走了。

小孩的死亡　　　　十三日

住在卖野菜的人家附近的那个二年级的小孩——我弟弟的朋友——死了。星期六下午，代尔卡谛先生哭丧了脸来通知我们的先生。卡隆和可莱谛就自己请求抬那小孩的棺材。那小孩是个好孩子，上星期才受过奖牌，和我弟弟很要好，我母亲看见那孩子，总是要去抱他的。他父亲戴着有两条红线的帽子，是个铁路上的站役。昨天（星期日）午后四时半，我们因送葬都到了他的家里。

他们是住在楼下的。二年级的学生已都由母亲们带领着，手里拿了蜡烛等在那里了。先生到了四五人，此外还有附近的邻人们。由窗口望去，赤帽羽的女先生和代尔卡谛先生在屋子里面啜泣，那做母亲的则大声地哭叫着。有两个贵妇人（这是孩子的朋友的母亲）各拿了一个花圈也在那里。

葬礼于五时整出发。前面是执着十字架的小孩，其次是僧侣，再其次是棺材——小小的棺材，那孩子就住在里面！表面罩着黑布，上面饰着两个花圈，黑布的一方，挂着他此次新得的奖牌。卡隆、可莱谛与附近的两个孩子把棺材扛着。棺材的后面，就是代尔卡谛先生，她好像死了自己的儿子一样地哭，其次是别的女先生，再其次是小孩们。这里面有许多是年幼的小孩，一手执了堇花，很怪异地向着棺材看，一手由母亲携着，母亲们手里执着蜡烛。我听见有一小孩这样说：

“我不能和他再在学校里相见了吗?”

棺材刚出门的时候，从窗旁听到哀哀欲绝的泣声，那就是那孩子的母亲了。有人立刻把她扶进屋里去。行列到了街上，遇见排成二列走着的大学生，他们见了挂着奖牌的棺材和女先生们，都把帽子摘下。

啊！那孩子挂了奖牌长眠了！他那红帽子，我已不能再见了！他原是很壮健的，不料四天中竟死了！听说临终的那天，还说要做学校的宿题，曾起来过，又不肯让家里人将奖牌放在床上，说是要遗失的！啊！你的奖牌已经永远不会遗失了啊！再会！我们无论到什么时候，总不会忘记你！安安稳稳地眠着啊！我的小朋友啊！

三月十四日的前一夜

今天比昨天更快活，是三月十三日！是一年中最有趣的维多利亚·爱马努爱列馆奖品授予式的前夜！并且，这次挑选捧呈奖状于官长的人物的方法，很是有趣。今天将退课，校长先生到教室里来：

"诸君！有一个很好的消息哩！"说着又叫那个格拉勃利亚少年。

"可拉西！"

格拉勃利亚少年起立，校长说：

"你愿意明天做捧了奖状递给官长的职司吗？"

"愿意的。"格拉勃利亚少年回答说。

"很好！"校长说，"那么，格拉勃利亚的代表者也有了。这真是再好没有的事。今年市政所方面要想从意大利全国选出拿奖状的十几个少年，而且说要从小学校的学生里选出。这市内有二十个小学校和五所分校，学生共七千人。其中就有代表意大利全国十二区的孩子，本校所担任派出的是詹诺亚人和格拉勃利亚人，怎样？这是很有趣的办法吧。给你们奖品的是意大利全国的同胞，明天你们试看！十二个人一齐上舞台来的，那时是

要大喝彩的啰！这几个虽则是少年，代表国家是和大人一样的。小小的三色旗，也和大三色旗一样，同是意大利的徽章哩！所以要大喝彩，要表示就是像你们这种小孩子们，在祖国神圣的面影前面，是燃着热忱的！”

校长这样说完去了，我们的先生微笑地说：

“那么，可拉西做了格拉勃利亚大使了呢！”说得大家都拍手笑了。走出去到了街上，我们捉住了可拉西的脚，高高地将他扛起，大叫：“格拉勃利亚大使万岁！”这并不是戏言，实是为要祝贺那孩子，用了好意说的。因为可拉西平时为朋友们所喜欢的人。他笑了，我们扛了他到转弯路口，和一个有黑须的绅士撞了一下，绅士笑着，可拉西说：

“我的父亲哩！”我们听见这话，就把可拉西交给他父亲腕里，拉了他们向各处奔跑。

奖品授予式　　十四日

二点光景，大剧场里人已满了——池座、厢座、舞台上都是人。好几千个脸孔，有小孩、有绅士、有先生、有官员、有女人、有婴儿。头动着，手动着，帽羽、丝带、头发动着，欢声悦耳。剧场的内部，用白色和赤色、绿色的花装饰了，从池座上舞台去，左右有两个阶梯，受奖品的学生先从右边的一个上去，受了奖品，再从左边一个下来。舞台中央，排着一列的红色椅子，正中的一把椅子上挂着两顶月桂冠，后面就是大批的旗帜。稍旁边些的地方，有一绿色的小桌子，桌上摆着的，是用三色带缚了的奖状。乐队就在舞台下面的池座里，学校里的先生们的席，设在厢座的一角，池座正中，列着唱歌的许多小孩，后面及两旁，是给受奖品的学生们坐的，男女先生们为要安插他们，都东西奔走着。这许多学生的父母们都各挤在他们儿女的身旁，替他们儿女整理着头发或衣领。

我同我家里人大家进了厢座。见戴赤羽帽的年青的女先生在对面微笑，脸上把所有的笑靥都现出来了。她的旁边，我弟弟的女先生呀，那着黑衣服的"尼姑"呀，我二年级时候的女先生呀，都在那里。我的女先生苍白了脸，可怜，还咳嗽着呢。卡隆的大头，和靠在卡隆肩下的耐利的金发头，都在池座里看见。再那面些，那鸦嘴鼻的卡洛斐已把印刷着受奖者姓名的单纸，搜集了许多了。这一定是拿去换什么的，到明天就可知道。入口的近旁，柴店里的夫妻都穿了新衣领了可莱谛进来，可莱谛今天已把那平日的猫皮帽和茶色裤等换去，全然打扮得像绅士，我见了不觉为之吃惊。那穿线领襟的华梯尼的面影，曾在厢座中见到，过了一会儿，就立刻不见了。靠舞台的栏旁，人群中坐着那被马车碾跛了足的洛佩谛的父亲炮兵大尉。

二点一到，乐队开始奏乐。同时，市长、知事、判事及其他的绅士们，都穿了黑服，从右边走上舞台，坐在正面的红椅子上。学校中教唱歌的先生，拿了指挥棒立在前面，池座里的孩子，跟着他的信号一齐起立，一见那第二个信号，就唱起歌来。七百个孩子一齐唱着，真是好歌，大众都肃静地听着。那是静穆美朗的歌曲，好像教会里的赞美歌。唱完了，一阵拍手，接着又即肃静。授奖就此开始了。我三年级时的那个赤发敏眼的小身材的先生走到舞台前面来，预备着把受奖者的姓名朗读。大众都焦急地盼望那拿奖状的十二个少年登场，因为新闻早已把今年由意大利全国各区选出的事情报道过了，所以从市长、绅士们以及一般的观众都望眼欲穿似的注视着舞台的入口，场内又复肃静起来。

忽然，十二个少年登上了舞台，一列排立。都在那里微笑。全场三千人同时起立，掌声如雷，十二个少年手足无措地暂时立着。

“请看意大利的气象！”场中有人这样叫喊。格拉勃利亚少年仍旧穿着平常的黑服。和我们同坐在一处的市政所的人，是完全认识这十二个少年的，他一一地说给我的母亲听。十二人之中，有两三个是绅士打扮，其余都是工人的儿子，服装很是轻便。最小的佛罗伦萨的孩子，缠着青色的项巾。少年们通过市长前面，市长一一吻他额上。坐在旁边的绅士，把他们的出生地的名称告诉市长。每一人通过，满场都拍手。等他们走近绿色的桌子去取奖状，我的先生就把受奖者的学校名、级名、姓名朗读起来。受奖者从右面上舞台去，第一个学生下去的时候，舞台后面远远地发出小提琴的声音来，一直到受奖者完全通过才止。那是柔婉平和的音调，听去好像是女人们低语的声音。受奖者一个一个通过绅士们的前面，绅士们就把奖状递给他们，有的与他们讲话，有的把手加在他们身上去抚摸他们。

每逢极小的孩子，衣服褴褛的孩子，头发蓬松的孩子，穿赤服的或是白服的孩子通过的时候，在池座及厢座的小孩都大拍其手。有一个二年级年龄的小学生，上了舞台，突然手足无措起来，至于迷了方向，不知向哪里才好，满场见了大笑。又有一个小孩，背上结着桃色的丝带的，他勉强地爬上了台，被地毯一绊，就翻倒了，知事于是把他扶起，大家又拍手笑了。还有一个在下来的时候，跌到池座里，哭了，幸而没有受伤。各式各样的孩子都有：有很灵活的，有很老实的，有脸孔红得像樱桃的，有见了人就要笑的。他们一下了舞台，父亲或母亲都立刻来领了他们去。

轮到我们学校的时候，我真是非常快活。我所认识的学生很多，可莱谛从头到脚都换了新服装，露了齿微笑着通过了。有谁知道他今天从早晨起已背了多少捆柴了啊！市长把奖状授予他时，问他额上为何有红痕，他把原因说明，市长就把手按在他的肩上。我向池座去看他父母，他们都在掩着口笑呢。接着，代洛西来了。他穿着纽扣发光的青服，金发的头昂昂地举着，悠然上去。那种丰采，真是高尚。我恨不得远远地把吻向他吹送过去。绅士们都向他说话，或是握他的手。

其次，先生叫着叙利亚·洛佩谛。于是大尉的儿子就拄了拐杖上去。许多小孩都曾知道前次的灾祸的，说话声哄然从四方起来，拍手喝彩之声，几乎把全剧场都震动了。男子都起立，女子都拂着手帕，洛佩谛吃惊地立在舞台中央，市长携他过去，给他奖品，与他亲吻，取了椅上挂着的二月桂冠，替他系在拐杖头上。又携了他同到他父亲——大尉坐着的舞台的栏旁去，大尉抱过自己的儿子，在满场像雷一般的喝彩声中，领着他在自己的身旁坐下。

和婉的小提琴声，还继续奏着。别的学校的学生上场了。有全是小商人的学校，又有全是工人或农人的儿子的学校。全数通过以后，池座中的七百个小孩，又唱有趣的歌，接着是市长演说，其次是判事演说。判事演说到后来，向着小孩们道：

"但是，你们在要离开这里以前，对于为你们费了非常劳力的人们，应该致谢！有为你们尽了全心力的，为你们而生存，为你们而死亡的许多人哩！这许多人现在那里，你们看！"说时手指着厢座中的先生席。于是在厢座和在池座的学生,都起立了把手伸向先生的方向呼叫,先生们也起立了挥手或拂着帽子、手帕回答他们。接着,乐队又奏起乐来。代表意大利各区的十二个少年,出现在舞台的正面,臂靠臂地排成一列站着,满场响起了喉管欲裂似的喝彩声,雨也似的花朵,从少年们的头上纷纷落下。

争 闹　　二十日

今天我和可莱谛相骂,并不是因为他受了奖品,我嫉妒他,只是我的过失。我坐在他的近旁,正誊写这次每月例话《洛马格那的血》,——因为"小石匠"病了,我替他在誊写。——他在我臂肱上碰了一下,墨水流落,把纸弄污了。我恨了骂他,他却微笑了说:"我不是有意如此的啰。"我是知道他的性格的,照理应该信任他,不与他计较才好,可是他的微笑,实在使我不快,我想:"这家伙受了奖品,就像煞有介事了哩!"于是,忍不住也在他的臂上撞了一下,把他的习字帖也弄污了。可莱谛涨红了脸:"你是有意的了!"说着擎起手来。恰巧先生把头回过来了,他缩住了手:

"我在外面等着你!"我难过了起来,怒气也消失了。觉得实在是自己不好,可莱谛不会故意做那样的事的,他本是个好人。同时记起自己到可莱谛家里去望他过,把可莱谛在家劳动,服侍母亲的病的情形,以及他到我家里来的时候,大家欢迎他,父亲看重他的事情,都一一记忆了出来。自己想:我不说那样的话,不做那样对不住人的事,多么好啊! 又想到父亲平日所教训我的——“你觉得错了，就立刻谢罪”的话。可是谢罪总有些不情愿，觉得那样屈辱的事，无论如何是做不到的，把眼睛向可莱谛横去，见他上衣的肩部已破了，这大概是多背了柴的缘故吧。我见了这个，觉得可莱谛可爱。自己对自己说：“咿呀！谢罪吧！”但是口里总说不出“对不起你”的话来。可莱谛时时把眼斜过来看我，他那神情，好像不是对我气愤，倒似在怜悯着我呢。但是，我因为要表示不怕他，也仍用白眼去回答他。

“我在外面等着你吧！”可莱谛反复着说。我答说：“好的！”忽然，又记起父亲所说的“如果有人来加害，只要防御就好了，不要争斗”的话来，自想：“我只是防御，不是战斗。”虽然如此，不知为了什么，心里总不好过，先生的讲话，一些都听不进耳朵去。终于，放课的时间到了，我走到街上，可莱谛在后面跟来。我擎着戒尺立住，等可莱谛走近，就把戒尺举起。

“不！安利柯啊！”可莱谛说，一面微笑着用手把戒尺撩开，且说：“我们再像从前那样大家好吧！”

我震栗了立着。忽然觉得有人将手按在我的肩上，我被他抱住了。他吻着我，说：

“相骂就此算了吧！好吗？”

“算了！算了！”我回答他说。于是两人很要好地别去。

我到了家里，把这事告诉了父亲，意思要使父亲欢喜。不料父亲把脸板了起来，说：

“你不是应该先向他谢罪的吗？这原是你的不是呢！”又说：“对于比自己高尚的朋友，——而且是对于军人的儿子，可以举起戒尺去打的吗？”说着从我手中夺过戒尺去，折为两段，向壁投掷了。

我的姊姊　　　　　　　　二十四日

安利柯啊！你自从因与可莱谛的事被父亲责骂了以后，向我泄愤，对我说过非常不好的话了呢！为什么这样啊？我那时怎样地痛心，你恐不知道吧？你在婴儿的时候，我连和朋友玩耍都不去，终日在摇篮旁陪着你。又如你有病的时候，我总是每夜起来，用手拭摸你那火热的额上。你不知道吗？安利柯啊！你虽然待你姊姊不好，但是，如果一家万一遭遇了大不幸的时候，姊姊是代理了母亲，像自己儿子样地来爱护你的！你不知道吗？将来父亲母亲去世了以后，和你做最要好的朋友来慰藉你的人，除了这姊姊，是再没有别的人了！如果到了不得已的时候，我替你去劳动，替你张罗面包，替你筹划学费的。我终身爱你，你如果到了远方去，我虽不能看见你，心总远远地向着你的吧。啊！安利柯啊！你将来长大了以后，假如遭了不幸，没有人和你做伙伴的时候，你一定会到我那里来，和我这样说呢："姊姊！我们一块儿住着吧！大家重话那从前快乐时的光景，不好吗？你还记得母亲的事，我们那时家里的情形，以前幸福地过日子的光景？大家把这再来重话吧！"安利柯！你姊姊无论在什么时候，总是张开了两臂等着你来的！安利柯！我以前曾叱责你，请你恕我！我也已都忘了你的不好了！你无论怎样地使我受苦，有什么呢！无论如何，你总是我的弟弟！我只记得你小的时候，我抚抱过你，与你同爱过父亲母亲，眼看你渐渐成长，长时间地和你做过伴侣：除此以外，我什么都忘了！所以，请你在这本子上也写些亲切的话给我，我晚上再到这里来看呢。还有，你所要写的那

《洛马格那的血》，我已替你代为抄清了。你好像已疲劳了哩！请你抽开你那抽屉来看吧！这是乘你睡熟的时候，我熬了一个通宵写成的。写些亲切的话给我！安利柯！我希望你！

——姊姊雪尔维

我没有在姊姊手上亲吻的资格！

——安利柯

洛马格那的血（每月例话）

那夜费鲁乔的家里，特别冷静。父亲经营着杂货铺，到市上添货去了，母亲因为幼儿有眼病，也跟随着父亲到市里去请医生，都非明天不能回来。时候已经夜半，日间帮忙的女佣，早于天黑时回家，屋中只剩下脚有残疾的老祖母和十三岁的费鲁乔。他的家离洛马格那街没有多少路，是沿着大路的平屋，附近只有一所空房。那所房子在一个月前遭了火灾，还剩着客栈的招牌。费鲁乔家的后面，有一小天井，周围围着篱笆，有柴门可以出入。店门是朝大路的，也就是家的出入口。周围都是寂静的田野，桑林这里那里地接续着。

夜渐渐深了，天忽然下雨，又发起风来。费鲁乔和祖母还在厨房里没有睡觉。厨房和天井之间，有一小小的堆物间，堆着旧家具。费鲁乔到外面玩耍，是到了十一点钟光景才回来的。祖母担着忧不睡，等他回来，只是在大安乐椅上钉着似的坐着。他祖母常是这样过日子的，有时晚上竟这样坐到天明，因为她呼吸迫促，睡不倒的缘故。

雨不绝地下着，风把雨点吹打着窗门，夜色暗得没有一些光。费鲁乔疲劳极了回来，身上沾满了泥，并且衣服破碎了好几处，额上附着伤痕。这是他和朋友投石打架了的缘故。他今夜又像平日那样的和人喧闹过，并且因为赌博把钱输完，连帽子都落在沟里了。

厨房里只有一盏小小的油灯，点在那安乐椅的角隅上，祖母在灯光中看见她孩子狼狈的光景，虽已大略地推测到八九分，却仍询问他，使他供出所做的坏事来。

祖母是用了全心爱着孙子的。等明白了一切情形，就不觉哭泣起来。过了一会儿说：

“啊！你全不念着你祖母呢！没有良心的孙子啊！乘了你父母不在，就这样地使祖母受气！你把我冷落了一天了！全然不顾着我吗？留心啊！费鲁乔！你已走着坏路了！如果这样下去，立刻要受苦呢！在孩子的时候做了像你那样的事，长大起来会变成恶汉的。我所知道的很多。你现在终日在外游荡，和别的孩子打架、花钱，至于用石或刀相斗，恐怕结果将由赌棍变成可怕的——盗贼呢！”

费鲁乔远远地靠在橱旁立了听着，低着头，双眉皱聚，似乎打架的怒气还未消除。那栗色的美发覆盖了额角，青碧的眼垂着不动。

“由赌棍变成盗贼呢！”祖母啜泣了反复着说。“稍微想想吧！费鲁乔啊！但看那无赖汉维多·莫左尼吧！那家伙现在在街上游荡着，年纪不过二十四岁，已进了两次监牢，他母亲终于为他忧闷死了，那母亲是我向来认识的。父亲愤恨极了，也逃到瑞士去了。像你的父亲，即使看见了他，也耻于和他谈话的。你试想想那恶汉吧，那家伙现在和其党徒在附近狂荡，将来总是保不牢头颅的啊！我从他小儿的时候就知道他，他那时也和你一样的。你自己去想想吧！你要使你父亲母亲也受那样的苦吗？”

费鲁乔坦然地听着，毫不懊悔觉悟。他的所为，原是出于一时的血气，并无恶意的。他父亲有许多时候也太宽纵了他，父亲知道自己的儿子有优良的心情，有时候竟会做出很好的行为，所以故意大眼看着，等他自觉。这孩子的品质原不坏，不过很刚硬，就是在心里悔悟了的时候，要想他说“如果我错了，下次就不这样了，请原宥我”这样的话来谢罪，也是非常难的。有时心里虽充满了柔和的情感，但他的倨傲心总不使他把这表示出来。

“费鲁乔！”祖母见孙子默不作声，于是继续着说：“你连一句认错的话都没有吗？我已患了很苦的病了，不要再这样使我受苦啊！我是你母亲的母亲！不要再把这已经命在旦夕的我，这样恶待啊！我曾怎样地爱过你啊！你小的时候，我曾每夜起来不睡了替你推摇那摇床，因为要使你欢喜，我曾为你减下食物，——你或者不知道，我是常说‘这孩子是我将来所依靠的’呢。现在你居然要逼杀我了！就是要杀我，也不要紧，横竖我已没有多少日子可活了！但愿你给我变成好孩子就好！但愿你变成柔顺的孩子，像我带了你到寺里去的时候的样子。你还记得吗！费鲁乔！那时你曾把小石呀、草呀，塞满在我怀里呢，我等你睡熟，就抱着你回来的。那时，你很爱我哩！我虽然身体已不好，仍总想你爱我，我除了你以外，在世界中别无可靠的人了！我已一脚踏入坟墓里了！啊！天啊！”

费鲁乔心中充满了悲哀，正想把身子投到祖母的怀里去，忽然朝着天井的隔壁的室中，有轻微的轧轧的声音；听不出是风打窗门呢，还是什么。

费鲁乔侧了头注意去听。

雨正如注地下着。

轧轧的声音又来了，连祖母也听到了。

“那是什么?”祖母过了一会儿很担心地问。

“是雨。”费鲁乔说。

老人拭了眼泪：

“那么，费鲁乔！以后要规规矩矩，不要再使祖母流泪啊！”

那声音又来了，老人苍白了脸说：

“这不是雨声呢！你去看来！”既而又牵住了孙子的手，说：“你留在这里。”

两人屏息着不出声，耳中只听见雨声。

邻室中好像有人的脚声，两人不觉栗然震抖。

“谁?”费鲁乔勉强把呼吸恢复了怒叫。

没有回答。

“谁?”又震栗着问。

话未说完，两人不觉惊叫，因为有两个男子突然跳进室中来了。一个捉住了费鲁乔，把手挡住他的嘴，另一个卡住了老妇人的喉咙。

“一出声，就没有命哩！”第一个说。

“不许声张！”另一个说了举着短刀。

两个都黑布罩着脸，只留出眼睛。

室中除了四人的粗急的呼吸音和雨声以外，一时什么声音都没有。老妇人喉头格格作响，眼珠几乎要爆裂出来。

那捉住着费鲁乔的一个人，把嘴附着费鲁乔的耳朵说：

“你老子把钱摆在哪里?”费鲁乔震抖着牙齿，用了线也似的声音回答：

“那里的——橱中。”

“随我来!”那男子说着把他的喉间紧紧抑住，拉着他同到堆物间里去。地板上摆着昏暗的玻璃灯。

“橱在什么地方?”那男子催问。

费鲁乔喘着气指示橱的所在。

那男子恐费鲁乔逃走，将他推倒在地，用两腿夹住他的头，如果他一出声，就可用两腿把他的喉头夹紧。口上衔了短刀，一手提了灯，一手从袋中取出钉子样的东西来塞入锁孔中回旋，锁坏了，橱门也开了，于是急急地在内翻来倒去地到处搜索，将钱塞在怀里。一时曾把门关好了的，忽而又打开了重新搜索一遍，然后仍捉住了费鲁乔的喉头，回到那捉住老妇人的男子的地方来。老妇人正仰了面挣扎着身子，嘴张开着。

“得了吗?”另一个低声问。

“得了。”第一个回答，“留心进来的地方!”又接着说。那捉住老妇人的男子，跑到天井门口去看，知道了没有人在那里，就低声地说：“来!”

那捉住费鲁乔的男子，留在后面，把短刀擎到两人面前：

“敢响一声吗？当心我回来割断你们的喉管!”说着又怒目地盯视了两人一会儿。

这时，听见街上大批行人的歌声。

那强盗把头回顾门口去，那面幕就在这瞬间落下了。

“莫左尼啊!”老妇人叫。

“该死的东西！给我死了!”强盗因为被看出来了，怒吼着说，且擎起短刀扑近前去。老妇人立时吓倒了，费鲁乔见这光景，悲叫起来，一面跳上前去用自己的身体覆在祖母身上。强盗在桌子上碰了一下逃走了，灯被碰翻，也就熄灭了。

费鲁乔慢慢地从祖母的身上溜了下来，跪倒在地上，两只手抱住祖母的身体，头触在祖母的怀里。

过了好一会儿，周围黑暗，农夫的歌声缓缓地向田野间消去。

“费鲁乔！”老妇人恢复了神志，用了几乎听不清的低音叫，牙齿轧轧地颤抖着。

“祖母！”费鲁乔答。

祖母原想说话，被恐怖把口噤住了。身上只是剧烈的震栗，沉默了好一会儿。既而问：

“那家伙们已去了吧？”

“是的。”

“没有将我杀死呢！”祖母气促着低声说。

“是的，祖母是平安的！”费鲁乔低弱了声音说。“平安的，祖母！那家伙们把钱拿去了，但是，父亲把那大注的钱带在身边哩！”

祖母深深地呼吸着。

“祖母！”费鲁乔仍跪了抱紧着祖母说。“祖母！你爱我吗？”

“啊！费鲁乔！爱你的啊！”说着把手放在孙子头上。“啊！怎样地受了惊了啊！——啊！仁慈的上帝！你把灯点着吧！咿哟，还是暗的好！不知为了什么，还很怕人呢！”

“祖母！我时常使你伤心呢！”

“哪里！费鲁乔！不要再说起那样的话！我已早不记得了，什么都忘了，我只是仍旧爱你。”

"我时常使你伤心。但是我是爱着祖母的。饶恕了我!——饶恕了我,祖母!"费鲁乔勉强困难地这样说。

"当然饶恕你的,欢欢喜喜地饶恕你呢。有不饶恕你的吗?快起来!我不再骂你了。你是好孩子,好孩子!啊!点了灯!已不怕了。啊!起来!费鲁乔!"

"祖母!谢谢你!"孩子的声音越来越低了。"我已经——很快活,祖母!你是不会忘记我的吧!无论到了什么时候,仍会记得我费鲁乔的吧!"

"啊!费鲁乔!"老妇人慌了,抚着孙子的肩头,眼睛几乎要盯穿脸面似的注视着他叫喊。

"请不要忘了我!望望母亲,还有父亲,还有小宝宝!再会!祖母!"那声音已细得像丝了。

"什么!呀!你怎样了!"老妇人震惊地抚摸伏在自己膝上的孙子的头,一面叫着。既而绞出她所能发的声音:

"费鲁乔呀!费鲁乔呀!费鲁乔呀!啊呀!啊呀!"

可是,费鲁乔已什么都不回答了。这小英雄代替了他祖母的生命,背上被短刀刺穿,那壮美的灵魂,已回到天国里去了。

病床中的"小石匠"　　二十八日

可怜,"小石匠"患了大病了!先生叫我们去访问,我就同卡隆、代洛西三人同往。斯带地原也要去的,因为先生叫他做卡华伯纪念碑记,他说要实地去看了那纪念碑来精密地做,所以就不去了。我们试约那傲慢的诺琵斯同去,他只回答了一个"不"字,其余什么话都没有。华梯尼也谢绝了不去。他们大概是恐怕被石灰沾污了衣服吧？

四点钟一放课，我们就去。雨像麻似的降着。卡隆在街上忽然立住，嘴里满满嚼着面包说“买些什么给他吧”，一面去摸那衣袋里的铜币。我们也各凑了两个铜币上去，买了三个大大的橘子。

我们上那屋顶阁去。代洛西到了入口，把胸间的奖牌取下，放入袋里。

“为什么？”我问。

“我自己也不知道，总觉得还是不挂的好。”他回答。

我们一叩门，那巨人样的高大的父亲就把门开了，他脸孔歪着，见了都可怕。

“哪几位？”他问。

“我们是安托尼阿的同学。送三个橘子给他的。”卡隆答说。

“啊！可怜，安托尼阿恐怕是不能再吃这橘子了呢！”石匠摇着头，大声叫着，又用手背去揩拭眼睛。他引导我们进屋，“小石匠”卧在小小的铁床里，母亲俯伏在床上，手遮着脸，也不来向我们看。床的一角，挂有板刷、烙馒和筛子等类的东西，病人脚部，盖着那白白地惹满了石灰迹的石匠的上衣。那小孩消瘦而苍白，鼻头尖尖的，呼吸很短促。啊！安托尼阿！我的小朋友！你原是那样亲切快活的人呢！我好难过啊！只要你再能作一回兔脸给我看，我什么都情愿！安托尼阿！卡隆把橘子给他放在枕旁，使他可以看见。橘子的芳香把他的眼熏醒了。他一时曾去抓那橘子，不久又放开。于是频频地向卡隆看。

“是我呢，是卡隆呢！你认识吗？”卡隆说。病人略现微笑，勉强地从床里拿出手来，伸向卡隆。卡隆用两手去握了过来，贴到自己的颊上：

“不要怕！不要怕！你就会好起来，就可仍到学校里去了。那时请先生将你坐在我的旁边，好吗？”

可是，“小石匠”没有回答，于是母亲哭叫起来：

“啊！我的安托尼阿呀！我的安托尼阿呀！安托尼阿是这样的好孩子，天要把他从我们手里夺去了！”

“别说！”那石匠父亲大声地叱止。“别说！我听了心都碎了！”又很焦愁地向着我们：

“请回去！哥们儿！谢谢你们！请回去吧！就是给我们陪着他，也没有什么方法可想的。谢谢！请回去吧！”这样说。那小孩又把眼闭了，看去好像已死在那里的样子。

“有什么可帮忙的事情吗？”卡隆问。

“没有，哥儿！多谢你！”石匠说着将我们推出廊下，关了门。我们下了一半的楼梯，忽又听见后面叫着“卡隆！卡隆”的声音。

我们三人再急回上楼梯去，见石匠已改变了脸色叫着说：

“卡隆，安托尼阿叫着你的名字呢！已经两天不开口了，这会儿倒叫你的名字两次。想和你会会哩！快来啊！但愿从此就好起来！天啊！”

“那么，再会！我暂时留着吧。”卡隆向我们说着和石匠一起进去。代洛西眼中充满了眼泪。

“你在哭吗？他已会说话了哩，会好的吧。”我说。

“我也是这样想呢。但我方才并不想到这个，我只是想着卡隆。我想卡隆为人是多么好，他的精神是多么高尚啊！”

卡华伯爵　　　　　　　　二十九日

你要作《卡华伯纪念碑记》，卡华伯是怎样的一个人，恐怕你还未详细知道吧。你现在所知道的，恐怕只是伯爵几年前做辟蒙脱总理大臣的事吧。将辟蒙脱的军队派到克里米亚，使在诺淮拉败北残创的我国军队重膺光荣的是他。把十五万人的法军从阿尔卑斯山退下，从隆巴尔地将奥军击退的也是他。当我国革命的危期中，整治意大利的也是他。给与我意大利以统一的神圣的计划的也是他。他有优美的心，不挠的忍耐和过人的勤勉。在战场中遭遇危难的将军原是很多，但他却是身在庙堂而受战场以上的危险的。这因为他所建设的事业，像脆弱的家屋为地震所倒的样子，何时破坏是不可测的缘故。他昼夜在奋斗苦闷中过活，因此头脑也混乱了，心也碎了。他缩短生命二十年，全是他事业巨大的缘故。可是，他虽冒了致死的热度，还想为国做些什么事情，在狂也似的他的愿望中充满着喜悦。听说，他到了临终，还悲哀地说：

"真奇怪！我竟看不出文字了！"

及至热度渐渐增高，他还是想着国事，命令似的这样说：

"给我快好！我心中已昏暗起来了！要处理重大的事情，非有气力不可的。"及至危笃的消息传出，全市为之悲惧，国王亲自临床省视，他对了国王担心地说：

"我有许多的话要陈诉呢，陛下！只是可惜已不大能说话了！"

他那因热兴奋了的心绪，不绝地，向着政府，向着新被合并的意大利诸州，向着将来未解决的若干问题奔腾。等到了说胡话的时候，还是在继续的呼唤中这样叫着。

“教育儿童啊！教育青年啊！——以自由治国啊！”

胡话愈说愈多了，死神已把翼张在他的上面了，他又用了燃烧着似的言语，替平生不睦的格里波底将军祈祷，口中念着还未得自由的威尼斯呀、罗马呀等的地名。他对于意大利和将来的欧洲，抱着广大的预想，一心恐防被外国侵害，向人询问军队和指挥官的所在地。他到临终还这样地替我国国民担着忧心呢。他对于自己的死，并不觉得什么，和国别离，是他所难堪的悲哀。而这国呢，又是非有待于他的尽力不可的。

他在战斗中死了！他的死和他的生是同样伟大的！

略微想想吧！安利柯！我们的责任有多少啊！在这以世界为怀的他的劳力，不断的忧虑，剧烈的痛苦之前，我们的劳苦——甚至于死，都是毫不足数的东西了吧。所以，不要忘记！走过那大理石像前面的时候，应该向了那石像，从心中赞美着呼叫“伟大啊”的。

——父亲

第七卷　四月

春　　　　　　一日

今天四月一日了！像今天这样的好时节，一年中没有多少，不过三个月罢了。可莱谛后天要和父亲去迎接国王，叫我也去，这是我所喜欢的。可莱谛的父亲，听说是和国王相识的哩。又，就在那一天，母亲说要领我到幼儿院去，这也是我所喜欢的。并且，“小石匠”病已好了许多了。还有，昨晚先生走过我家门口，听见他和父亲这样说：“他功课很好，他功课很好。”

再加，今天是个很爽快温暖的春日，从学校窗口看见青的天，含蕊的树木，和家家满开的窗槛上摆着的新绿的盆花等。先生虽是一个向来没有笑容的人，可是今天也很高兴，额上的皱纹，几乎已经看不出了，他在黑板上说明算术的时候，还带讲着笑话呢。呼吸着窗外来的新鲜空气，就闻得出泥土和绿叶的气息，好像身已在乡间了。先生当然也快活的。

在先生授着课的时候，我们耳中听见近处街上铁匠打铁声，对门妇人引诱婴孩睡熟的儿歌声，以及兵营里的喇叭声。连斯带地也高兴了。忽然间，铁匠打得更响亮，妇人也更大声地唱了起来。于是先生也把授课停止了，侧耳看着窗外，静静地说：

“天气晴朗，母亲唱着歌，正直的男子劳动着，孩子们学习着，好一幅美丽的图画啊！”

散了课走到外面，大家都觉得很愉快。排成一列，把脚重重地敲着地面走，好像从此有三四日假期似的，齐唱着歌儿。女先生们也很高兴，像戴赤羽的先生，跟在小孩后面，几乎自己也像是个小孩了。学生的父母，都彼此互相谈笑，克洛西的母亲，在野菜篮中满装着堇花，校门口因此充满了香气。

一到街上，母亲依旧在等候我了，我欢喜得不得了，跑近拢去，说：

“啊！好快活！我为什么这样快活啊！”

“这因为时节既好，而且心里没有亏心事的缘故啰！”母亲说。

温培尔脱王　　三日

十点钟的时候，父亲见柴店里的父子已在四岔路口等我了。和我说：

“他们已经来了。安利柯！快迎接国王去！”我飞奔过去。可莱谛父子比往日更高兴，我从没有见过他们父子的相貌像今天这样的。那父亲在上衣上挂着两个纪念章和一个勋章，须卷得整整，须的两端尖得同针一样。

国王定十点半到，我们就到车站去。可莱谛的父亲，吸着烟，搓着手说：

“我从那一八六六年的战争以后，还未曾遇见陛下过呢！已经十五年又六个月了。他先三年在法兰西，其次是在蒙脱维，然后回到意大利来，这里面我运气不好，他每次驾临市内，我都没有在这里。”

他把温培尔脱王当做朋友称呼，叫他“温培尔脱君”的。说什么：

“温培尔脱君是十六师师长。温培尔脱君那时不过二十二岁光景。温培尔脱君总是这样地骑着马的。”

“十五年了呢！”柴店主人跨着步，大声说，“我诚心想再见见他。自从他做亲王的时候，见过了他一直到现在。今番见他，他已是做了国王了。而且，我也变了，由军人变为柴店主人了。”说了自笑。

“国王看见了，还认识父亲吗？”儿子问。

“你太不知道了！那是未必的。温培尔脱君只是一个人呢，这里不是像蚂蚁样地大家挤着吗？并且他也不能一定一个一个地来看见我们吧。”父亲笑着说。

车站附近的街路上已是人山人海，一队兵士吹着喇叭通过。骑马的警察二人驱马前行。天晴着，光明充满了大地。

可莱谛的父亲兴高采烈地：

“真快乐啊！又看见师长了！啊！我也老了哩！记得那年六月二十四日——好像是昨天的事：那时我背了背包掮了枪走着，差不多已快上了战线了。温培尔脱君率领了部下将校这里那里地行走，大炮的声音，已经远远地起来，大家见了都说‘但愿子弹不要中着殿下’。我在敌兵枪前和温塔尔脱君竟那样地接近，是万料不到的。两人之间，相隔不过四步的距离呢。那天天晴，天空像镜一样，但是很热！——喂！让我们进去看吧。”

我们已到了车站了。那里已充满了群众，——马车、警察、骑兵及竖着旗帜的团体。军乐队已奏着乐曲。可莱谛的父亲用两腕将塞满在入口处的群众分开，让我们安全通过，群众波动着都在我们后面跟来。可莱谛的父亲眼向着有警察拦在那里的地方：

"跟我来！"说着拉了我们的手前进，把背靠了壁立着。警察走过来，说：

"不得立在这里！"

"我是属在四十九联队中四大队的。"可莱谛的父亲说着将勋章指给警察看。

"那可以。"警察眼瞟着勋章说。

"你们看，'四十九联队中四大队'这一句话，有着不可思议的力量哩！他原是我的队长，看得近些不也可以的吗？在那时曾很近地看他的，今日也走近了去看，正好呢！"

这时候车室内外群集着绅士和将校，站门口一列地排停着马车和穿红服的马夫。

可莱谛问他父亲，温培尔脱亲王在军队中曾否拿剑。父亲说：

"当然啰，剑是一刻不离手的。枪从右边左边刺来，要靠剑去拨开的哩。那是真可怕，子弹像雨神发怒似的落下，又像旋风样地在密集的队伍中或大炮间各处袭来，一碰着人就翻倒的，什么骑兵呀、枪兵呀、步兵呀、射击兵呀，统统混杂在一处，全像百鬼夜行，什么都辨不清楚。这时，听见有叫'殿下！殿下！'的声音，原来敌兵已排齐了枪刺走近来了。我们一齐开枪，烟气就立刻像云似的四起，把周围包住。稍息，烟散了，大地上满横着死伤的兵士和马。我回头去看，见队的中央，温塔尔脱君骑了马悠然地四处查察，郑重地说：'弟兄中有被害的吗？'我们都兴奋如狂，在他面前齐喊‘万岁’啊！那种光景，真是少有的！——呀！火车到了！”

乐队开始奏乐了，将校都向前拥进，群众跷起脚跟来。一个警察说：

“要停一会儿才下车呢，因为现在有人在那里拜谒。”

老可莱谛焦急得几乎出神：

“啊！回想起来，他那时的沉静的风貌，到现在还是如在眼前。不用说，他在有地震有霍乱疫的时候，总也是镇静着的。可是我所屡次想到的，却是那时他的沉静的风貌。他虽做了国王，大概总还不忘四十九联队的四大队的，把旧时的部下集拢来，大家举行一次会餐，他必是很欢喜的吧。他现在虽然有将军、绅士、大臣等陪侍，那时是他除了我们做兵士的以外，什么人都没有见的。想和他谈谈哩，稍许谈谈也好！二十二岁的将军！我们用了枪剑保护过的亲王！我们的温培尔脱君！从那年以后，有十五年不见了！——啊！那军乐的声音把我的血液都震得要沸腾了！”

欢呼的声音自四方起来，数千的帽子高高举起了。穿黑服的四绅士乘入最前列的马车。

“就是那一个！”老可莱谛叫喊，他好像失了神也似的立着。过了一会儿，才徐徐地重新开口说：

“呀！头发白了！”

我们三人除了帽子，马车徐徐地在群众的欢呼声中前进。我去看那柴店主人时，全然好像是换了一个人了，他身体伸得长长地，脸色凝重而带苍白，柱子似的直立着。

马车行近我们，到了离那柱子一步的距离了。

“万岁!”群众欢呼。

“万岁!”柴店主人在群众欢呼以后,独自叫喊。国王向他看,眼睛在他那三个勋章上注视了一会儿。柴店主人忘了一切!

“四十九联队的四大队!”这样叫。

国王原已向着别处了的,重新回向我们,注视着老可莱谛,从马车里伸出手来。

老可莱谛飞跑过去,紧握国王的手。马车过去了,群众拥挤拢来,把我们挤散,那老可莱谛一时不见。可是这真不过是刹那间的事,稍过了一会儿,又看见他了。他喘着气,眼睛红润润地,举起手,在喊他儿子。儿子就跑近他去。

“快! 趁我的手还热着的时候!”他说着将手按在儿子脸上,“是国王握过了我的呢!”

他梦也似的茫然目送那已走远了的马车,立在对他惊异向他瞠视的群众中。群众中纷纷在说:“这人是曾隶属于四十九联队的四大队的。”“他是军人,和国王认识的。”“国王还不忘记他呢。”“所以向他伸出手来的。”最后有一人高声地说:“他把不知什么的请愿书向国王提出了哩。”

“不!”老可莱谛不觉回头来说,“我并没提出什么请愿书,国王有用得到我的时候,无论何时,我另外预备着可以贡献的东西哩!”

大家都张了眼看他。

“那就是这热血啊!”他简单而又直率地说。

幼儿院　　　　四日

昨日早餐后，母亲依约带了我到幼儿院去，这是因为要把泼来可西的妹子向院长嘱托的缘故。我还未曾到过幼儿院，那情形真是有趣。小孩共约二百人，男女都有。都是很小很小的孩子。和他们去比，就是国民小学的学生，也成了大人了。

我们去的时候，小孩们正排成了二列走进食堂去。食堂里摆着两列长桌，桌上镂有许多小孔，孔上放着盛了饭和豆的黑色小盘。锡制的瓢，摆在旁边。他们进去的时候，有忙乱了弄不清方向的，先生们过去带领他们。其中有的走到一个位置旁，就以为是自己的座位，停住了就用瓢去取食物。先生走来，说："再过去！"走了四步五步，又去取一瓢。先生再来叫他走上去，等真到了自己的座位时，已吃了半个人的食料了。先生们用尽了力，整顿他们，开始祈祷。祈祷的时候，头不许对着食物的，他们的心为食物所系，总常扭转项颈来看后面，大家合着手，眼向着屋顶，心不在焉地念完祈祷的话，才开始就食。啊！那种可爱的光景，真是少有！有拿了两个瓢吃的，有用手吃的，将豆一粒一粒地装入袋里去的也有许多，用小围裙将豆包了捏得糨糊样的也有，有的看着苍蝇飞，有的因为旁边的咳起来把食物喷洒桌上，竟一口不吃。室中情形好像养着鸡鸟的园庭，真是可爱。小小的孩子，都用了红和绿或青的丝带结着发，排成二排坐着，真好看哩！一位先生向着一排坐着的八个小孩问："米是从哪里来的？"八人一面嚼着食物，一面齐声说："从水里来的。"向他们说："举手！"那许多小小的白手一齐飞上，闪闪地好像白蝴蝶。

这以后，是出去休息。在走出食堂以前，大家照例各取挂在壁上的小食盒。一等走出食堂，就四方散开，各从盒中把面包呀、牛油小块呀、煮熟的蛋呀、小苹果呀、熟豌豆呀或是鸡肉呀取出。霎时，庭间到处都是面包屑，全然像喂食给小鸟时的光景。他们有种种可笑的吃法：有的像兔、猫或鼠样地嚼尝或吸呷，有的把饭涂抹在胸间，有的用小拳把牛油捏糊了，像乳汁似滴到袖里去，自己仍不觉得。还有许多小孩们，把那衔着苹果或面包的小孩，像狗样地来回赶着。又有三个小孩用草茎在蛋中挖掘，说要发掘宝贝哩。后来把蛋的一半倾在地上，再一粒粒地拾起，好像是在拾珍珠的样子。小孩之中，只要有一人拿着什么好东西，大家就把他围住了，窥井似的去张他的食盒。一个拿着糖的小孩旁边，围着二十多个人，唧唧哝哝地说个不休，有的要他抹些在自己的面包上，也有的只要求用指头去尝一点儿的。

母亲走到庭院里，一个个地去抚摸他们。于是大家就围集在母亲身旁，要求亲吻，都像望三层楼似的把头仰了，口中牙牙作声，情形似在索乳。有想将已吃过的橘子送与母亲的，有剥了小面包的皮给母亲的。一个女孩拿了一片树叶来，另外还有一个很郑重地把食指伸到母亲前面，看时，原来那指上有着小得不十分看得出的疱，据说是昨晚在烛上烫伤了的。又有拿了小虫呀、破的软木塞子呀、衬衫的纽扣呀、小花呀等类的东西，很郑重地来给母亲看的。一个头上缚着绷带的小孩，说有话对母亲说，不知说了些什么。还有一个请母亲伏倒头去，把嘴附着母亲的耳朵，轻轻地说："我的父亲是做刷帚的哩。"

事情在这里那里地发生，先生们走来走去照料他们。有因解不散手帕的结子哭着的，有两人为着夺半个苹果相闹的，有因和椅子一起翻倒了爬不起来哭着的。

将回来的时候，母亲把他们里面的三四个人，各去抱了一会儿。于是大家就从四面集来，脸上满涂了蛋黄或是橘子汁，围着求抱。一个拉住了母亲的手，一个拉住了母亲的指头，说要看指上的戒指。还有来扳表链的，拉头发的。

“当心被他们弄破衣服！”先生和母亲说。

可是，母亲毫不管衣服的损坏，将他们拉近了，和他们亲吻。他们越集拢来了，在身旁的张了手想爬上身去，在远一点儿的挣扎着要挤近来，并且齐声叫着：

“再会！再会！”

终于，母亲逃出了庭间了。小孩们追到栏栅旁，脸挡住了栅缝，把小手伸出，纷纷地递出面包呀、苹果片呀、牛油块呀等东西来。一齐叫喊：

“再会，再会！明天再来，再请过来！”

母亲又去摸他们花朵似的小手，到走出街上的时候，身上已沾满了面包粉及许多油迹，衣服也皱得不成样子了。她手里握满了花，眼睛闪着泪光，仍好像很快活的。耳中远远地还听见鸟叫似的声音：

“再会！再会！再请过来！夫人！”

体　操　　　　　　　　　　　　　　五日

连日都是好天气，我们把室内体操停止，在校院中举行器械体操。

昨天，卡隆到校长室里去的时候，耐利的母亲——那个穿黑衣服的白色的妇人——也在那里。要想请求免除耐利的器械体操。她好像很难开口的样子，抚着儿子的头说：

“因为这孩子是不能做那样的事的。”

可是，耐利却似乎以不加入器械体操为可耻的，不肯同意这话。他说：

“母亲！不要紧，我能够的。”

母亲怜悯地默视着儿子，过了一会儿，踌躇地说：

“恐怕别人……”话未说完，就止住了。大概她是想说“恐怕别人嘲弄你，很不放心”的。耐利把母亲的话拦住，说：

“他们是没有什么的，——并且有卡隆在一处呢！只要有卡隆在，谁都不会笑我的。”

到底耐利加入器械体操了。那个曾在格里波底将军部下工作过的颈上有伤痕的先生，领了我们到那有垂直柱的地方去。今天要攀到柱的顶上，在顶端的平台上直立。代洛西与可莱谛都猿也似的上去了。泼来可西也敏捷地登上，他那到膝的长上衣，有时有些障碍，但他却毫不为意，竟上去了。大家都要想笑他，他只把他那平日的口头禅“对不住，对不住！”反复地说。斯带地上去的时候，脸红得像火鸡，嘴咬紧得像狂犬，一口气登上。诺琵斯立在平台上，像帝王似的骄傲顾盼着。华梯尼着了新制的有水色条纹的运动服，可是中途却溜落了两次。

为要想攀登容易些，大家手里都搽着树胶。把这预备了来卖的，不用说是那商人卡洛斐了。他把树胶弄成了粉，装入纸袋，每袋卖一铜元，赚得许多钱。

轮到卡隆了。他满不在乎地一面口里嚼着馒头，一面轻捷地攀登。我想他即使再带了一个人，也可以上去的。他真有着像小牛似的力气呢。

卡隆的后面，就是耐利。当他用了那瘦削的手臂去抱住垂直柱时，有许多人都笑了起来。这时卡隆把那粗壮的手叉在胸前，向着笑的人盯视，气势汹汹地好像在说："当心掷倒了你！"这才大家都止了笑。耐利开始上去，他几乎拼了命，脸色发紫了，呼吸迫促了，汗雨也似的从额上流下。先生说："下来吧。"可是，他仍不下退，无论如何，总想挣扎上去。我很替他担心，怕他中途坠落。啊！如果我变了耐利样的人，将怎样呢？这光景如果被母亲看见了，心里将怎样啊！一想到此，愈觉得耐利可怜，恨不得从下面去推着帮助他。

"上来！上来！耐利！用力！只差一步了！用力！"卡隆与代洛西、可莱谛齐声喊着。耐利吁吁地喘着，用尽了力，爬到离平台二尺光景的地方。

"好！再一步！用力！"大家叫着。耐利已攀住平台了，大家都拍手。先生说："爬上了！好！已可以了。下来吧。"

可是耐利想和别人一样地到平台上去。又挣扎了一会儿，才用手臂靠住了平台，以后就很容易地移上膝头，又伸上了脚，最后居然在平台上直立了，喘息着，微笑着，俯视我们。

我们又拍起手来。耐利向街上看，我也向那方向回过头去，忽然篱间见他母亲正俯了头不敢仰视哩。母亲把头抬起来了，耐利也下来了，我们大喝彩。耐利脸红如桃，眼睛闪烁发光，他似乎已不像从前的耐利了。

散学的时候，耐利的母亲来接儿子，把儿子抱住了很担心地问："怎么样了？"儿子的朋友都齐声回答说：

"做得很好呢！同我们一样地上去了！——耐利很能干

哩！——很勇敢哩！——一点都不比别人差。”

这时他母亲的快活，真是了不得。她想说什么道谢的话，可是嘴里说不出来。和其中三四人握了手，又亲睦地将手在卡隆肩头抚了一会儿，就领了儿子去了。我们目送他们母子二人很快乐地谈着回去。

父亲的先生　　十三日

昨天父亲带我去旅行，真快乐啊！那是这样的一回事：

前天晚餐时，父亲正看着新闻，忽然吃惊似的说：

“咿呀！我才以为在二十年前早已死去了的！我国民小学一年级的克洛赛谛先生还活着，今年八十四岁了哩！他做了六十年教员，教育部大臣现在给予勋章。六——十——年呢！你想！并且据说两年前还在学校教书的。啊！可怜的克洛赛谛先生！他现在住在从这里乘火车去一小时可以到的孔特甫地方。安利柯！明天大家去拜望他吧。”

当夜，父亲只是说那位先生的事。——因为看见旧时先生的名字，把各种小儿时代的事，从前的朋友，死去了的祖母，都也记忆了起来。父亲说：

“克洛赛谛先生！先生教我的时候，整四十岁，先生的相貌至今还记忆着。是个身材矮小，腰向前稍屈，眼睛炯炯有光，把须修剃得很光的先生。他虽是个严格的人，却是很好的先生。将我们爱如子弟，常能饶恕我们的过失。他原是农人家的儿子，因为自己用功遂做了教员的。真是上等的人哩！我母亲很佩服他，父亲也曾和他要好得和朋友一样。他不知为什么住到这处来的？现在即使见了面，恐怕也不认识了，但是不要紧，我是认识他的，已经四十四年不曾相见了，四十四年了哩！安利柯！明天去吧！”

转天早晨九点钟，我们坐了火车去。原想叫卡隆同去，他因为母亲病了，终于不能同去。天气很好，原野一片绿色，杂花满树，火车经过，空气也喷喷地发香。父亲很愉快地望着窗外，一面用手勾在我的颈上，像和朋友谈话似的和我说：

“啊！克洛赛谛先生！除了我父亲以外，先生是最初爱我和为我操心的人了。先生对于我的种种教训，我现在还记着。因做了不好的行为被先生叱骂了，悲哀地回来的光景，也还记得。先生的手，是很粗大的，那时先生的神情，都像在我眼前哩：他平常总是静静地进了教室，把杖放在屋角，把外套挂在衣钩上，无论哪天，态度都是一样，总是很真诚很热心，什么事情都用了全副精神，从开学那天起，一直这样。我现在的耳朵里，还像有先生的话声：‘勃谛尼啊！勃谛尼啊！要把食指和中指这样地握住笔杆的啊！’已经四十四年了，先生怕也已和以前不同了吧。”

等到了孔特甫，我们去探听先生的住所，立刻就探听明白了。原来那里是谁都认识先生的。

我们出了街市，折过那篱间有花的小路去。

父亲默默地似乎在沉思往事，时时微笑了摇着头。

突然，父亲立住了说：“这就是他！一定是他！”一看小路的那边来了一个戴大麦秆帽的白发老人！正倚了杖下坂。脚似乎有点跷，手在那里颤抖。

“果然是他！”父亲反复说了疾步前去，到了老人面前，老人也立住了向父亲注视。老人面上还有红彩，眼中露着光辉。父亲脱了帽子：

“你就是平善左·克洛赛谛先生吗?”

老人也把帽子去了：

“是的。”用了颤动而粗大的声音回答。

“啊！那么，”父亲握了先生的手，“对不起！我是从前受教于先生的旧学生。先生好吗？我是今天从丘林专来拜望你的。”

老人惊异地注视着父亲：

“那是难为你！我不知道，你是哪时候的学生？对不起！你名字是——”

父亲把亚尔培脱·勃谛尼的姓名和曾在什么时候什么地方的学校说明了，以后，又说：“难怪先生记不起来，但是，我是总记得先生的。”

老人垂了头沉思了一会儿，把父亲的名字念了三四遍，父亲只是微笑地向先生看。

忽而，老人抬起头来，眼睛张得大大地，徐徐地说：

“亚尔培脱·勃谛尼？技师勃谛尼君的儿子？曾经住在配寨·代拉·孔沙拉泰的是吗?”

“是的。”父亲回答着伸出手去。

“原来这样！那是真对不起!”老人说了跨步过来抱住父亲，那白发正垂在父亲的发上。父亲把自己的颊贴住了先生的颈。

“请跟我到这边来!”老人说着移步向自己住所走去。不久，我们走到小屋前面的一个花园里。老人开了自己的室门，引导我们进内。四壁粉得雪白，室的一角摆着小床，别一角排着台子和书架。四把椅子，壁上挂着的是旧地图。室中充满了苹果的香气。

"勃谛尼君!"先生注视着受着日光的地板说。"啊!我还很记得呢!你母亲是个很好的人,你在一年级的时候,是坐在那窗口左侧的位置上的。慢点!是了,是了!你那皱缩的头发,还如在眼前哩!"

先生又追忆了一会儿:

"你曾是个活泼的孩子,非常地。不是吗?在二年级的那年,曾患过喉痛的病,回到学校来的时候,非常消瘦,是裹在围巾中来的,到现在已四十年了。居然不忘记我,真难得你!旧学生来访我的很多,其中有做了大佐了的,做牧师的也有好几个,此外,还有许多已做了绅士的。"

先生问了父亲的职业,又说:"我真快活!谢谢你!近来已经少有人来访问我了,你恐怕是最后的人了吧!"

"哪里!你还健着呢!请不要说这样的话!"父亲说。

"不,不!你看!手这样地颤动着呢!这是很不好的!三年前患了这毛病,那时还在学校就职,初时也不注意,总以为就会痊愈的。不料,竟渐渐重了起来,终于字都不能写了。啊!那一天,我从做教师以来第一次把墨水流落在学生笔记簿上的那一天,真是穿胸似的难过啊!虽然这样,总还是暂时支持着。后来,力真尽了,遂于做教师的第六十年,和我的学校,我的学生,我的事业分别,真难过啊!在最后授课那天,学生一直送我到了家里,还恋恋不舍。我悲哀之极,以为我的生涯也从此完了!不幸,妻适在前一年亡故,一个独子,也跟着不久死别了,现在只有两个做农夫的孙子。靠了些许的年金,终日不做事情。日子长长地好像竟是不会夜!我现在的工作,每日只是重读以前学校里的书,或是翻读日记,或是阅读别人送给我的书。在这里呢。"

说着指书架:“这是我的记录,我的全部生涯都在这里面。除此以外,我没有留在世界上的东西了!”

到了这里,先生突然带着快乐的调子:

“是的!吓你一跳吧!勃谛尼君!”说着走到书桌旁把那长抽屉打开。其中有许多纸束,都用细细的绳缚着的。上面一一记着年月。翻寻了好一会儿,取了一束打开。翻出一张黄色的纸来,递给父亲。这是四十年前父亲的成绩。

纸的顶上,记着“听写,一八三八年四月三日,亚尔培脱·勃谛尼”等字样。父亲把这写着大形的小孩笔迹的字的纸片,带笑读着,可是眼中就浮出泪来。我立起来问是什么,父亲一手抱住了我说:

“你看这纸!这是,母亲给我修改过的。母亲常替我在这种地方修改,最后一行,全是母亲给我写的。我疲劳了睡着在那里的时候,母亲仿了我的笔迹替我写的。”父亲说了在纸上亲吻。

先生又拿出别的一束来。

“你看!这是我的纪念品。每学年,我把各学生的成绩各取一纸这样地留藏着。其中记有月日,是依了顺序排列在这里的。把这打开了,一一翻阅,心里就追忆起许多的事情来,好像我已回复到那时的光景了。啊!已有许多年数了,却是一把眼睛闭拢,就像有许多的孩子,许多的班级在眼前。那些孩子,有的已经死去了吧,许多孩子的事情,我都记得,像最好的和最坏的,格外明白地记得,使我快乐的孩子,使我伤心的孩子,这是尤其不会忘记的。许多孩子之中,很有坏的哩!但是,我好像是在别一世界,无论坏的好的,在我都是同样地爱他们。”

先生说了重新坐下,握住我的手。

"怎样？还记得我那时的恶戏吗！"父亲笑着说。

"你吗？"老人也笑了，"不，并没记得有什么。你原也算是淘气的。不过，你是个伶俐的孩子，并且在年龄的比例上，也大得快了一点儿。记得你母亲曾很爱你哩。这姑且不提，啊！今天你来得很难得，谢谢你！难为你在繁忙中还能来访我这衰老的苦教师！"

"克洛赛谛先生！"父亲用了很高兴的声音说，"我还记得母亲第一次领我到学校里去的光景。母亲和我离开两小时之久，是那时开始的。那时母亲觉得似乎将我从自己手里交付了别人，母子就从此分离了，心里很是悲哀，我也很是难过。在窗上和母亲说再会的时候，我眼中曾充满了眼泪。这时先生用手招呼我，先生那时的姿势，脸色，都好像是洞悉了母亲的心情的，先生那时的眼色，好像在说'不要紧！'我看了那时先生的神情，就明白知道先生是保护我的、原谅我的。那时的先生的样子，我不会忘记，永远在我心里雕刻了留存着哩。今天把我从丘林拉到此地来的就是这个记忆。因为要想在四十四年后的今天，再见见先生，向先生道谢，所以来的。"

先生不作声，只用了那颤抖着的手抚摸我的头。那手从头顶移到额侧，又移到肩上。

父亲环视室内。粗糙的墙壁，粗制的卧榻，些许的面包，窗间搁着小小的油壶。父亲见了这些，似乎在说："啊！可怜的先生！勤劳了六十年，所得的报酬，只是这些吗？"

可是，老先生却自己满足着。他高高兴兴地和父亲谈着我家里的事，从前的先生们和父亲同学们的情形，话头总不会完。父亲想拦住先生的话头，请他同到街上午餐去。先生只一味说谢谢，似乎迟疑不决。父亲执了先生的手，催促他就去。先生于是说：

“但是，我怎样可以吃东西啰！手这样地颤动着，恐怕妨碍别人呢！”

“先生！这是会帮助您的。”先生见父亲这样说，也就应允了。微笑着点头。

“今天好天气啊！”老人一面关门一面说：“真是好天气。勃谛尼君！我一生不会忘了今天这一天呢！”

父亲搀着先生，先生携了我的手，同下坂去。途中遇见携手走着的两个赤脚的少女，又遇见担草的男孩子。据先生说，那是三年级的学生，午前在牧场或田野劳动，饭后是到学校里去的。时候已经正午，我们进了街上某餐馆，三人围坐了大食桌午餐。

先生很快乐，可是因为快乐的缘故，手却愈是颤动，几乎不能吃东西了。父亲代他割肉，代他切面包，或是代他把盐加在盆里。汤是用玻璃杯盛了捧着饮的，可是仍还是轧轧地磕着牙齿呢。先生不断地谈话，什么青年时代读过的书呀，现在社会上的新闻呀，自己被先辈称扬过的事呀，现代的制度呀，种种都说。他微红了脸，少年人似的快乐笑谈。父亲也怡然微笑地看着先生，那神情和平日在家里一面想着事情一面注视着我的时候一样。

先生打翻了酒，父亲立起来用食巾替他拭干。先生笑了说：“咿呀！咿呀！真是对不起你！”后来，先生用了那颤动着的手举起杯来，郑重地说：

“技师！为了祝你和孩子的健康，为了对于你母亲的纪念，干杯！”

"先生！祝您健康！"父亲回答了并握先生的手。那在屋角的餐馆主人和侍者们都向我们看。他们见了这师生的情爱，似乎也很感动。

两点钟以后，我们出了餐馆。先生说要送我们到车站，父亲又去搀他。先生仍携着我的手，我代先生取了杖走。街上行人有的立着看我们，本地人都认识先生，和他招呼。

在街上走着。从前面窗口传出小孩的读书声来，老人立住了悲哀地说：

"勃谛尼君！这最使我伤心！一听到学生的读书声，就想到我已不在学校，另有别人代我在那里，不觉悲伤起来了！那个，那个是我六十年来听熟了的音乐，我曾很欢喜它的。我好像已和家族分离，一个小孩都没有了的人了！"

"不，先生！"父亲说着又往前走去，"先生有许多的孩子呢！那许多孩子都散在世界上，和我一样地都记忆着先生呢！"

先生悲伤地说：

"不，不！我已没有学校没有孩子了！没有孩子，是不能生存的。我的末日，大约就到了吧！"

"请不要说这样的话！先生已做过许多好事，把一生用在很高尚的事业上了！"

老先生把那白发的头靠在父亲肩上，又把我的手紧紧握住。到车站时，火车快要开了。

"再会！先生！"父亲在老人颊上亲吻告别。

"再会！谢谢你！再会！"老人说着把父亲的一只手用自己的颤动着的两手夹住了贴到胸前去。

我去和老先生亲吻时，老先生的脸上已被眼泪润湿了。

父亲把我先推入车内。待车要开动的时候，从老人的手中取过杖来，把自己执着的镶着银头刻有自己名字的华美的杖换了过去，说：

“请取了这个，当做我的纪念！”

老人正想推辞不受，父亲已跳入车里，把车门关了。

“再会！先生！”父亲说。

"再会！你已给与这穷老人以慰藉了！愿上帝保佑你！"先生在车将要启动时说。

"再相见吧！"父亲说。

先生摇着头，好像在说："恐不能再相见了哩！"

"可再相见的，再相见吧！"父亲反复着说。

先生把颤着的手高高地举起，指着天：

"在那上面！"

于是，先生的形影，就在那擎着手的瞬间不见了。

痊　愈　　　　　　　　　　　　　　　　二十日

和父亲作了快乐的旅行回来，十天之中，竟不能见天地，这真是做梦也料不到的事情。我在这几天内，病得几乎没有命了。只朦胧地记得母亲曾啜泣，父亲曾苍白了脸守着我，雪尔维姊姊和弟弟低声地谈着。那戴眼镜的医生守在床前，虽曾向我说着什么，但我全不明白。只差一些，我已要和这世界别离了。其中有三四天，什么都茫然，像在做黑暗苦痛的梦！记得：我二年级时的女先生曾到床前，把手帕遮住了自己的嘴咳嗽着。我的先生曾弯下身和我亲吻，我脸上被须触着觉痛。克洛西的红发，代洛西的金发，以及穿黑服的格拉勃利亚少年，都好像在云雾中看见。卡隆曾拿着一个带叶的夏橘子来赠我，因他母亲有病，记得就回去了。

等到从长梦中醒来，神志清了，见父亲母亲在微笑，雪尔维姊姊在低声唱歌，我才知道自己的病已大好了。啊！真是可悲的噩梦啊！

从此以后，就每日转好。等“小石匠”来装兔脸给我看，我才开笑脸。那孩子从生病以后，脸孔长了许多。兔脸比以前似乎装得更像了。可莱谛也来，卡洛斐来时，把他正在经营的小刀的彩票，送了我两条。昨天我睡着的时候，泼来可西来，据说将我的手在自己的颊上触了一下就去了。他是才从铁工场出来的，脸上染着煤炭，我袖上也因而留下黑迹。我醒来见着很是快活。

几天之间。树叶又绿了许多。从窗口望去，见孩子们都挟了书到学校里去，我真是羡慕！我也快要回到学校里去了，我想快些去见见全体同学，看看自己的座位，学校的庭院，以及街市的光景，想听听在我生病期内所发现的新闻，又想去翻阅翻阅笔记簿和书籍。都好像已有一年不见了哩。我母亲可怜已瘦得苍白了！父亲也很疲劳！来望我的亲切的朋友们，都跑近来和我亲吻。啊！一想到将来有和这许多朋友离别的时候，现在就悲伤起来。我大约是可以和代洛西同入高等学校的，其余的朋友们将怎样呢？五年级完了以后，就大家别离，从此以后，不能再相会了吧！遇到疾病的时候，也不能再在床前看见他们了吧！——卡隆、泼来可西、可莱谛，都是很亲切很要好的朋友。——可是都不长久！

劳动者中有朋友　　二十日

安利柯！为什么“不长久”呢？你读完了五年级入中学去，他们入劳动界去。几年之中，彼此都在同一市内，为什么不能相见呢？你即使进了高等学校或大学，到工场里去访问他们，不就可以了吗？在工场中与旧友相见，是多么快乐的事啊！

可莱谛和泼来可西无论在什么地方，你都可以去访问他们的。都可以到他们那里去学习种种的事情的。怎么样？倘若你和他们不继续交往，那么，你将来就要不能得着这样的友人——和自己阶级不同的友人。到那时候，你就只能在一阶级中生活了。只在一阶级中交际的人，恰和只读一册书籍的学生一样。

所以，要决心和这些朋友永远继续交往啊！并且，从现在起，就要注意多和劳动者的子弟交游。上流社会好像将校，下流社会是兵士。社会和军队一样，兵士并不比将校贱。贵贱在能力，并不在于俸钱；在勇气，并不在阶级。论理，正唯其兵士与劳动者自己受报酬少，就愈可贵。所以，你在朋友之中，对于劳动者的儿子，应该特别敬爱，对于他们父母的劳力与牺牲，应该表示尊敬。不应只着眼于财产和阶级的高下。因财产和阶级的高下来分别人，真是鄙贱的心情。救济我国的神圣的血液，是从工场、田园的劳动者的脉管中流溢出来的。要爱卡隆、可莱谛、泼来可西、“小石匠”啊！他们的胸里，宿着高尚的灵魂哩！将来命运无论怎样变动，决不忘了这少年时代的友谊：从今天就须这样自誓。再过了四十年，到车站时，如果见卡隆墨黑了脸，穿着司机的衣服，你即使做着贵族院议员，也应该立刻跑到车头上去，将手勾在他的颈上。我相信你一定会这样的。

——父亲

卡隆的母亲　　二十八日

我回到学校里去，最初听见的是一个坏消息，卡隆因母亲大病，缺课了好几天。终于，他母亲于前星期六那天死了。昨天早

晨我们一走进教室,先生对我们说:

"卡隆遭遇了莫大的不幸了!母亲死去了!他明天大约要回到学校里来的,望你们大家同情于他的苦痛,他进教室来的时候,要亲切叮咛地招呼安慰他,不许说戏言或向他笑!"

今天早晨,卡隆略迟了一刻来了。我见了他,心里好像塞住了什么。他脸孔瘦削了,眼睛红红地,两脚颤悸着,似乎自己生了一个月的大病的样子。全身穿了黑服,差不多一眼认不出他是卡隆来。同学都屏了气向他注视。他进了教室以后,似乎记到了母亲每日来接他,从椅子背后看他,种种地注意他的情形,忍不住就哭了起来。先生携他过去,将他贴在胸前:

"哭吧!哭吧!苦孩子!但是不要灰心!你母亲已不在这世界上了,但是,仍在照顾着你,仍在爱你,仍在你的身旁呢。你会有时再和母亲相见吧,因为你有着和母亲一样的正直的精神。啊!你要自己珍重啊!"

这样说了,领他坐在我旁边的座位上。我不忍去看卡隆的面孔。卡隆取出自己的笔记簿和久不翻了的书来看,翻到前次母亲送他来的时候折着角作记号的地方,又掩面哭泣起来。先生向我们使眼色,暂时不去理他,管自上课。我虽想对卡隆说句话,可是不知说什么好,只将手搭在卡隆肩上,低声地这样说:

"卡隆!不要哭了!啊!"

卡隆不回答什么,只是在桌上伏倒了头,把手按在我的肩上。散课以后,大家都沉默着恭敬地聚集在他的周围。我因看见我母亲来了,就跑过去想求抚抱。母亲将我推开,只是看着卡隆。我莫名其妙,及见卡隆独自立在那里,默不作声,悲哀地看着我,那神情好像在说:

"你有母亲来抱你，我已不能够了！你有母亲，我已没有了！"

我才悟到母亲推开我的缘故，就不待母亲携我，自己出去了。

寇塞贝·马志尼　　二十九日

今天早晨，卡隆仍是苍白了脸，红肿了眼进教室来。我们当做唁礼替他堆在桌上的物品，他顾也不顾。先生另外拿了一本书来说是预备念给卡隆听的。他先向我们通知说：明天要授予勋章给前次在波河救起小孩的少年了，午后一时，大家到市政所去参观，星期一就作一篇参观记当做这月的每月例话。通知毕，又向着那垂着头的卡隆说：

"卡隆！今天请忍耐了把我以下所讲的话和大家一齐笔记了。"我们都捏起笔来，先生就开始讲：

"寇塞贝·马志尼，一八〇五年生于热那亚，一八七二年死于辟沙。他是个伟大的爱国者，大文豪，又是意大利改革的先驱者。他为爱国精神所驱，四十年中和贫苦奋斗，甘受放逐迫害，宁为亡命者，不肯变更自己的主义和决心。他非常敬爱母亲，将自己高尚纯洁的精神，全归功于母亲的感化。他有一个知友，丧了母亲，不胜哀痛，他写了一封信去慰唁。下面就是他书中的原文：

"朋友！你在这世界上已不能再看见你的母亲了。这实在是可战栗的事。我目前不忍看见你，因为你现在正处在谁都难免而且非超越不可的神圣的悲哀之中。'悲哀非超越不可'，你了解我这话吗？在悲哀的一面，有不能改善我们的精神而反使之陷于柔弱卑屈的东西。我们对于悲哀的这一部分，当战胜而超越他。悲哀的另一面，有着使我们精神高尚伟大的东西。这部分是应该永远保存，决不可弃去的。在这世界中最可爱的莫过于母亲，在这世界所给你的无论是悲哀或是喜悦之中，你都不会忘了你的母亲吧。但是，你要纪念母亲，敬爱母亲，哀痛母亲的死，不可辜负你母亲的心。啊！朋友！试听我言！死这东西，是不存在的。这是空无所有，连了解都不可能的东西。生是生，是依从生命的法则的。而生命的法则就是进步。你昨天在这世上有母亲，你今天随处有天使。凡是善良的东西，都有加增的能力，会做这世的生命，永不消灭。你母亲的爱，不也是这样吗？你母亲要比以前更爱你啊！因此之故，你对于母亲，也就有比以前更重的责任了。你在他界能否和母亲相会，完全要看你自己的行为怎样。所以，应由于爱慕母亲的心情，更改善自己，以安慰母亲的灵魂。以后你无论做什么事，常须自己反省：'这是否母亲所喜的？'母亲的死去，实替你在这世界上遗留了一个守护神。你以后一生的行事，都非和这守护神商量不可。要刚毅！要勇敢！和失望与忧愁奋争！在大苦恼之中维持精神的平静！因为这是母亲所喜的。"

先生又继续着说：

"卡隆！要刚毅！要平静！这是你母亲所喜的。懂了吗？"

卡隆点着头，大粒的泪珠，簌簌地落在手背上、笔记簿上和桌上。

少年受勋章(每月例话)

午后一点钟,先生领了我们到市政所去。参观授与勋章给前次在波河救起小孩的少年。

大门上飘着大大的国旗。我们走进中庭,那里已是人山人海。前面摆着用红色台布罩了的台子,台子上放着书件。后面是市长和议员的席次,有许多华美的椅子。穿青背心、穿白袜子的赞礼的傧相就在那里。再右边是一大队的挂勋章的警察,税关的官员都在这旁边。这对面排着许多盛装的消防队,还有许多骑兵、步兵、炮兵和在乡军人。其他绅士呀、一般人民呀、妇女呀、小孩呀,都围集在这周围。我们和别校的学生并集在一角,旁有一群从十岁到十八岁光景的少年,谈着笑着。据说,这是今天受勋章的少年的朋友,特从故乡来到会的。市政所的人员多在窗口下望,图书馆的走廊上也有许多人靠着栏杆观看。大门的楼上,满满地集着小学校的女学生和面上有青面纱的女会员。全体情形,正像一个剧场,大家高兴地谈话,时时向着有红毡的台子地方望,看有谁出来没有。乐队在廊下一角静奏乐典,阳光明亮地照射在高墙上。

忽然,拍手声四起了。从庭中,从窗口,从廊下。

我跷起脚跟来望。见在红台子后面的人们已分为左右两排,另外来了一个男子和一个女人。男子更携了一个少年的手。

这少年就是那救助朋友的勇敢的少年。那男子是他的父亲,原是一个做石工的,今天打扮得很整齐。女人是他的母亲,小小的身材,白色,穿着黑服。少年也白色,衣服是鼠色的。

三人见了这许多人，听了这许多的拍手声，只是立着不动，眼睛也不向别处看，傧相领了他们到台子的右旁。

过了一会儿，拍手声又起了。少年望望窗口，又望望女会员所居的廊下，好像自己不知在什么地方了。少年面貌略像可莱谛，只是面色比可莱谛红些。他父母注视着台上。

这时候，在我们旁边的少年的乡友，接连地向少年招手。或是轻轻地唤着“平！平！平诺脱！”去引起少年的注意。少年好像居然听见了，向着他们看，在帽子下面露出笑影来。

隔不了一会儿，守卫把姿势整顿了，市长和许多绅士一齐进来。

市长穿了纯白的衣服，围着三色的肩衣。他立到台前去，其余的绅士都在他两旁或背后就坐。

乐队停止了奏乐，随着市长的号令，满场就肃静了。

市长于是开始演说。在最初，大概是叙说少年的功绩，不甚听得清楚。到了后来，声音渐高，语音遍布全场，已一句都不会漏去了：

“这少年在河岸见自己的朋友正将淹没，就毫不犹豫地脱去衣服，跳入水去救他，旁边的孩子们想拦住他，说：‘你也要同他一起淹没哩！’他不置辩，跃入水去。河水正涨满，连大人下去，也要不免危险。他尽了力和急流奋斗，竟把快在水底闷死的友人捞着，提了他突波而上。几次要险遭溺下，终于鼓着勇气，浮出到水面来。那种坚忍和决死的精神，几乎不像是少年的行径，竟是大人救自己爱儿的时候了。上帝鉴于这少年的勇敢的行为，就助他成功，使他将快要死的友人从鳄鱼窠里救出，更由于别人的助力，终于更生了。事后，他若无其事地回到家里，淡淡地把经过报告给家里人知道。

"诸君！勇敢在大人已是难能可贵的美德，至于在没有名利之念的小孩，在体力怯弱，无论做什么都非有十分热心不可的小孩，在并无什么义务与责任，即使不做什么，只要能了解人们所说的话，不忘他人的恩惠，已足于受人爱悦的小孩，勇敢的行为，真是神圣之至的了。诸君！我不再说什么了！我对于这样高尚的行为，不愿在这以上再加无谓的赞语！现在诸君的面前，就立着那高尚勇敢的少年！军人诸君啊！请以弟弟看待他！做母亲的太太啊！请和自己儿子一样地替他祝福！小孩们啊！请记住他的名字，将他的样子铭记在心里，永久勿忘！请过来！少年！我现在以意大利国王的名义，授予这勋章给你！"

市长就台上取了勋章，替少年挂在胸前，又抱了他亲吻。母亲把手挡了两眼，父亲把下颐垂下胸口来。

市长和少年的父母握手，将用丝带束着的奖状递给母亲。又向那少年说：

"今天是你最荣誉的日子，在父母是最幸福的日子。请你终生不要忘记今天，走上你德义与名誉的路程！再会！"

市长说了退去。乐队又奏起乐来。我们以为仪式就此完毕了。这时，从消防队中走出一个八九岁的男孩子来，跑近那受勋章的少年，把自己投在他的腕里。

拍手声又起来了。那就是在波河被救起的小孩，这次出来，是为了表示感谢再生之恩的。被救的小孩，与恩人互相亲吻，携了手出去。少年的父母跟在后面，勉强从人群中挤出到大门方面。警察、小孩、军人、妇女都头向了一方，踮起了脚跟想看这少年。在近处的人，有的去抚触他的手。他们在学校学生群旁通过时，学生都把帽子高高地举在空中摇动。和少年同乡里的孩子们，都纷纷地前去握住少年的臂，或是拉住他的上衣，狂叫"平！平！万岁！平君万岁！"少年通过我的身旁，我见他脸上带着红晕，似乎很喜悦的。勋章上附有红白绿三色的丝带。那做父亲的用了颤抖的手在抹须。在窗口及廊下的人们见了都向他们喝彩。他们通过大门时，女会员从廊下抛下堇或野菊的花束来，落在少年和他父母头上，更散在地上。在旁边的人都俯下去拾了交付他母亲。这时，庭内的乐队，静静地奏出幽婉的乐曲，那音调好像是一大群人的银样的歌声，远远地消去的样子。

第八卷　五月

畸形儿　　　　　　　　　　　　　　五日

今天不大舒适，向学校请了假，由母亲领了我到畸形儿学院去。母亲是为了请求给那门房的儿子入院去的。等到了那里，母亲叫我留在外面，不使我入内。

安利柯！我为什么不叫你进学院去？怕你还没有知道吧？因为，把你这样健康的小孩带进那不幸的残疾的群里去给他们看，是不好的。即使不是这样，他们已经时时有痛感自己不幸的机会哩！那真是可怜啊！身入其境，眼泪就会从胸里涌上来；男女小孩约有六十人，有的骨胳不正，有的手足歪斜，有的皮肤皱裂，身体扭转不展。其中，也尽有相貌伶俐，眉目可爱的。有一个孩子，鼻子高高地，脸的下部分已像老人样的尖长了，可是还带着可爱的微笑呢！有的孩子，从前面看去，很端秀，不像是有残疾的，一叫他背过身来，就觉得有可怜的地方了。恰好，医生到这里来，一个一个地叫他们立在椅上，曳上了衣服，把膨大的肚子或是臃肿的关节检查着。他们时常这样脱去了衣服，回环着给人看，已经惯了，一点儿也不觉得难为情。可是，在那身体初发现残疾的时候，是多么难过啊！病渐渐厉害，人对于他们的爱就渐渐减退，有的整几小时地被弃置在屋角，只受粗劣的食物，有的还要被嘲弄，也许有的在几月中还枉受无益的绷带和疗治的苦痛吧？现在，依靠这学院中的注意和适当的食物和运动，大抵已恢复许多了。见了那听着号令伸出来的缚着绷带或是夹着板的手脚，真是可怜呢。有的在椅子上不能直立，用臂托住了头，一手抚摸着那拐杖的，又有手臂虽勉强向前伸直了，终于呼吸促起来，苍白了倒下地去的。虽然这样，他们要藏匿苦痛，还是装着笑容呢！安利柯啊！像你这样健康的小孩儿，还不知自己庆幸自己的健康，我见了那可怜的畸形的孩子，一想到世间做母亲的当做自己的荣耀，矜夸地抱着壮健的小孩儿，觉得很是难堪，恨不能一个一个去抚抱他们。如果周围没人，我就要这样说了吧：

“我不离开此地了！我一生为你们牺牲，做你们的母亲吧！”

可是，孩子们还唱着歌，那种细而可悲的声音，使听见的人为之断肠。先生称赞他们，他们就非常快活，在先生通过他们座位的时候，都去吻她的手。大家都亲爱着先生呢。据先生说，他们头脑都好，也能用功。那位先生，是一个年青的温和的女人，面貌上充满了慈爱。她的常带悲容，大概是每天和那不幸的孩子们作伴的缘故吧？真可敬佩啊！劳动生活着的人虽是很多，但像她那样的做着神圣职务的人，是不多有的吧。

——母亲

牺　牲　　　　　　　　　　　　　　　　　　九日

我的母亲固然是好人，雪尔维姊姊也像母亲一样，有着高尚的精神。昨夜,我正抄写着每月例话《六千哩寻母》的一段——这因为太长了,先生叫我们四五个人分开了抄录的。——姊姊静悄悄地进来,急急地低声说:

“快到母亲那里去!母亲和父亲才在说什么呢,好像已有了什么不幸的事了,很是悲痛,母亲在安慰他。说家里要困难了——懂吗?家里已经要没有钱了啰!父亲说,要有若干牺牲才得恢复呢。我们也大家来牺牲好吗?非牺牲不可的!啊!让我和母亲说去,你也要赞成我,并且要照姊姊所说的样子,向母亲立誓,要什么都答应做啊!”

姊姊说了,拉了我的手同到母亲那里去。母亲正一面做着针线,一面沉思着,我在长椅子的一端坐下,姊姊坐在那一端,就说:

“啊!母亲!我有一句话要和母亲说。我们两个有一句话要和母亲说。”

母亲吃惊地看着我们。姊姊继续着说:

“父亲不是说没有钱了吗?”

“说什么?”母亲红了脸回答,“没有钱的事,你们知道了吗?这是谁告诉你们的?”

姊姊大胆地说:

“我知道哩!所以,母亲!我们也觉得非大家牺牲不可。你不是曾说到了五月终给我买扇子的吗?还答应安利柯弟弟买颜料盒呢。现在,我们已什么都不要了。钱也一个都不想用,不给我们也可以。啊!母亲!”

母亲刚要回答说什么,姊姊阻住了她:

“不,非这样不可的。我们已经这样决定了。在父亲没有钱的时候，水果，什么，都不要，只要有汤就好，早晨单吃面包也就够了。这么一来，食费是可以多少省些出来吧。一向实在是太待我们好了！我们决定只要这样就满足了。喂，安利柯！不是吗？”

我回答说是。姊姊用手遮住了母亲的口，继续着说：

“还有，无论是衣服或是什么，如果有可以牺牲的，我们也都欢欢喜喜地牺牲。把人家送给我们的东西卖了也可以，用劳动来帮母亲的忙也可以。终日劳动吧！什么事情都做，我，什么事情都做的！”说着又将臂弯到母亲颈上去。

“如果能帮助了父亲母亲，父亲母亲再有像从前那样快乐的脸孔给我们看着，无论怎样辛苦的事情，我也都愿做的。”

这时母亲脸上的喜悦，是我所未曾见过的。这时母亲在我们额上亲吻的热烈，是从来所未曾有过的。母亲当时什么都不说，只是在笑容上挂着泪珠。后来，母亲和姊姊说明家中并不困于金钱，叫她不要误听。还屡次称赞我们的好意，这夜是很快活，等父亲回来，就一五一十地告诉了他。父亲也不说什么。今天早晨，我们要吃早饭时，我觉得非常的欢喜与非常的悲哀。我的食巾下面，藏着颜料盒，姊姊的食巾下面，藏着扇子。

火　灾　　　　十一日

今天早晨，我抄毕了《六千哩寻母》，正想着这次作文的材料。忽然，从楼梯方面发出非常的人声。过了一会儿，有两个消防夫进屋子来，和父亲说，要检查屋内的火炉和烟囱。这因为屋顶的烟囱上冒出了火，辨不出从谁家发出来的缘故。

“呃！请检查！”父亲说。其实，我们屋子里并没有燃着火。可是消防夫仍在客室巡视，把耳朵贴近了壁听有无火在爆发的声音。

在他们各处巡视时，父亲向了我说：

“哦！这不是好题目吗？——叫做‘消防夫’。我讲了，你写着！

“两年以前，我深夜从剧场回来，路上看见过消防夫的救灾行动。我才要走入罗马街，就见有猛烈的火光，许多人都集在那里。一间房屋正在燃烧着，像舌的火焰，像云的烟气，从窗口屋顶喷出。男人和女人从窗口探出头来拼命地叫，忽然又不见了。门口挤满了人，齐声叫喊说：

“‘要烧死了哩！快救命啊！消防夫！’

“这时来了一辆马车，四个消防夫从车中跳出。这是最先赶到的，一下车就跑进屋子里去。他们一走进，同时发生了可怕的事情。一个女子，在四层楼窗口叫喊奔出，手拉住了栏杆，背向了外，在空中挂着。火焰从窗口喷出。几乎要卷着她的头发了。群众大发恐怖的叫声，方才的消防夫一时错了方向，把三层楼的墙壁打破了进去，这时群众齐声狂叫说：

“‘在四层楼，在四层楼！’

“他们急上四层楼去，在那里忽然听见恐怖的叫声，梁木从屋顶落下，门口满是烟焰。要想到那关着人的屋子里去，除了从屋顶走，已没有别的路了。他们急急地跳上屋顶，瓦上从烟里露出一个黑影来，这就是那最先跑到的伍长。可是，要从屋顶到那被火包着的屋子里去，非通过那屋顶的窗和格溜间的极狭小的地方不可。因为别处都已被火焰包住了，只有这狭小的地方，还有冰雪掩着。可是却没有可攀援的地方。

"'那里是无论如何通不过的!'群众在下面叫喊。

"伍长沿了屋顶边上走,群众震栗地看着他。他终于把那狭小的地方通过了,那时下面的喝彩声几乎要震荡天空。伍长走到那危急的场所,用斧把梁椽斩断,造成入内的孔穴。

"这时,那女子仍在窗外挂着,火焰快将卷到她的头上,眼见得就要向街路坠下了。

"伍长斩开了孔穴,把身子紧束了就跳进屋里去。后来的消防夫也跟着跳入。

"这时才运到的长梯子在屋前架着。窗口冒出凶险的烟焰来,耳边闻到可怖的呼号声,危急得几乎无从着手了。

"'不好了!连消防夫也要烧死了!完了!早已死了!'群众叫着说。

"忽然,伍长的黑影在有栏杆的窗口看见了,火光在他头上照得红红地。女子去抱着他的颈项,伍长两手抱了那女子,奔下室中去。

"群众的叫声,在火烧声中沸腾:

"'还有别人呢?怎样下来?那梯子离窗口很远,怎样接得着呢?'

"在群众叫喊声中,突然来了一个消防夫,右脚踏了窗沿,左脚踏住梯子,在空跨了立着,室中的消防夫把遭难者一一抱出递交给他,他又一一递给从下面上去的消防夫。下面的又一一递给再在下面的同伴。

"最先下来的是那个曾在栏杆上挂过的女子,其次是小孩,再其次的也是个女子,再其次的是个老人。遭难者如数下来了

忽然伍長的黑影在有欄杆的炮口看見了

以后，室中的消防夫也就一一下来，最后下来的是那个最先上去的伍长。他们下来的时候，群众喝彩欢迎，及等到那拼了生命，上去最先、下来最后的勇敢的伍长到来时，群众欢声雷动，都张开了手，好像欢迎凯旋的将军也似的喝彩。一瞬间，他那寇塞贝·洛辟诺的名氏，在数千人的口中传遍了。”

“知道吗？这就叫做勇气。勇气这东西不是讲着空道理，是毫不踌躇的，见了人有危难，就会像闪电似的飞跳过去。过几天，带了你去看消防夫的练习吧。那时，领你去见洛辟诺伍长吧。他是怎样一个人，你想知道他吗？”

我答说，很想知道他。

“就是这位啰！”父亲这样说了，我不觉吃了一惊，回过头去，见那两个消防夫正检查完毕，要从室中出去了。

“快和洛辟诺伍长握手！”父亲指着那衣上缀有金边的短小精悍的说。伍长立住了伸手过来，我去和他握手。伍长道别而去。

父亲说：

“好好地把这记着！在你的一生中，握手的人，当有几千，但是像他那样豪勇的人，恐不上十个吧！”

六千英里寻母（每月例话）

几年前，有一个工人家庭的十三岁的儿子，曾经独自从意大利的热那亚到南美洲去寻觅过母亲。

这少年的父母，因遭了种种的不幸，陷于穷困，负了许多的债。母亲想设法赚些钱，图一家的安乐，曾于两年前，远远地到南美洲的阿根廷共和国首府布宜诺斯艾利斯市去做女仆。原来，从意大利到南美洲去工作的勇敢的妇女不少，那里工资丰厚，去了不用几年，就可赚积几百元回来的。这位穷苦的母亲和她十八岁与十三岁的两个儿子分别时，悲痛得几乎要流血泪，可是为了一家的生计，也就忍心勇敢地去了。

那妇人平安地到了布宜诺斯艾利斯，她丈夫有一个从兄，在那里经商已有多年。由他的介绍，到该市某上流人的家庭中为女仆。工资既厚，待遇也很亲切，她安心工作着。在初到的当时，也常有消息寄到家里来。彼此在分别时约定：从意大利去的信，寄交从兄转递，妇人寄到意大利的信，也先交给从兄，从兄再附写几句，转寄到热那亚丈夫那里来。妇人将每月十五元的工资一文不用，隔三个月寄钱给故乡一次。她丈夫虽是个做工的，很爱重名誉，把这钱逐步清偿债款，一面自己也奋发地劳动，忍耐了一切的辛苦和困难，等他的妻子回国。自从妻子出国去了以后，家庭就冷落得像空屋，小儿子尤其恋念着母亲，一刻都忘不掉。

光阴如箭，不觉一年过去了。妇人自从来过了一封说略有不适的短信以后，就没有消息。写信到从兄那里去问了两次，也没有回信来。再直接写信到那妇人的雇主家里去，仍不得回复。——这是因为地址弄错，未曾寄到的。于是全家更不安心，终于请求驻布宜诺斯艾利斯的意大利领事，代为探访。过了三个月，领事回答说，连新闻广告都登过了，没有人来承认。这或者是那妇人自以为替人作女仆为一家的耻辱，所以把自己主人的本名隐瞒了的吧。

又过了几月，仍如石沉海底，没有消息。父子三人没有办法，小儿子尤悲念得厉害，几乎要病了。既无方法可想，又没有人可商量。父亲想亲自到美洲去寻妻，但第一非先把职务抛了不可，并且又没有寄托孩子的地方。大儿子似乎是可以派遣的，但他已能赚得若干金钱，帮助家计，也无法叫他离家。每天只是大家面面相对地反复商量着这事。有一天，小儿子玛尔可的面上现出决心的样子说："我到美洲寻母亲去！"

父亲不回答什么，只是悲哀地摇着头。在父亲看来，这心虽然可嘉，但以十三岁的年龄，登一个月的旅程，独自到美洲去，终究不是可能的事。但是，幼子坚执着这主张，从这天起，每天谈起这事，总是坚持到底，用了很沉静的神情，述说可去的理由，其懂事的程度，正像大人一样。

"别人不是也去的吗？比我再小的人去的也多着哩！只要下了船，就会和大家一齐到那里的。一到了那里，就去找寻那从叔的住所，意大利人在那里的很多，一问就可以明白。等找到了从叔，不就可寻着母亲了吗？如果再寻不着，那么可去请求领事，托他代访母亲作工的主人住所。无论中途有怎样的困难来，那里好做的工作尽有，只要去劳动，回国的路费是用不着担忧的。"

父亲听他这样说，就渐渐地赞成了他。父亲平日原深知这儿子有惊人的思虑和勇气，且已在艰苦贫困中惯了的。这次出去，是为寻找自己的慈母，认为必然较平时发挥加倍的勇气出来。并且，恰巧在父亲的朋友之中，有一人曾为某船船长。父亲把这话和船长商量。船长答应替玛尔可通融到阿根廷的三等船票一张。

父亲踌躇了一会儿，就把玛尔可的要求答应了。出发日子一到，父亲替他包好衣服，集了几块钱替他塞入衣袋里，又写了从兄的住址交给了他。在四月中天气很好的一个傍晚，父亲和哥哥送了玛尔可上船去。

船快开了，父亲在吊梯上和儿子作最后的亲吻：

"那么，玛尔可，去吧！不要害怕！因为上帝是守护着你的孝心的！"

可怜的玛尔可！他虽已发出勇气，不以任何风波为意，但眼见故乡美丽的山，渐向水平线上消去，举目只见汪洋大海，船中又没有相识者，只是自身一个人而已，自己所带的财物，只是行囊一个，一想到此，不觉突然悲愁起来。在最初的二日间什么都不入口，只是蹲在甲板上暗泣，心潮如沸，想起种种事来。其中最可悲可惧的，就是关于母亲万一死了的忧虑。这忧念不绝地缠绕着他，有时茫然若梦，在眼前现出一个素不相识的人面，很怜悯地注视着他，且附近了他的耳低声说："你母亲已死在那里了呢！"他惊醒来方知是梦，于是把正要出口的哭声重新咽住。

船过直布罗陀海峡，一出大西洋，玛尔可才略振出勇气和希望。可是，这也不过暂时的。茫茫的洋面上，除了水天以外，什么都不见，天气渐渐加热，周围出国工人们的可怜的光景，和自己孤独的形影，都足使他心中重罩上一层的暗云。一天一天，总是这样无聊地过去，正如床上的病人忘记时日，好像自己在海上已住了一年了，每天早晨张开眼来，知自己仍在大西洋中，独自在赴美洲的途中，兀自惊讶。甲板上时时落下的美丽的飞鱼，焰血一般的热带地方的日没，以及夜中磷光漂满海的一面，俨然像火山岩的光景。在他都好像在梦境中看见，不觉得这些是实物。天气不好的日子，终日终夜卧在室里，听了器物的滚转声、磕碰声、周围人们的哭叫声、呻吟声，觉得似乎末日已到了。当那静寂的海转成黄色，炎热如沸时，觉得倦怠无聊。在这种时候，疲弱极了的乘客，都死也似的卧倒在甲板上不动。海不知何日才可行尽。满眼只见水与天，天与水，昨天，今天，明天，都是这样。

玛尔可时时倚了船舷整几小时地茫然看海，一面想着母亲，往往自己不知不觉闭眼入梦。梦见那不相识者很怜悯地附耳告诉他:“你母亲已死在那里了!”他一被这话声惊醒过来,仍去眼对了水平线,做梦也似的空想。

这海程连续至二十七日,最末的一天,天气很好,凉风拂拂地吹着。玛尔可在船中和一老人熟识了,这老人是隆巴尔地的农夫,说是到美洲去看儿子的。玛尔可和他谈起自己的情形,老人大发同情,常用手拍玛尔可的项部,反复地说:

“不要紧!就可见你母亲平安的面孔了!”

有了这同伴以后,玛尔可也就增了元气,觉得自己的前途是有希望的。美丽的星月夜,在甲板上杂处在大批的出国的工人中,靠近那喷喷吸着烟的老人坐了,就起了已经到了布宜诺斯艾利斯的想象:忽然,自己已在街上行走,找着了从叔的店,扑向前去。“母亲怎样?”“啊!同去吧!”“立刻去吧!”这样两人急急跨上主人家的阶石,主人家就开了门——他每次想象,都中断于此,心中充满了说不出的恋慕之情。忽又自己暗暗地把颈上悬着的赏牌,拉出来用嘴去吻了,细语祈祷。

到了第二十七天,轮船在阿根廷共和国首府布宜诺斯艾利斯港口下锚了。那是五月中阳光很好的一个早晨,到埠碰着这样好天气,前兆不坏。玛尔可高高兴兴地忘了一切,一意渴望:母亲就在距此几哩以内的地方,数小时中便可见面,自己已到了美洲,独自从旧世界到了新世界,长期的航海,从今回顾,竟像只有一礼拜的光阴,觉得恰像自己在梦中飞跃到此,现在梦才醒了的。乘船时为防失窃,曾把所带的金钱,分作两份藏着,今天探摸口袋,一份已不知在什么时候不见了。因为心有所期待,也并不以此介意。金钱大概是在船中被攫去了的,除此以外,所剩的已无几,但怕什么呢,现在立刻就可会见母亲了。玛尔可提了衣包随了大批的意大利人下了轮船，再由舢板船渡至码头上陆，和那亲切的隆巴尔地老人告别了，急忙大步地向市街行进。

到了街市，向行人问亚尔忒斯街所在。那人恰巧是个意大利工人，向玛尔可打量了一会儿，问他能读文字不能？玛尔可答说能的。

那工人指着自己才走来的那条街道说：

“那么，向那条街道一直过去，转弯的地方，都标着街名；一一读了过去，就会到你所要去的处所的。”

玛尔可道了谢，依着他所指示的方向走去。坦直的街道，只管连续着，两旁都是别墅式的白而低的住屋。街中行人车辆杂沓，喧扰得耳朵要聋。这里那里地飘扬着大旗，旗上都用大字写着轮船出口的广告。每走十几丈，必有个十字街口，左右望去都是直而阔的街道，两面也都夹立着低而白的房屋，路上满是人和车，一直那面，在地平线上接着海也似的美洲的平原。这都市竟好像没有尽处，一直扩张到全美洲了的。他注意了把地名一一读去，有的地名很奇异非常难读。碰见女人，都注意了看，以防或者她就是母亲。有一次，在面前走过的女人，很有点像母亲，不觉心跳血沸起来，急追上去看，虽有些相像，却是个有黑痣的。玛尔可急急地走而又走，到了一处的十字街口，他看了地名，就钉住了似的立定不动，原来这就是亚尔忒斯街了。转角的地方，写着一百十七号，从叔的店址是一百七十五号，急急跑到了一百七十五号门口，暂时立了定一定神，独语着说：“啊！母亲，母亲！居然就可见面了！”走近拢去，见是一家小杂货铺，这一定是了！进了店门，里面走出一个戴眼镜的白发老妇人来，

“孩子！你要什么？”用了西班牙语问。

玛尔可几乎说不出话来，勉强地才发声问："这是勿兰塞斯可·牟里的店吗？"

"勿兰塞斯可·牟里已经死了啊！"妇人改用了意大利语回答。

"几时死的？"

"呃，很长久了。大约在三四个月以前吧，他因生意不顺手，逃去此地，据说到了离这里很远的叫做勃兰卡的地方，不久，就死了。这店现在是已由我开设了。"

少年的脸色苍白了。急急地说：

"勿兰塞斯可，他是知道我的母亲的。我母亲在名叫美贵耐治的人那里做工，除了勿兰塞斯可，是没有人知道母亲的所在。我是从意大利来寻母亲的，平常通信，都托勿兰塞斯可转交，我无论如何，非寻着我的母亲不可！"

"可怜的孩子！我不知道，姑且问问近地的小儿们吧。哦！他是和替勿兰塞斯可做使者的青年认识的。问他，或者可以知道一些。"

说着走到店门口去叫了一个孩子来：

"喂，我问你：还记得那曾在勿兰塞斯可家里的青年吗？他不是常递信给那在他同国人家里做工的女人的吗？"

"就是那美贵耐治先生那里，是的，师母，那是时常去的。就在亚尔忒斯街的尽头。"

玛尔可快活了叫说：

"师母，多谢！请把门牌告诉我！要是不知道，那么请叫那人领了我去！——喂，朋友，请你领我去，我略带了些钱在这里哩。"

因为玛尔可太热烈了，那孩子也不等老妇人的回答，就开步先走，说："那么去吧！"

两个孩子一声不响跑也似的走到街尾，到了一所小小的白屋门口，在那华美的铁门旁停住，从栏杆缝里可望见有许多花木的小庭园。玛尔可按铃，一个青年女人从里面出来。

"美贵耐治先生就在这里吗？"玛尔可很不安地问。

"以前是曾在这里的，现在这屋归我们住了。"女人用了西班牙语调子的意大利语回答。

"美贵耐治先生到那里去了？"玛尔可问时，胸中轰动了。

"到可特淮去了。"

"可特淮！可特淮在什么地方？还有，美贵耐治先生家里做工的也同去了吧？我的母亲——他们的女佣，就是我的母亲。我的母亲也被带了去吗？"

女人注视着玛尔可说：

"我不知道，父亲或者知道的。请等一等。"说了进去，叫了一个长身白须的绅士出来。绅士打量了这金发尖鼻的热那亚少年一会儿，用了不纯粹的意大利语问：

"你母亲是热那亚人吗？"

"是的。"玛尔可回答。

"那么，就是那在美贵耐治先生家里做女佣的热那亚女人了。她已随了主人一家同去了哩，我知道的。"

"到什么地方去了？"

"可特淮市。"

玛尔可叹一口气，既而说：

"那么，我就到可特淮去！"

“哪！可怜的孩子！这里离可特淮有好几百哩路呢。”绅士用西班牙语独自说着。

玛尔可听见这话，急得几乎死去，一手攀住铁门。

绅士为怜悯之情所动，开了室门，“且请到里面来！让我想想看有没有什么法子。”说着自己坐下，叫玛尔可也坐下，详细问过一切经过情形，考虑了一会儿，说：“钱是没有的吧？”

“略为带着一些。”玛尔可回答。

绅士又思索了一会儿，就在桌上写信，封好了交给玛尔可说：

“拿了这信到勃卡去。勃卡是一个小市，从这里去，两小时可以走到。那里有一半是热那亚人。路上自会有人指教你的吧，到了勃卡，就去找这信面上所写着的绅士。这是那里谁都知道的人。把这信交给这人，这人明天就会送你到洛赛留去，把你再去托人，设法使你得到可特淮的。只要到了可特淮，美贵耐治先生和你的母亲就都可见面了。还有，这也拿了去。”说着把若干金钱交给玛尔可手里。又说：

“去吧，大胆些！无论到什么地方，本国的人很多，怕什么！再会。”

玛尔可不知要怎么道谢才好，只说了一句“谢谢！”就提着衣包出来，和领着他来的孩子告了别，向勃卡行进。心里充满着悲哀和惊诧，折过那阔大而喧扰的街道走去。

从那时到这夜为止，一天中的事件，都像热症病人的梦魔一般地混乱了，在他记忆中浮动着，他已疲劳、烦恼、绝望到了这地步了。那夜就在勃卡的小宿店和土作工人一同住了一夜，次日终日坐在木堆上，梦似的盼望来船。到夜，乘了那满载着果物的大船往洛赛留。这船由三个热那亚水手行驶,脸都晒得铜一样黑,他因了三人的乡音,心中才略得了些慰藉。

船程要三日四夜,这在这位小旅客只是惊异罢了。令人见了那惊心动魄的大河巴拉那,自己国内所谓大河的波河,和这相比,只不过是一小沟。把意大利全国加了四倍,还不及这条河的长。

船日夜都向这河逆流徐徐而上,有时折绕过长长的岛屿前进。这些岛屿,以前曾是蛇虎的巢穴,现在已长满着橘树和杨柳,好像是浮在水上的园林了。有时船穿过狭狭的运河走,那是不知要多少时候才走得尽的长运河。又有时行过寂静汪洋像湖样的水上,行不多时,忽又屈曲地绕着岛屿,或是穿过壮大繁茂的丛林,转眼寂静又占领着周围。有几哩之中,陆地和寂寥的水,竟似未曾知名的新地。这小船好像在探险似的。愈前进,愈使人绝望的妖魔样的河!母亲不是在这河的源头的所在地吗?又,这船程不是要连续到好几年吗?他不禁这样地痴想着。他和水手一天吃两次小面包和咸肉,水手见他面有忧色,也不和他谈说什么。夜里睡在甲板上,每次睡醒张开眼来,为那青白的月光所惊。汪洋的水,远的岸都被照成银色,对这光景,心就沉潜下去。时时心中反复念着可特淮,觉得这好像是幼时在故事中听见过的魔地的地名。又想:"母亲也曾行过这些地方的吧,也曾见过这些岛屿和岸的吧。"一想到此,就觉这一带的景物,不似异乡,寂寥也减去了许多。有一次,一个水手唱起歌来,他因这歌声,记起了幼时母亲逗他睡去的儿歌。到了最后一夜,他听了水手的歌哭了。水手停了唱说:

"当心!当心!怎么了?热那亚男儿虽到了外国,会哭的吗？热那亚男儿是应该环行世界，无论到了什么地方都昂然的。”

他听了这话，身子震栗了。他由于这热那亚精神，高高地举起头来，用拳击着舵说：

“好！是的！无论在世界中周行多少我也不怕！就是徒步行几百哩也不要紧！到寻着母亲为止，只管走去走去，死也不怕，只要倒毙在母亲脚旁就好了！只要能够看见母亲就好了！就是这样，就是这样吧！”他下定了这样的决心，于黎明时到了洛赛留市。那是一个寒冷的早晨，东方被旭日烧得血一样的红。这市在巴拉那河岸，港口泊着百艘光景的各国的船只，旗影乱落在波下。

他一上陆就提了衣包，去访勃卡绅士所介绍给他的当地某绅士。一入了洛赛留的街市，他觉得像是曾经见过了的地方，到处都是直而大的街道，两侧接连地排列着低而白色的房屋，屋顶上电线密如蛛网，人马车辆，喧扰得头也要昏。他想想不是又回到布宜诺斯艾利斯了吗？心里似乎竟要去寻访从叔住址的样子。他胡撞了一小时光景，无论转过几次弯，好像仍旧在原处，问了好几次路，总算找到了绅士的住所。一按门铃，里面来了一个侍者样的肥大的恶相的男子，用了外国语调子的话，问他来这里有什么事情。听到玛尔可说要见主人，就说：

“主人不在家，昨天和家属同到布宜诺斯艾利斯去了。”

玛尔可言语不通，勉强地硬着舌头说：

“但是我——我这里没有别的相熟的人！我只是一个人！”说着把带来的介绍名片交给他。

侍者接了，恶意地说：

"我不晓得。主人过一个月就回来的,那时替你交给他吧。"

"但是,我只是一个人!怎样好呢!"玛尔可恳求似的说。

"哦!又来了!你们国家不是有许多人在这洛赛留吗?快走!快走!如果要行乞,到意大利人那里去吧!"说着,即把门关了。

玛尔可还化石似的在门口立着。

没有办法,过了一会儿,只好提了衣包懒懒地走开。他悲哀得很,心乱得如旋风,各种忧虑同时涌上胸来。怎样好呢?到什么地方去好?从洛赛留到可特淮有一天的火车路程,身边只有一块钱,再除去今天的费用,所剩更无几了。怎样去张罗路费呢?劳动吧!但是向谁去求工作呢?求人布施吗?不!难道再像方才那样地被人驱逐辱骂吗?不!如果这样,还是死了的好!他一面这样想着,一面远望那无尽头的街路,愈把勇气消失了。于是把衣包放在路旁,倚壁坐下,两手捧着头,现出绝望的神情来。

街上行人的脚,在他身上触碰。车辆轰轰的来往经过。孩子们都来立在旁边看他。他暂时不动,忽然惊闻有人用了隆巴尔地土音的意大利语问他:

"怎么了?"他因了这声音举起头来看,不觉惊跳起来:

"你在这里!"

原来这就是航海中要好的隆巴尔地老人。

老人的惊讶,也不下于他。他不等老人询问,就急急地把经过告诉了老人:

"我已没有钱了,非寻工作做不可,请替我找得什么可以赚钱的工作。无论什么都愿做。搬垃圾、扫街路、小使、种田都可以。我只要有黑面包吃就好,只要得到路费能够去寻母亲就好。请替我找找看！因为此外已没有别的方法了!”

老人回视了四周,搔着头说:

“这可为难了！虽说工作工作,也不是这样容易找寻的。另外想法子吧。有这许多本国人在这里,些许的金钱,也许有法子可想的吧。”

玛尔可因这希望之光,得到了安慰,举头对着老人。

“随了我来!”老人说着开步,玛尔可提起衣包跟着。他们默然在长长的街市走去,到了一家旅馆门前,老人停了脚。招牌上画着星点,下写着“意大利之星”。老人向内张望了一会儿,回头来对着玛尔可高兴地说:“幸而碰巧。”

进了一间大室,里面排着许多的桌子,许多人在饮酒。隆巴尔地老人走近第一张桌前,依他和席上六位客人谈话的样子看来,似乎在没有多少时候以前,老人也曾在这里和他们同席的。他们都红着脸,在杯盘狼藉之中谈笑。

隆巴尔地老人不加叙说,立刻把玛尔可介绍给他们:

“诸位,这孩子是我们本国人,为了寻找母亲,从热那亚到布宜诺斯艾利斯来的。既到了布宜诺斯艾利斯,问知母亲不在那里,在可特淮,由于别人的介绍,乘了货船,费三日四夜的时间才到这洛赛留。不料把带来的介绍名片递出的时候,对方斥逐不理。他钱既没有,又没有相识的人,很困苦呢！有什么法子吗?只要有到可特淮的车费,能寻到母亲就好了。有什么法子吗?像狗样地置之不睬,也不是应该的吧。”

“那里可以这样!”六人一齐击桌叫说,“是我们的同胞哩！孩子！到这里来！我们都是在这里做工的。这是何等可爱的孩子啊！喂！有钱大家拿出来！真能干！说是一个人来的！好大胆！快喝一杯吧！放心！送你到母亲那里去，不要担忧！”

一人说着抚摸玛尔可的头，一人拍他的肩，另外一人替他取下衣包。别桌上的工人也聚集拢来，隔壁有三个阿根廷客人也出来看他。隆巴尔地老人拿了帽子巡行，不到十分钟，已集得八元四角的钱。老人对着玛尔可说：

“你看！到美洲来，什么都容易哩！”

另外有一个客人举杯递给玛尔可说：

“喝了这杯，祝你母亲健康。”一同举起杯来。玛尔可反复地说：

“祝我母亲健康……”心里充满了快活，不能完全说出话来，把杯放在桌上以后，就去抱住老人的颈项。

第二天未明，玛尔可即向可特淮出发。胸中充满了欢喜，脸上也生出光彩。可是，美洲的平原，到处总是荒凉，毫没有悦人的景色。天气又闷热。火车在空旷而没有人影的原野行驶，长长的车厢中只乘着一个人，好像这是载负伤者的车子。左看右看，都是无边的荒野，只有枝干弯曲得可笑的树木，如怒如狂地到处散立着。一种看不惯的凄凉的光景，竟像在败冢丛里行走。

睡了半点钟，再看看四周，景物仍和以前一样。中途的车站，人影稀少，竟像是仙人的住处，车虽停在那里，也不闻人声。自己不是就在火车中被弃了吗？每到一车站，觉得好像人境已尽于此，再进去就是怪异的蛮地了。寒风拂着面孔，四月末从热那亚出发的时候，何尝料到在美洲遇着冬天呢？玛尔可还穿着夏服。

数小时以后，玛尔可冷得不能忍耐了。不但冷，并且几日来的疲劳也都一时现了出来，于是就朦胧睡去。睡得很久，醒来身体觉冻，精神不好过。漠然的恐怖，无端袭来，自己不是要病死在旅行中吗？自己的身体不是要被弃在这荒野作鸟兽的粮食吗？昔时曾在路旁见犬鸟撕食牛马的死骸，不觉背过了面。现在自己不是要和那些东西一样了吗？他在暗而寂寞的原野中，为这样的忧虑所缠绕，空想刺激他，使他只见事情的黑暗部分。

到了可特淮可见母亲，这是靠得住的吗？如果母亲不在可特淮，那么怎样？如果是那个亚尔忒斯的绅士听错了，那么怎样？如果母亲死了，那么怎样？——玛尔可在这样空想之中又睡去了。梦中自己已到可特淮，那是夜间，从各家门口，窗口，都漏出“你母亲不在这里啰”的回答声。惊醒转来，见车中对面有三个着外套的有须的人，眼睛注视了他在低声说什么。这是强盗！是要杀了我取我的行李的。这样的疑虑，电光似的在头脑中闪着。精神不好，寒冷，又加上恐怖，想象就因而愈错乱了。三个人仍是注视着他，其中一个竟走近拢他。他几乎狂了，张开两手奔到那人前面叫说：

“我没有什么行李，我是个穷孩子！是独自从意大利来寻母亲的！请不要对我怎么样！”

三个旅客因玛尔可是孩子，起了怜悯之心，抚拍他，安慰他，和他说种种话，可是他不懂。他们见玛尔可冷得牙齿打颤，用毛毡给他盖了，叫他坐倒安睡。玛尔可到傍晚又睡去，等三个旅客叫醒他时，火车已到了可特淮了。

他深深地吸了一口气，飞跑下车。向铁路职员问美贵耐治技师的住址。职员告诉他一个教会的名称，说技师就住在这教会的近旁。他急急地前进。

天已夜了。走入街市，好像仍回到了洛赛留，这里仍是一样地交叉着纵横的街道，两侧也都是白而低的房子，可是行人却极少，只是偶然在灯光中看见苍黑的怪异的人面罢了。一面走，一面举头张望，忽见异样建筑的教会，高高地耸立在夜色中。市街虽寂寞昏暗，但在终日由茫漠的荒野来的人的眼里，仍觉得热闹。遇见一个僧侣，问了路，急急地寻到了教会和住家，用震栗着的手按铃，一手按住那跃跃要奔跳到喉间来的心脏的鼓动。

一个老妇人携了洋灯出来开门，玛尔可一时说不出话来。

"你找谁？"老妇人用了西班牙语问。

"美贵耐治先生。"玛尔可回答。

老妇人摇着头。

"你也找美贵耐治先生的吗？这真讨厌极了！这三个月中，不知费了多少无谓的口舌。早已登过新闻哩，如果不看见，街的转角里还贴着他已移居杜克曼的告白哩！"

玛尔可绝望了，心乱如麻地说：

"有谁在诅咒我！我若不见母亲，要倒死在路旁了！要发狂了！还是死了吧！那叫什么地名？在什么地方？从这里去有多少路？"

老妇人悯怜地回答道：

"可怜！那不得了，至少四五百英里是有的吧！"

"那么，我怎样好呢！"玛尔可掩面哭着问。

"叫我怎样说呢？可怜！有什么法子呢？"老妇人说了忽又像想着了一条路：

"哦！有了！我想到了一个法子。你看怎样？向这街朝右下去。第三间房子前有一块空地，那里有一个叫做'头脑'的，他是一个商贩，明天就要用牛车载货到杜克曼去的。你去替他帮点什么忙，求他带了你去好吗？大概他总肯在货车上载你去的吧，快去！”

玛尔可提了衣包，还没有说完道谢的话，就走到了那空地，见亮着许多灯火。大批人夫正在把谷子装入货车，一个有须的人着了外套，穿了长靴在旁指挥搬运。

玛尔可走近那人，恭恭敬敬地陈述自己的希望，并说明从意大利来寻母亲的经过。

“头脑”用了尖锐的眼光把玛尔可从头到脚打量了一会儿，冷淡地答说：“没有空位。”

玛尔可哀恳他：

“这里有三元光景的钱。交给了你，路上情愿再帮你劳动。替你搬取牲口的饮料和刍草。面包只吃一些些好了，请‘头脑’带了我去！”

“头脑”再熟视他，略换了亲切的态度说：

“实在没有空位。并且，我们不是到杜克曼去，是到山契可·代·莱斯德洛去的。你就是同去了也非中途下车，再走许多路不可哩。”

“啊，无论有多少路也不要紧，我愿走的。请你不要替我担心。到了那里，我自会设法到杜克曼去。请你发发慈悲留个空位给我，我恳求你，不要弃我在这里！”

“喂，车要走二十天呢！”

“一点儿都不要紧。”

“这是很困苦的旅行呢！”

“无论怎样苦都情愿。”

“将来要一个人独自步行的呢!”

“只要能寻到母亲,什么都愿忍受,请你允许了我。”

“头脑”移过灯来把玛尔可的相貌照了再注视一会儿,说:“可以。”玛尔可在他手上亲吻。

“你今夜就睡在货车里,明天四点钟就要起来的。再会。”“头脑”说了自去。

第二天早晨四点钟,长长的载货的牛车在星光中嘈杂地行动了。每车用六头牛拖,最后的一辆车里又装着许多替换的牛。

玛尔可被叫醒以后,坐在一车的谷袋上面。不久,仍复睡去,等醒来,车已停在冷落的地方,太阳正猛烈地照着。人夫焚起野火,炙小牛蹄,都集坐在周围,火被风煽扬着。大家吃了食物,睡了一会儿,再行出发。这样一天一天地继续进行,规律而刻板,好像行军。每晨五点开行,到九点暂停,下午五点再开行,十点休息。人夫在后面骑马执了长鞭驱牛前进。玛尔可相帮他们发炙肉的火,喂草给牲口,或是擦油灯,汲饮水。

大地的光景,幻影似的在他面前展开,有褐色的小树林,有红色屋宇散列的村落,也有像那咸水湖遗迹的一种满目亮晶晶的盐原。无论向何处望,无论行多少路,都是寂寥荒漠的空野。偶然也逢到二三个骑马牵着许多野马的旅客,但他们都像旋风一样地驰过。一天又一天,好像仍在海上,倦怠不堪。只有天气不恶,算是幸事。人夫待玛尔可渐渐凶悍,故意迫他搬拿不动的刍草,汲远远的饮水,竟当他和奴隶一样。他疲劳极了,夜间他睡不着,身体随了车的摇动旋转,轮声轰得耳朵发聋。并且,风不绝地吹着,把细而有油气的红土卷入车内,扑到口里眼里,眼不能张开,呼吸也为难,真是苦不堪言。因这过劳与睡眠不足,使他身体弱得像棉一样，满身都是尘土，还要早晚受叱骂或是殴打，他的勇气，就一天一天地沮丧了下去。如果没有那“头脑”时时亲切的慰藉，他或许要全然把气力消失了。他躲在车角里背着人用衣包掩面哭泣，所谓衣包，其实已只包着败絮了的。每天起来，自觉身体比前日更弱，元气比前日更衰，回头四望，那无垠的原野，仍好像土做出的大洋在眼前连接着。“啊！恐怕不能再延到今夜了，恐怕不能再延到今夜了！今天就要死在这路上了！”不觉这样自语。劳役渐渐增加，虐待也愈厉害。有一天早晨，“头脑”不在，一个人夫怪他汲水太慢，打他，大家还轮流了用脚踢他，骂他：

“带了这个去！畜生！把这带给你母亲！”

他心要碎了，终于大病。连发了三日的热，拉些什么当做被盖了卧在车里。除“头脑”有时来递汤水给他，或是替他按脉搏外，谁都不去顾着他。他自以为临终近了，反复地叫母亲的名字：

“母亲！母亲！救救我！快给我到这里来！我已快要死了！母亲啊！不能再见了啊！母亲！我已快要死在路旁了呢！”

说了将两手交叉在胸前祈祷。从此以后，病渐减退，又得了“头脑”的善遇，遂恢复原状。可是，病好了，这旅行中最难过的日子也到了。他就要下车独自步行。车行了两星期多，现在已到了杜克曼和山契可·代·莱斯德洛分路的地方。“头脑”说了声再会，教他路径，又替他将衣包搁在肩上使他行路便当些，一时好像起了不安怜悯之心，既而即和他告别，弄得玛尔可想在“头脑”手上亲吻的工夫都没有。要对于那一向虐待的人夫们告别，原是痛心的事，到走开的时候也一一向他们招呼，他们也都举手回答。玛尔可目送他们一队在红土的平野上消失不见了，才蹒跚地上他独自的旅程。

旅行中有一事，使他的心有所安慰。在荒凉无边的荒野过了几日，到此已在前面看见高而且青的山峰。顶上和阿尔卑斯山一样地莹着白雪。一见到此，如见到了故乡意大利。这山属于安第斯山脉，为美洲大陆的脊梁，南从契拉·代尔·费俄，北至北极的冰海，像连锁似的横亘着，南北跨着一百一十度的纬度的。日日向北进行，渐渐和热带接近，空气逐步温暖，这也使他觉得愉悦。路上时逢村落，他在那小店中买食物充饥。有时也逢到骑马的人，又有时见妇女或小孩坐在地上注视他。他们脸色黑得像土一样，眼睛斜竖，颧骨高突，都是印度人。

第一天他尽力奔行，夜宿于树下。第二天力乏了，行路不多。靴破，脚痛，又因食物不良，胃也得了病。看看天已将晚，不觉自己恐怖，在意大利时，曾听人家说这地方有毒蛇，耳朵边时常听得有像蛇行的声音。听到这声音时，方才停止的脚又复前奔，真是吓得不得了。有时为悲哀所缠绕，一面走一面哭泣的时候也有。这时他想："啊！母亲如果知道我在这里这样惊恐，将怎样悲哀啊！"这样一想，勇气就回复几分。于是，为要消失恐惧，把母亲的事从头一一记起：母亲在热那亚临别的吩咐，自己生病时母亲曾替他把被盖在胸口，以及作婴儿时母亲抱了自己，将头贴住了自己的头，说"暂时和我在一处"的情形，他不觉这样自语："母亲！我还能和你相见吗？我能达到这旅行的目的地吗？"一面想，一面在那茂盛的森林、广漠的糖粟丛、无垠的原野彳亍着。前面的青山依旧高高地耸在云际，四天过去了，五天过去了，一星期过去了，他气力越来越弱，脚上流出血来。有一天傍晚，他向人问路，那人和他说：

“从此到杜克曼只有五十哩了。”他听了欢呼急行。可是，这究竟不过是一时的兴奋，终于疲极力尽，倒在沟边。虽然这样，胸中却跳跃着满足的鼓动。灿然散在天空的星辰，这时分外地觉得美丽。他仰卧在草上想睡，见了天空好像母亲在俯视他，说：

“啊！母亲！你在哪里？现在在做什么？也曾想念着我吗？曾想念着这近在咫尺的玛尔可吗？”

可怜的玛尔可！如果他知道了母亲现在的状态，他将出了死力急奔前进了吧！他母亲现在正病着，卧在美贵耐治家大屋中的下房里。美贵耐治一家素来爱她，曾尽了心力加以调护。当美贵耐治技师突然离去布宜诺斯艾利斯的时候，她已有病了的。可特淮的好空气，在她也没有功效，并且，丈夫和从兄方面都消息全无，好像有什么不吉的事要落在她身上似的，每天预期忧愁着。病就因此愈重，终于变成可怕的症候，内脏中起了致命的癌肿。睡了两星期，未好，如果要挽回生命，就非受外科手术不可。玛尔可倒在路旁呼叫母亲的时候，那边主人夫妇正在她病床前劝她忍受医生的手术，她总是坚拒。杜克曼的某名医虽于一星期中每天临诊劝导，终以病人不听，徒然而返。

“不，主人！不要再替我操心了！我已没有元气，就要死在行手术的时候，还是让我平平常常地死好！生命已没有什么可惜，横竖命该如此，在我未听到家里信息以前死了倒好！”

主人夫妇反对她的话，叫她不要自馁，且说直接替她寄到热那亚的信，回信也就可到了，无论怎样，总是受了手术好，为自己的儿子着想也该这样。他们种种地劝说。可是，一提起儿子的话，她失望更甚，苦痛也愈厉害。终于哭了：

"啊！儿子吗？大约已经不活着在那里了！我还是死了好！主人！夫人！多谢你们！我自己不信受了手术就会好，累你们种种地操心，从明天起，可以无须再劳医生来看了。我已不想活了，死在这里是我的命运，我已预备安然忍受了这命运了！"

主人夫妇又安慰她，执了她的手，再三地劝她不要说这样的话。

她疲乏之极，闭眼昏睡，竟像已死了的。主人夫妇从微弱的烛光中注视着这正直的母亲，怜悯不堪。以为她为了要救济自己的一家，出了本国，远远地到六千英里外来尽力劳动，可怜终于这样病死，像她那样正直善良而不幸的人，真是少有的了。

下一天早晨，玛尔可负了衣包，身体前屈了，跛着脚，彳亍入杜克曼市。这市在阿根廷的新辟地中，算是繁盛的都会。玛尔可看去，仍像是回到了可特淮、洛赛留、布宜诺斯艾利斯一样，依旧都是长而且直的街道，低而白色的房屋。奇异高大的植物，芳香的空气，绮丽的光线，澄碧的天空，随处所见，都是意大利所没有的景物。进了街市，那在布宜诺斯艾利斯曾经验过的狂也似的感想，重新袭来。每过一家，总要向门口张望，以为或者可以见到母亲。逢到女人，也总要仰视一会儿，以为或者这就是母亲。要想询问别人，可是没有勇气大着胆子叫唤。在门口立着的人们，都惊异地向着这衣服褴褛满身尘垢的少年注视，少年想在其中找寻一个亲切的人，发他从胸中轰着的问语。正行走时，忽然见有一旅店，招牌上写有意大利人的姓名。里面有个戴眼镜的男子和两个女人。玛尔可徐徐地走近门口，鼓起了很大的勇气问：

"美贵耐治先生的家在什么地方?"

"是做技师的美贵耐治先生吗?"旅店主人反问。

"是的。"玛尔可答时声细如丝。

"美贵耐治技师不住在杜克曼哩。"主人答。

刀割剑刻样的叫声,随了主人的回答反应而起。主人,两个女人,以及近旁的人们,都赶拢来了。

"什么事情?怎么了?"主人拉玛尔可入店,叫他坐了:

"那也用不着失望,美贵耐治先生家虽不住在这里,但距这里也不远,费五六点钟就可到的。"

"什么地方?什么地方?"玛尔可像苏醒似的跳起来问。主人继续说:

"从这里沿河过去十五英里,有一个地方叫做赛拉地罗,那里有个大大的糖厂。还有几家住宅。美贵耐治先生就住在那里。那地方谁都知道,费五六点钟工夫就可走到的。

有一个年青的,见主人这样说,就跑近来:

"我在一月前曾到过那里的。"

玛尔可睁圆了眼注视他,随即苍白了脸急问:

"你见到美贵耐治先生家里的女仆吗?那意大利人?"

"就是那热那亚人吗?哦!见到的。"

玛尔可似哭似笑地痉挛着啜泣,既而现出激烈的决心:

"向什么方向走的?快,把路教我!我就去!"

人们齐声说:

"但是,差不多有一天路程哩,你不是已很疲劳了吗?非休息不可,明天去好吗?"

"不好!不好!请把路教我!我不能等待了!就是倒在路

上也不怕，立刻就去！”

人们见玛尔可决心坚定，也就不再劝阻了。

“上帝保护你！路上树林中要小心！但愿你平安！意大利的朋友啊！”他们这样说了，其中有一个还陪了他到街外，指示他路径，及种种应注意的事，又从背后目送他去。过了几分钟，见他已背了衣包，跛着脚，穿入路侧浓厚的树荫中去了。

这夜，病人危笃了。因了患处的剧痛，悲声哭叫，时时陷入人事不省的状态。看护的女人们，守在床前片刻不离。病人发了狂，主妇不时惊惧地赶来省视。大家都焦虑，以为她现在即使愿受手术，但医生非明天不能来，已不及救治了。她略为安静的时候，就非常苦闷，这并不是从身体上来的苦痛，乃是她悬念在远处的家属的缘故。这苦闷使她骨瘦如柴，人相全变。不时自己蒙着头发，疯也似的狂叫：

“啊！太凄凉了！死在这样远处！并且不见孩子的面！可怜的孩子。他们将没有母亲了！啊！玛尔可还小哩！只有这点长，他原是好孩子！主人！我出来的时候，他抱住我的颈项不肯放，那真哭得厉害呢！原来他已知此后将不能再见母亲了，所以哭得那样悲惨！啊！可怜！我那时心欲碎了！如果在那时死了，在那分别时死了，或者反是幸福的，我一向那样地抚抱他，他是顷刻不离开我的。万一我死了，他将怎样呢！没有了母亲，又贫穷，他就要流落为乞丐了吧？张了手饿倒在路上了吧？我的玛尔可！啊！我那永远的上帝！不，我不愿死！医生！快去请来！快去替我行手术！把我的心割开！把我弄成疯人！只要他把性命留住！我想病好！想活命！想回国去！明天，立刻！医生！救我！救我！”

在床前的女人们，执了病人的手安慰她，使她心念沉静了些，且对她讲上帝及来世的话。病人听了又复绝望，扭着头发啜泣，终于像小儿似的扬声号哭：

“啊！我的热那亚！我的家！那个海！啊！我的玛尔可！现在不知在什么地方做什么！我的可怜的玛尔可啊！”

时已夜半，她那可怜的玛尔可沿河走了几点钟，力已尽了，只在大树林中蹒跚着。树干大如寺院的柱子，在半天中繁生着枝叶，仰望月光闪烁如银。从暗沉沉的树丛里看去，不知有几千支的树干交互纷杂着，有直的、有歪的、有倾斜的，形态百出。有的像颓塔似的倒卧在地了，上面还覆罩着繁茂的枝叶。有的树梢尖尖的像枪似的成了群，冲云矗立着。千姿万态，真是植物界中最可惊异的壮观。

玛尔可有时虽陷入昏迷，但心辄向着母亲。疲乏已极，脚上流了血，独自在广大的森林中踯躅，时时见到散在的小屋，那屋在大树下好像蚁冢。有时又见到野牛卧在路旁，他疲劳也忘了，寂寞也不觉得了。一见到那大森林，心就自然提起，想到母亲就在近处，就自然地发出大人样的力和气魄。回忆这以前所经过的大海，所受过的苦痛、恐怖、辛苦，以及自己对于此等所发挥过的铁石心，眉毛也高扬了起来。满身的血，在他欢喜勇敢的胸中跃动。有一件可异的事，就是，一向在他心中朦胧的母亲的状貌，这时明白地在眼前出现了。他难得明白地看见母亲的脸孔，这次明白看见了。好像母亲在他面前微笑，连眼色，口唇动的样儿，以及全身的态度表情，都一一如画。因此精神振起，脚步也加速。胸中充满了欢喜，热泪不觉在颊上流下。在薄暗的路上走着，一面和母亲谈话。既而独自唧咕着和母亲见面时要说的言语。

“已到了这里了，母亲，你看我。从这次以后是永不再离开了哩。一起回国去吧。无论遇到什么事，终生不再和母亲分离了。”

早晨八点钟光景，医生从杜克曼带了助手来，立在病人床前，关于手术作最后的劝告。美贵耐治夫妻也跟着多方劝说。可是终于无效。她自觉体力已尽，早没有了信赖手术的心。说受了手术必死，无非徒加可怕的苦痛罢了。医生虽见她如此执迷，仍不断念，再劝她一次，说：

“但是，手术是可靠的，只要略微忍耐，就安全了。如果不受手术，总是无救。”然而仍是无效。她低声说：

“不，我已预备死了，没有受无益的苦痛的勇气。请让我平平和和地死吧。”

于是，医生也失望了，其余谁也都不再开口。她脸向着主妇，用了细弱的声音嘱托后事：

“夫人，请将这些微的金钱和我的行李交给领事馆转送回国去。如果一家平安地都生存着，就好了。在我瞑目以前，总望他们平安。请替我写信给他们，说我一向想念着他们，曾经为了孩子们劳动过了。……说我只以不能和他们再见一面为恨。……说我虽然如此，却勇敢地自己忍受，为孩子们祈祷了才死。……还是替我把玛尔可托付丈夫和长子。……说我到了临终，还不放心玛尔可。……”话犹未完，突然气冲上来，拍手哭泣：

“啊！我的玛尔可！我的玛尔可！我的宝宝！我的性命！……”

等她含着泪来看四周，主妇已不在那里了。有人来和主妇窃窃私语叫出去的。她到处找主人，也不见。只有两个看护妇和助手医生在床前。邻室里闻有急乱的步声和嘈杂的语音，病人目注视着室门，以为有了什么了。过了一会儿，医生转变了脸色进来，后面跟着的主妇主人，也都面有惊色。大家用了怪异的眼色向着她，唧咕地互相私语。她恍惚听见医生对主妇说：

“还是快些说吧。”可是不知究竟是为了什么。

主妇向了她战栗地说：

“约瑟华！有一个好消息说给你听，不要吃惊！”

她热心地看着主妇。主妇小心地继续说：

“是你所非常喜欢的事呢。”

病人眼睁大了。主妇再继续了说：

“好吗？给你看一个人——是你所最爱的人啊。”

病人拼命地举起头来，眼炯炯地向主妇看，又去看那门口。

主妇苍白了脸：

“现在有个万料不到的人来在这里。”

“是谁？”病人惊惶地呼吸迫促了问。忽然发了尖锐的叫声，跳起坐在床上，两手捧住了头，好像见了什么鬼物似的。

这时，那衣服褴褛满身尘垢的玛尔可，已在门口出现了。医生携了他的手，叫他退后。

病人发出三次尖锐的叫声：

“上帝！上帝！我的上帝！”

玛尔可奔近拢去。病人张开枯瘦的两臂，拿出了虎也似的力气，将玛尔可抱紧在胸前。剧烈地笑，无泪地啜泣。终于呼吸接不上来，倒下在枕上。

可是，她即刻恢复过来了。狂喜地不绝在儿子头上亲吻，叫着说：

“你怎么到了这里？怎么？这真是你吗？啊，大了许多了！谁带了你来的？一个人吗？没有什么吗？啊！你是玛尔可？但愿我不是做梦！啊！上帝！你说些什么话给我听！”

说着，又突然改了话语：

“咿哟！慢点说，且等一等！”于是向了医生：

“快！快快！医生！现在立刻！我想病好。已情愿了，愈快愈好。给我把玛尔可领到别处去，不要使他听见。——玛尔可，没有什么的。以后再说给你知道。来，再亲吻一下。就到那里去，——医生！快请！”

玛尔可被领出去了，主人夫妇和别的女人们也急忙避去。室中只留着医生和助手二人，门立刻关了。

美贵耐治先生要想拉玛尔可到远一点的室中去，可是不能。玛尔可钉坐在阶石上不动。

“什么？母亲怎样了？做什么？”这样问。

美贵耐治先生仍想领开他，静静地和他说：

“你听着，我告诉你。你母亲病了，要受手术。快到这边来，我仔细说给你听。”

“不！”玛尔可抵抗。“我一定要在这里，就请在这里告诉我。”

技师强拉他过去，一面静静地和他说明经过。他恐惧战栗了。

突然，致命伤似的尖利的叫声，震动全宅。玛尔可也应声叫喊起来：

“母亲死了！”

医生从门口探出头来：

“你母亲有救了!”

玛尔可注视了医师一会儿,既而投身到他脚边,啜泣了说:

“谢谢你! 医生!”

医生去搀他说:

“起来! 你真勇敢! 救活你母亲的,就是你!”

夏　　　　　　　　　　　　　　　　二十四日

热那亚少年玛尔可的故事已完,这学年只剩有六月份的每月例话一次,测验两次,功课二十六日,六个星期四,五个星期日了。学年将终了时,例有的熏风拂拂地吹着。庭树长满了叶和花,在体操器械上投射着凉荫。学生都改穿了夏衣了,从学校走出去的时候,觉得他们一切都已和从前不同,这是很有趣的事。垂在肩上的发,已剪得短短的,脚部和项部,完全露出,各种各样的麦秆帽子上,背后长长地垂着丝带。各色的衬衣和领结上,都缀有红红绿绿的东西,或是领章,或是袖口,或是流苏。这种好看的装饰都是做母亲的替他儿子缀上的,就是贫家的母亲,也想把自己的小孩打扮得像个样子。其中,也有许多不戴帽子到学校里来,像个田家逃出的。穿白制服的也有。在代尔卡谛先生那级的学生中,有一个从头到脚,穿得红红的像熟蟹似的人。又有许多穿水兵服的。

最有趣的是“小石匠”,他戴着大大的麦秆帽,样子全像在半截蜡烛上加了一个笠罩。再在这下面露出兔脸,真可笑了。可莱谛也已把那猫皮帽改换了鼠色绸制的旅行帽,华梯尼穿着有许多装饰的奇怪的苏格兰服,克洛西袒着胸,泼来可西被包在青色的铁工服中。

至于卡洛斐，他因为脱去了包含万有的外套，现在改用衣袋贮藏一切了。他的衣袋中所藏着的东西，从外面都可看见。有用半张新闻纸做成的扇子，有手杖的柄头，有打鸟的弹弓，有各种各样的草，黄金虫从袋中爬出，缀在他的上衣上。

有些幼小的孩子，都把花束拿到女先生那里去。女先生们也穿着美丽的夏衣了，只有那个“尼姑”先生仍是黑装束。戴红羽毛的先生仍戴了红羽毛，颈上结着红色的丝带。她那级的小孩要去拉她那丝带时，她总是笑了逃开。

现在又是樱桃，蝴蝶，和街上乐队，野外散步的季节。高年级的学生，都到波河去游泳。大家等着暑假到来，每天回到学校里，都一天高兴似一天。只有见到那穿丧服的卡隆，我不觉就起悲哀。还有，使我难过的，就是那二年级时代的女先生的逐日消瘦，咳嗽加重。先生行路时，身子已向前弯曲，路上相遇时那种招呼的样子，很是可怜。

诗

安利柯啊！你似已渐能了解学校生活为诗的情味了。但你所见的还只是学校的内部。再过二十年，到你领了自己的儿子到学校里去的时候，学校将比你现在所见的更美，更为诗意的了。那时，你恰像现在的我，能见到学校的外部。我在等你下课的时候，常到学校周围去散步，侧了耳向内听听，很是有趣。从一个窗口里，听到女先生的话声：

“呀！有这样的T字的吗？这不好。被你父亲看见了将怎么说啊！”

从别个窗口里又听到男先生的粗大的声音：

“现在买了五十尺的布——每尺费钱三角——再将他卖出——”

后来，又听那戴红羽毛的女先生大声地读着课本：

“于是，彼得洛·弥卡用了那点着火的火药线……”

隔壁的教室里啭着无数小鸟似的声音，这大概是先生偶然外出了吧？再转过墙角，看见有一个学生正哭着，听到女先生叱他诱他的语声。从楼上窗口传出来的，是读韵文的声调，伟人善人的名氏，以及奖励道德、爱国、勇气的语音。过了一会儿，一切都静了，静得像这大屋中已无一人一样，断不相信里面有着七百个小孩。这时，先生偶然一说可笑的话，笑声就同时哄起。路上行人，都以同情向着这有着大群青年而前途无限的屋宇望着。突然间，折叠书册或纸夹的声响，拖脚的声响，纷然从这室传到那室，从楼上延到楼下，这是校役报知下课了。一听到这声音，在外面的男子、妇人、女子、年青的，都从四面集来向学校门口拥去，等待自己的儿子、弟弟或是孙子出来。立时，小孩们从教室门口水也似的向大门泻出，有的拿帽子，有的取外套，有的拂着这些东西，来回跑着大声喧闹。校役催他们一个一个地走出，于是才作了长长的行列，齐步出来，在外等候着的家属，乃各自探问：

“做好了吗？问题出了几个？明天要预备的功课有多少？本月月考在哪天？”

连不识文字的母亲，也翻开了笔记簿看了种种地问：

“只有八分吗？宿题是九分？”

这样，或是担心，或是欢喜，或是询问先生，或是谈论前途的希望与测验的事。

学校的将来，真是如何美满，如何广大啊！

——父亲

聋　哑　　　　二十八日

因为今天早晨的参观聋哑学校，把五月的一个月好好地结束了。今天清晨门铃一响，大家跑出去看是谁。父亲惊异地问：

“呀！不是乔赵吗？”

当我们家在支利时，乔赵曾替我们作园丁，他现在孔特夫，到希腊去做了铁路工人三年，才于昨天回国，在热那亚上陆的。他携着一个大包裹，年纪已大了许多了，脸上仍是红红地现着微笑。

父亲叫他进室中来，他辞谢不入，突然担心似的问：

“家里不知怎样了？奇奇阿怎样？”

“最近知道她好的。”母亲说。乔赵叹息着：

“啊！那真难得！在没有听到这话以前，我实没有勇气到聋哑学校去呢，将这包寄在这里，我跑去领了她来吧。已有三年不见女儿了，这三年中，不曾见到一个亲人。”

父亲向我说：

“你也跟着他去吧。”

“对不起，还有一句话要问。”园丁说时，父亲拦住了他的话头，问：

“在那里生意怎样？”

“很好，托福，总算略为赚了些钱回来了。我所要问的就是奇奇阿。那哑女的教育,是怎样的?我出去的时候,可怜!她全然和兽类一样的哩!我不很相信那种学校,不知她已经把符号学会了没有?妻子写信来确曾说那孩子语法已大有进步,但是我自想,那孩子虽学了语法,有什么用处呢?如果我自己不懂得那符号,要怎样才能彼此明白啊!哑吧对着哑吧自己能够说话,这已经算是了不得了。究竟是怎样地教育着的?她怎样?”

“我现在且不和你说什么,你到了那里自会知道的。去,快去。”父亲微笑了回答说。

我们就开步走。聋哑学校离我家不远。园丁跨着阔步,一面悲伤地这样说:

“啊。奇奇阿真可怜!生来就聋,不知是什么运命!我不曾听到她叫我做爸爸过,我叫她女儿,她也不懂,她出生以来,从未说什么,也从未听到什么呢!碰到了慈善的人代为担任费用,给她入了聋哑学校,总算是再幸福没有了。八岁那年进去的,现在已十一岁了,三年中不曾回家来过,大概已长得很大了吧?不知究竟怎样?在那里好吗?”

我把脚步加快了答说:

“就会知道的,就会知道的。”

“不晓得聋哑学校在那里,当时是我的妻子送她进去的,那时我已不在国内了。大概就在这一带吧。”

这时,我们正走到聋哑学校了。一进门,就有人来应接。

“我是奇奇阿·华奇的父亲,请让我见见我那女儿。”园丁说。

“此刻正在游戏呢,就去通告先生吧!”应接者急忙走去。

园丁默然地环视着四周的墙壁。

门开了，穿黑衣的女先生携了一个女孩出来，父女暂时默看了一会儿，既而彼此抱住了号叫。

女孩穿着白地红条子的衣服和鼠色的围裙，身材比我略长了一些，用两手抱住了父亲哭着。

父亲离开了，把女儿从头到脚打量了一会儿，好像才跑了快步的样子，呼吸急促地大声说：

"啊，大了许多了，好看了许多了！啊！我的可怜的可爱的奇奇！我的不会说话的孩子！你就是这孩子的先生么？请你叫她做些什么暗号给我看，我也许可以知道一些，我从此以后，也用点功略为学点吧。请通知她，叫她做些什么手势给我看看。"

先生微笑了，低声向那女孩说：

"这位来看你的人是谁！"

女孩微笑着，像那初学意大利话的野蛮人的样子，用了粗野奇妙而不合调子的声音回答。可是却明白地说道：

"这是我的父亲。"

园丁大惊，倒退了，狂人似的叫说：

"会说话！奇了！会说话了！你，嘴已变好了吗？已能听见别人说话了吗？再说些什么看！啊！会说话了呢！"说着，再把女儿抱近身去，在额上吻了三次：

"先生，那么，不是用记号说话的吗？不是用手势表达意思的吗？这究竟是怎么一回事？"

"不，华奇君，不用记号的。那是旧式。这里所教的是新式的口语法。这你不知道吗？"先生说。

园丁惊异得呆了：

"我全不知道这方法。到外国去了三年，家里虽也曾写了信告诉我这样，但我全不知道是怎么一回事。我真愚蠢呢。啊，我的女儿！那么，你懂得我的话么？听到我的声音吗？快回答我，听到了吗？我的声音你听到了吗？”

先生说：

“不，华奇君，你错了。她不能听到你的声音，因为她是聋的，她所以能懂话，那是看了你的嘴唇动着的样子才悟到，可是却不曾听见你的声音和她自己的声音，她的能讲话，乃是我们一字一字地把嘴舌的样子教了她，才会的。她发一言，颊和喉咙要费了很多的力呢。”

园丁听了仍不懂所以然，只是张开了嘴立着。兀自不相信起来。他去把嘴附着了女儿的耳朵：

“奇奇阿，父亲回来了，你欢喜吗？”说了再举起头来等候女儿的回答。

女儿默然地注视着父亲，什么都不说。弄得父亲没有法子。

先生笑了说：

“华奇君，这孩子没有回答，乃是未曾看见你的嘴的缘故。因为你是把嘴附着了她的耳朵说的。请立在她的面前再试一遍看。”

父亲于是正向着女儿的面前再说道：

“父亲回来了，你欢喜吗？以后不再去了哩。”

女儿注视地看着父亲的嘴，连嘴的内部也张望到。既而明白地答说：

“呃，你回——来了，以后不再——去，我很——欢——喜。”

父亲急去抱拢女儿来，又为着进一步证实他的试验，问她种种的话：

"你母亲叫什么名字?"

"安——东——尼亚。"

"妹妹呢?"

"亚代——利——德。"

"这学校叫什么?"

"聋——哑——学——校。"

"十的二倍是多少?"

"二——十。"

父亲听了突然转笑为哭,可是这是欢喜的哭。

先生向他说:

"怎么了? 这是应该欢喜的事,有什么可哭的。你不怕把你女儿也引诱得哭吗?"

园丁执住先生的手,吻了两三次:

"多谢,多谢! 千谢,万谢! 先生,请恕我! 我除此已不知要怎么说才好了。"

"且慢,你女儿不但会说话,还能写、能算,历史、地理也懂得一些,已入本科了。再过二年,知识必更充足。毕业后,可以从事于相当的职业,这里的毕业生中,很多充当了商店职员,和普通人同样地在那里活动的呢。"

园丁更奇怪了,头脑茫然地如失了常态,这时看了女儿搔头,其神情似更要求着说明。

先生向在旁的侍者说:

"去叫一个预科的学生来!"

侍者去了一会儿,领了一个才入学的八九岁的聋哑生出来。先生说:

"这孩子才学着初步的课程,我们是这样教着的:我现在叫她发 A 字的音,你仔细看!"

于是先生张开了嘴发母音 A 字的状态,示范给那孩子看,叫孩子也作同样的口型。

然后再用了记号叫她发音。那孩子发出音来,不是 A,却变了 O。

"不是。"先生说,拿起孩子的两手,叫她把一手按在先生的喉部,一手按在胸际,反复地再发 A 字的音。

孩子从手上了解了先生的喉与胸的运动,重新如前开口,遂完全发出了 A 字的音。

先生又接连地叫孩子用手按住自己的喉与胸,教授 C 字与 D 字的发音。再向着园丁:

"怎样?你明白了吧?"

园丁虽已明白许多,可是却似乎比未明白时更加惊异了:

"那么,是这样地一一把说话教着的吗?"说了暂停,又注视着先生,"是把这许多孩子都一一费了长久的年月逐渐教着的吗?呀!你们真是圣人,真是天使!在这世界上,恐怕没有可以报答你们的东西吧?啊!我应该怎样说才好啊!请让我把女儿暂留在这里!五分钟也好,把她暂时借给了我!"

于是园丁把女儿领到离开的座位上,问她种种事情,女儿一一回答。父亲用拳击膝,眯着眼笑。又携了女儿的手,熟视打量,把那女儿的话声,听得入魔,好像这声音是从天上落下来的。过了一会儿,向着先生说:

"可以让我见见校长,当面道谢吗?"

"校长不在这里。你应该道谢的人,此处却有一个。这学校中，凡是幼小的孩子，都是年长的学生当做母亲或是姊姊照顾着的。照顾你女儿的是一个年纪十七岁的面包商人的女儿。她对于你女儿那才真是亲爱呢。这二年来，每天早晨替她穿衣梳发，教她针线，真是好伴侣！——奇奇阿，你朋友的名字叫什么？”

“卡——德——利那·乔尔——达诺。”女儿微笑了说，又向着父亲说：

“她是一个很——好的人啊。”

侍者按着先生的指使入内，立刻领了一个神情快活、体格良好的哑女出来。一样地穿着红条子纹的衣服，束着鼠色的围裙。她到了门口红着脸立住，既而微笑了把头俯下。身体虽已像大人，仍有许多像小孩的地方。

园丁的女儿起立走近前去，携了她的手，同到父亲面前，用了粗重的声音说：

“卡——德——利那·乔尔——达诺。”

“呀！好一位端正的姑娘！”父亲叫着想伸手去抚摸她，既而又把手缩回，反复地说：

“呀！真是好姑娘！愿上帝祝福，把幸福和慰安加在这姑娘身上！使姑娘和姑娘的家属都常常得着幸福！真是好姑娘啊！奇奇阿！这里有个正直的工人、贫家的父亲，用了真心，这样祈祷着呢。”

那大女孩仍是微笑着抚摸着那小女孩。园丁只管如看圣母像般地注视着她。

“你可以带了你女儿出外一天的。”先生说。

“那么我带了她同回到孔特夫去，明天就送她来，请许我带她同去。”园丁说。

女儿跑去穿衣服了。园丁又反复地说：

“三年不见，已能说话了呢。姑且带她回孔特夫去吧！咿哟，还是带了她在丘林街散散步，先给大家看看，同到亲友们那里去吧！啊，今天好天气！啊！真难得！——喂！奇奇阿，来携了我的手！”

女儿穿了小外套，戴了帽子出来，执了父亲的手。父亲走到门口：

“诸位，多谢！真真多谢！改日再来道谢吧！”既而，又转了一念，立住了回过头来，放脱了女儿的手，探着衣囊，狂人似的大声说：

“且慢，我难道不是人吗？这里有十块钱呢，把这捐入学校吧！”说着，把金钱抓出放在桌上。

先生感动地说：

“咿哟，钱请收了去，不受的。请收了去。因为我不是学校的主人。请将来当面交给校长。大概校长也决不肯收受的吧，这是以劳动换来的钱呢。已经心领了，同收受一样，谢谢你。”

“不，一定请收了的。那么——”还没有说完，先生已把钱强迫地放还在他的衣袋里了。园丁没有办法，用手送吻于先生和那大女孩，拉了女儿的手，急急地出门而去。

“喂，来啊！我的女儿，我的哑女，我的宝宝！”

女儿用了舒缓的声音叫说：

“啊！好太——阳啊！”

第九卷　六月

格里勃尔第将军　　三日

（明日是国庆日）

今天是国丧日，格里勃尔第将军昨夜逝世了。你知道他的事迹吗？他是把一千万的意大利人从勃蓬政府的暴政下救出的人。他在七十五年前生于尼斯，父亲是个船长，他八岁时，救过一个女子的生命；十三岁时，和朋友共乘小艇遇险，把朋友平安救起；二十七岁时，在马赛救起一个将沉死的青年；四十一岁时，在海上救助过一只险遭火灾的船。他为了他国人的自由，在亚美利加曾作十年的战争，为争隆巴尔地和杜论谛诺的自由，曾与奥地利军交战三次，一八四九年守罗马以拒法国的攻击，一八六〇年救那不勒斯和巴勒莫，一八六七年再为罗马而战，一八七〇年和德意志战争，防御法军。刚毅勇敢，是在四十次战争中得过三十七次胜利的人。

平时以劳动自活，隐耕孤岛。教员、海员、劳动者、商人、兵士、将军、执政官，什么都做过。是个质朴伟大而且善良的人；是个痛恶一切压迫，爱护人民，保护弱者的人；是个以行善事为唯一志愿，不慕荣利，不计生命，热爱意大利的人。他振臂一呼，各处勇敢人士，就立刻在他面前聚集：绅士弃了他们的邸宅，海员弃了他们的船舶，青年弃了他们的学校，来到他那赫赫光荣之下作战。他战时常穿红衣，是个强健美貌而优雅的人。他在战阵中，威如雷电；在平时柔如小孩；在患难中，刻苦如圣者。意大利几千的战士于垂死时，只要一望见这威风堂堂的将军的面影，就都愿为他而死，愿为将军牺牲自己生命的。不知有几千人几万人都曾为将军祝福，或愿为将军祝福。

将军死了，全世界都哀悼着将军。你现在还未能知道将军，以后，当有机会读将军的传记，或听人说将军的遗事吧。你逐渐成长，将军的面影，在你的面前也会更加高大，你到成为大人的时候，将军会巨人似的立在你面前吧。到你去世了，你的子孙以及子孙的子孙都去世了以后，这民族对于他那日星般彪炳着的面影，还当做人民的救星永远景仰吧。意大利人的眉，将因呼他的名而扬，意大利人的胆，将因呼他的名而壮吧。

——父亲

军　队　　　　　　　　十一日

（因格里勃尔第将军之丧，国庆日延迟一周）

今天到配寨·卡斯德罗去看阅兵式。司令官率领兵队，在作了两列站着的观众间通过，喇叭和乐队的乐曲，调和地合奏着。在军队进行中，父亲把队名和军旗一一指示着教我。最初来的是炮兵工校的学生，人数约有三百，一律穿着黑服，勇敢地过去了。其次是步兵：有在哥伊托和桑马底诺战争过的奥斯泰旅团，有在卡斯德尔费达度战争过的勃卡漠旅团，共有四联队。一队一队地前进，无数的红带连续地飘动，其状恰像花朵。步兵之后，就是工兵。这是陆军中的工人，帽上饰着黑色的马尾，缀着红色的丝边。工兵后面接着又是数百个帽上有直而长的装饰的兵士，这是作意大利干城的山岳兵，高大褐色而壮健，都戴着格拉勃利亚型的帽子，那鲜碧的帽檐，表示着故山的草色。山岳兵还没有走尽，群众就波动起来。接着来的是射击兵，就是那最先入罗马的有名的十二大队。帽上的装饰，因风俯伏着，全体像黑波似的通过。他们所吹的喇叭声，尖锐得如奏着战胜的音调，可惜，不久那声音就在碌碌的粗而低的噪声中消去，原来野炮兵来了。他们坐在弹药箱上，被六百匹骏马牵了前进。兵士饰着黄带，长长的大炮，闪着黄铜和钢铁的光。炮车车轮，碌碌地在地上滚着作响。这以后山炮兵肃然地接着，那壮健的兵士和所牵着的强力的骡马，所向震动，是带了惊恐与死去给敌人的。最后，是热那亚骑兵联队，甲兜闪着日光，直持了枪，小旗飘拂，金银晃耀，鸣着辔，嘶着马，很快地去了。这是从桑泰·路雪以至维拉匆兰卡十次像旋风样在战场上扫荡过的联队。

"啊！多好看啊！"我叫说。父亲警诫我：

"不要把军队作玩具看！这许多充满力量与希望的青年，为了祖国的缘故，一旦被召集，就预备在国旗之下饮弹而死的啊。你每次听到像今天这样的'陆军万岁！意大利万岁！'的喝彩，须想在这军队后面就是尸山血河的啊！如此，对于军队的敬意，自然会从你胸中流出，祖国庄严的面影，也更可以看见了吧！"

意大利　　　　十四日

在国庆日，应该这样祝祖国的万岁的：

“意大利啊，我所爱的神圣的国土啊！我父母曾生在这里、葬在这里，我也愿生在这里、死在这里，我的子孙也一定在这里生长，在这里死亡吧。华美的意大利啊！积有几世纪的光荣，在数年中得过统一与自由的意大利啊！他曾传神圣的知识之光给世界，为了你的缘故，无数的勇士在沙场战死，许多的勇士化作断头台上的露而消逝。你是三百都市和三千万子女的高贵的母亲，我们做幼儿的，虽不能完全知道你、了解你，却尽了心宝爱着你呢。我得被生在你的怀里，做你的儿子，真值得自己夸耀。我爱你那美丽的河和崇高的山，我爱你那神圣的古迹和不朽的历史，我爱你那历史的光荣和国土的全美。我把你全国，和我所始见始闻的最系恋的你的一部分，同样地爱敬，我以纯粹的情爱、平等的感谢，爱着你的全部——勇敢的丘林，华丽的热那亚，知识开明的勃洛格那，神秘的威尼斯，伟大的米兰。我更以幼儿的平均的敬意，爱温和的佛罗伦萨，威严的巴勒莫，宏大而美丽的那不勒斯，以及可惊奇的永远的罗马。我的神圣的国土啊！我爱你！我立誓：凡是你的儿子，我必都如兄弟似的爱他们；凡是你所生的伟人，不论是死的或是活的，我必都从真心赞仰；我将努力成为勤勉正真的市民，不断地研磨智德，以期无愧于做你的儿子，竭尽我这小小的力量，防止一切不幸、无知、不正、罪恶来玷污你的面目。我誓以我的知识，我的腕力，我的灵魂，谨忠事你；一到了应把血和生命贡献于你的时候，我就仰天呼着你的圣名，向着你的旗子送最后的亲吻，把我的血向你洒溅，用我的生命作你的牺牲吧。”

九十度的炎暑　　十六日

国庆日以后，五日中温度增高五度。时节已到了夏季的正中，大家都渐渐疲倦起来，春天那样美丽的蔷薇脸色，如数失去，项颈脚腿都消瘦下去，头昂不起，眼也昏眩了。可怜的耐利因受不住炎暑，那蜡样的脸色，愈呈苍白，不时在笔记簿上伏着睡去，但是卡隆常常留心照拂，耐利睡去的时候，把书翻开了竖在他前面，替他遮住了先生的眼睛。克洛西的红发头，靠在椅背上，恰像一个割下的人头放在那里的。诺琵斯嘀咕着人多空气不好。啊，上课真苦啊！从窗口望见清凉的树荫，就想飞跳出去，不愿再被拘束在座位里了。从学校回去，母亲总接候着我，留心我的面色的。我一看见母亲，精神就重新振作起来了。我用功的时候，母亲常问：

"不难过吗？"早晨六点叫我醒来的时候，也常说：

"啊，要好好地啊！再过几天就要休假，可以到乡间去了。"

母亲又时时讲在这炎暑中做着工的小孩们的情形给我听。说有的小孩在田野或如烧的沙上劳动，有的在玻璃工场中终日逼着火焰。他们早晨比我早起床，而且是没有休假的。所以我们也非奋发不可。说到奋发，仍要推代洛西第一，他绝不叫热或想睡，无论什么时候都活泼快乐。他和冬天一样地垂着那长长的金发，用功毫不觉苦。只要坐在他近旁，听到他的声音，也能令人振作起来。

此外，拚命用着功的有两人。一是固执的斯带地，他怕自己睡去。敲击着自己的头，热得真是昏倦的时候，再把牙齿咬紧，眼睛张开,那神气似乎要把先生也吞下去了。还有一个,是商人的卡洛斐。他也一心地用红纸做着纸扇,把火柴盒上的花纸粘在扇上,卖一个铜币一把。

但是,最令人佩服的要算可莱谛。据说,他早晨五点起床,帮助父亲运柴。到了学校里,每到十一点,就支持不住,把头垂到胸前去了。他惊醒转来,常自己敲着颈背,或禀告先生,出去洗面,或预托坐在旁边的人推醒他。可是,今天终于忍耐不住,呼呼地睡去了。先生大声叫"可莱谛!"也不听见,于是先生愤怒起来,"可莱谛,可莱谛!"反复地怒叫。住在可莱谛贴邻的一个卖炭者的儿子,立起来说:

"可莱谛今天早晨五点钟起运柴到了七点钟才停。"

于是,先生让可莱谛睡着,接连上了半小时的课,才走到可莱谛的位置旁,轻轻地从脸上吹醒了他。可莱谛睁开眼来,见先生立在前面,惊恐得要退缩。先生两手托住了他的头,在他头发上亲吻着说:

"我不责备你。因为你的睡去,不是由于怠惰,乃是由于疲劳了的缘故。"

我的父亲　　十七日

如果是你的朋友可莱谛或卡隆,像你今天回答父亲的话,决不至出口吧。安利柯!为什么这样啊!快向我立誓以后不再有那样的事。因为父亲责备你,口中露出失礼的答辩来的时候,应该想到将来有一天,父亲叫你到卧榻旁去,和你说"安利柯!永诀了"的光景。啊!安利柯!你到了不能再见父亲,走进父亲的房间，看到父亲遗下的书籍，回想到在生前对不起父亲的事，大概会自己后悔，自己说“为什么我那时这样”的吧。到了那时，你才会知道父亲的爱你，知道父亲责叱你时自己曾在心里哭泣，知道父亲的使你苦痛，完全是为了爱你吧。那时候，你会含了悔恨之泪，在你父亲的书桌上——为了儿女不顾生命地在这上面劳作过的书桌上亲吻吧。现在，你不会知道，父亲除了慈爱以外，把一切的东西对你遮掩过了。你不知道吧，父亲因为操劳过度，自恐不能久在人世呢。在这种时候，总是提起你，对你放心不下。又，在这种时候，他常携了灯走进你的寝室，偷看你的睡态，回来再努力地把工作继续。世间忧患尽多，父亲见你在侧，也就把忧患忘了。这就是想在你的亲情中，求得安慰，恢复元气。所以，如果你待父亲冷淡，父亲失去了你的亲情，将怎样悲哀啊。安利柯！切不可再以忘恩之罪把自己玷污了啊！你就算是个圣者样的人，也不足报答父亲的辛苦，并且，人生很不可靠，什么时候有什么事情发生，是料不到的。父亲或许在你还幼小的时候就不幸死了——在三年以后，二年以后或许就在明天，都说不定。

啊！安利柯！如果父亲死了，母亲穿了丧服了，家中将非常寂寞，空虚得如空屋一样吧！快！到父亲那里去！父亲在房间里工作着呢。静静地进去，把头俯在父亲膝上，求父亲饶恕你，祝福你。

——母亲

乡野远足　　十九日

父亲这次又恕宥了我，并且，还许可我践可莱谛的父亲的约，同作乡野远足。

我们早想吸那小山上的空气，昨天下午二点钟，大家在约定的地方聚集。代洛西、卡隆、卡洛斐、泼来可西、可莱谛父子，连我总共是七个人。大家都预备了水果、腊肠、熟鸡蛋等类，又带着皮袋和锡制的杯子。卡隆在葫芦里装了白葡萄酒，可莱谛在父亲的水瓴里装了红葡萄酒，泼来可西穿了铁匠的工服，拿着四斤重的面包。

坐街车到了格浪·美德莱·乔，以后就走上山路，山上满是绿色的凉荫，很是爽快。我们或是在草上转滚，或是在小溪中洗面，或是跳过林篱。可莱谛的父亲把上衣搭在肩上，衔着烟斗，远远地从后面跟着我们走。

泼来可西吹起口笛来，我从未听到过那孩子的口笛。可莱谛也一面走一面吹着口笛。他拿着手指般长的小刀，做着水车、肉叉、水铳等种种的东西。强把别的孩子的行李背在身上，遍身虽已流着汗，还能山羊似的走得很快。代洛西在路上时时立住了教给我草类和虫类的名称，不知他为什么能知道这许多东西啊。卡隆默然地嚼着面包，自从母亲去世以后，他所吃的东西，想已不像以前的有味了。可是待人的亲切，却仍旧那样。当我们要跳过沟去的时候，因为要作势，先退了几步，然后再跑上前去，他就第一个跳过去，伸手过来搀接别人。泼来可西因为幼时曾被牛触突，所以见牛就生恐怖，卡隆在路上见有牛来，就走在泼来可西前面。我们上了小山，或跳走，或转滚下来。泼来可西滚入荆棘中，把工服扯破了，很难为情地立着，卡洛斐是不论什么时候都带有针线的，就来替他补好那破孔，泼来可西只是叫着："对不起，对不起。"一等缝好，就立刻开步跑了。

卡洛斐就在路上，也不肯徒然通过，或是采摘可以作生菜的草，或是把蜗牛拾起来看，见有尖角的石块，就拾了藏入袋里，以为或许是含有金银的。我们无论在树荫下，或是日光中，总是跑着，滚着，后来把衣服弄得皱皱的，喘息着到了山顶，在草上坐了吃那带来的东西。

前面可望见广漠的原野和戴着雪的阿尔卑斯山。我们肚已饿得不堪，面包一到嘴里，好像就溶去了似的。可莱谛的父亲用葫芦叶盛了腊肠分给我们，大家一面吃着，一面谈先生们的事，和朋友们的事以及测验的事。泼来可西怕难为情，什么都不吃，卡隆把好的拣了塞入他的嘴里，可莱谛盘脚坐在他父亲的身旁，两人并在一处，与其说他们是父子，不如说是兄弟，状貌很相像，都是赤红了脸，露着白齿在那里微笑。父亲倾了皮袋畅饮，把我们所喝剩的也拿去像甘露似的喝了。说：

"酒对读书的孩子是有害的，在柴店伙计，却是必要。"说着，捏住了儿子的鼻头，向我们摇扭着。

"哥们儿，请你们爱护这家伙啊。这也是正直男子的身份哩！这样自赞，原是可笑，哈，哈，哈，哈！"

除了卡隆，一齐都笑了。可莱谛的父亲又喝了一杯：

"惭愧啊！哪，现在虽是这样，大家都是要好的朋友，再过几年，安利柯与代洛西，成了判事或是博士，其余的四个，都到什么商店或是工场里去，这样，彼此就分开了！"

“哪里的话！”代洛西抢先回答，“在我，卡隆永远是卡隆，泼来可西永远是泼来可西，其余的也都一样。我即使做了俄国的皇帝，也决不变，你们所居的地方，我总是仍要来的。”

可莱谛的父亲擎着皮袋：

“难得！能这样说，再好没有了。请把你们的杯子举起来和这触碰一下。学校万岁！学友万岁！因为在学校里，不论富人穷人，都如一家的。”

我们都举杯触碰了皮袋而喝着。可莱谛的父亲起立了把皮袋中的酒倾底喝干：

“四十九联队第四大队万——岁！喂！你们如果入了军队，也要像我们这样地出力干啊！少年们！”

时光不早，我们且跑且歌，携手下来。傍晚到了波河，见有许多萤火虫飞着。回到配寨·特罗·斯带丢土，互约星期日再在这里相会，共往参观夜学校的赏品授予式而别。

今天天气真好！如果我不逢到那可怜的女先生，我回家时将怎样地快乐啊。回家时已昏暗，才上楼梯，就逢到女先生，她见了我，就携了两手，附耳和我说：

“安利柯再会！不要忘记我！”我觉得先生说时在那里哭，上去就告诉母亲：

“我方才逢见女先生，她病得很不好呢。”

母亲已红着眼了，既而注视着我，悲哀地说：

“先生是，可怜——很不好呢。”

劳动者的赏品授予式　　二十五日

依约，我们大家到公立剧场去看劳动者的赏品授予式，剧场的装饰，和三月十四日那天一样。场中差不多充满了劳动者的家属，音乐学校的男女学生坐在池座里，他们齐唱克里米亚战争的歌，那真是唱得很好，唱毕，大家都起立拍手。随后，各受赏者走到市长和知事面前，领受书籍、贮金折、文凭或是赏牌。“小石匠”傍着母亲坐在池座角边，在那一方，坐着校长先生，我三年级时先生的红发头，露出在校长先生后面。

最初出场的是图画科的夜学生，里面有铁匠、雕刻师、石版师、木匠以及石匠。其次是商业学校的学生，再其次是音乐学校的学生，其中有大批的姑娘和劳动者，都穿着华美的衣裳，因被大家喝彩，都笑着。最后来的是夜间小学校的学生，那光景真是好看，年龄不同，职业不同，衣服也各式各样。——有白发的老人，也有工场的徒弟，也有蓄长头发的职工。年纪轻的毫不在意地做着，老的却似乎有些难为情的样子。群众虽拍手欢迎他们，可是却没有一个人笑的，谁都现着真诚热心的神情。

受奖者的妻或子女，多有坐在池座里观看的。幼儿之中，有的一见到自己的父亲登上舞台，就尽力大声叫唤，笑着招手。农夫过去了，担夫也过去了，我父亲所认识的擦靴匠也登场到知事前来领文凭。其次来了一个巨人样的大人，觉得是在什么时候曾经见过的，原来就是那受过二等赏的“小石匠”的父亲。记得我为看望“小石匠”的病，上那屋顶阁去的时候，他就在病床旁立着的。我回头去看坐在池座的“小石匠”，见“小石匠”正双目炯炯地注视着父亲，且用了装兔脸来隐藏他的欢喜呢。忽然间，喝彩声四起，急去向舞台看时，见那小小的烟囱扫除人，只洗净了面部，仍穿了漆黑的工服出场。市长去携住他的手，和他说话。烟囱扫除人以后，又有一个清道夫来领赏品。这许多劳动者，一面做了一家的主人，辛苦工作，再于工作以外用功求学，至于得到赏品，真是难能可贵。我一想到此，有一种说不出的感动。他们劳动了一日以后，再分出必要的睡眠时间，使用那不曾用惯的头脑，用那粗笨的手指执笔，这是怎样辛苦的事啊！

接着又来了一个工场的徒弟。他一定是借穿了他父亲的上衣了，只要看他上台受赏品时，卷起着长长的袖口，就可知道。

大家都笑了起来，可是笑声终于立刻被喝彩声埋没了。其次，来了一个秃头白须的老人，还有许多的炮兵。这里有曾经在我校的夜学部的，此外还有关税的门房和警察，我校的门房也在其内。

末了，夜学校的学生，又唱克里米亚战争歌，这次因为那歌声从真心流出，笼着深情，听众不喝彩，只是感动了静静地退出。

一霎时，街上充满了人。烟囱扫除者拿了从赏品得来的红色的书册立在剧场门口时，绅士都集在他的周围和他说话。街上的人，彼此都互相招呼。劳动者、小孩、警察、先生、我三年级时的先生和两个炮兵，从群众间出来。劳动者的妻抱了小孩，小孩用小手取了父亲的文凭矜夸地给群众看。

女先生之死　　二十七日

当我们在公立剧场时，女先生死了。她是于访问我母亲的一周后下午二时逝世的。昨天早晨，校长先生到我们教室里来告诉我们这事，说：

“你们之中，凡曾受过先生的教育的，应该都知道。先生真是个好人，曾把学生像自己儿子般爱着的。这先生已不在了。她病得很久，为了生活，不能不劳动，终于把可以延续的生命缩短了。如果能暂时休息养病，应该可以多延长几个月吧？可是，她总不肯抛离学生。星期六的傍晚，那是十七日这一天的事，说是将要不能再见学生了，亲去诀别。好好地教导学生，一一与之亲吻了哭着回去。这先生现在已不能再见了，大家不要忘记先生啊。”

在二年级时曾受过先生教育的泼来可西，把头俯在桌上哭泣起来了。

昨天下午散学后，我们去送先生的葬。到了先生的寓所，见门口停着双马的柩车，许多人都低声谈说等待着。我们的学校里，从校长起，先生们都到，先生以前曾任职过的别的学校，也都有先生们来。先生所教过的幼小的学生，大抵都由那执蜡烛的母亲们领着在那里，别级学生到的也很多。有拿花环的，有拿蔷薇花束的。柩车上已堆着许多的花束，顶上又安着大大的刺球花环，用黑文的字写着“五年级旧学生敬呈女先生”的标题。大花环下挂着的小花环，那都是小学生拿来的。群众之中，有执了蜡烛代主妇来送葬的佣妇，有两个执着火把的穿法衣的男仆，还有一个学生父亲的某绅士，乘了饰着青绸的马车来。大家都集在门的近旁，女孩们拭着泪。

我们静候了一会儿，棺出来了。小孩们见棺移入柩车去，就哭起来。其中有一个，好像到这时才信先生真死了似的，放声大哭，号叫着不肯停止，人们遂领了他走开。

行列徐徐出发，最前面是绿色装束的B会的姑娘们，其次是白色装束饰有青丝边的姑娘们，再其次是僧侣，这后面是柩车，先生们，二年级的小学生，别的小学生，最后是普通的送葬者。街上的人们从窗口门口张望，见了花环与小孩，说“是学校的先生呢”。带领了小孩来的贵妇人们也哭着。

到了寺院，棺从柩车移出，安放在中堂的大祭坛前面。女先生们把花环放在棺上，小孩们把花覆满棺的周围。在棺旁的人都点起蜡烛在微暗的寺院中开始祈祷。等僧侣一念出最后的“阿门”，就一齐把烛熄灭走出。女先生独自留在寺院里了！可怜！那样亲切，那样勤劳，那样长久尽过职的先生！据说，先生曾把书籍以及一切遗赠给学生了，有的得着墨水壶，有的得着小画片。听说将死的前二天，她曾对校长说，小孩们不宜哭泣，不要叫他们参与葬式的。

先生做了好事，受了苦痛，终于死了。可怜独自留在那样昏暗的寺院里了！再会，先生！先生在我，是悲哀而爱慕的记忆！

感　谢　　　　二十八日

可怜的女先生，曾经想坚持任职到这学年为止，终于只剩三天，就死去了。明后天到学校去听了“难船”的讲话，这学年就此完毕。七月一日的星期六起，开始考试，不久就是四年级了。啊！如果女先生不死，原是很可欢喜的事呢。

回忆去年十月才开学时的种种事情，从那时起，确增加了许多的知识。说，写，都比那时好，算术也已能知道普通大人所不知道的事，可以帮助人家算账了，无论读什么，大抵都似乎已懂得。我真欢喜。可是，我能到此种地步，不知有多少人在那里勉励我，帮助我呢。无论在家里，在学校里，在街上，无论在什么地方，只要是我所居住，我有见闻的处所，必定有各种各样的人在各种各样地教我的。所以，我感谢一切的人。第一，感谢先生，感谢那样爱我的先生，我现在所知道的东西，都是先生用尽了心力教我的。其次，感谢代洛西，他替我说明种种事，使我通过种种的难关，考试赖以不失败。还有，斯带地，他曾启示我一个“精神一到金石为开”的实例。还有那亲切的卡隆，他曾给我以对人温暖同情的感化。泼来可西与可莱谛，他们二人曾给我以在困苦中不失勇志，在劳作中不失和气的模范。所有一切朋友，我都感谢。但是特别要感谢的是我的父亲。父亲曾是我最初的先生，又是我最初的朋友，给我以种种的训诫，教我种种的事情，平日为我勤劳，将悲苦瞒住了我。用种种的方法使我用功愉快，生活安乐的。还有，那慈爱的母亲。母亲是爱的最爱的人，是守护我的天使，她以我之乐为乐，以我之悲为悲，和我一起用功，一起劳动，一起哭泣，一手抚了我的头，一手指天给我看。母亲，谢谢你！母亲是于爱和牺牲的十二年中，在我的心胸里，注入了温爱的！

难　船（最后的每月例话）

在几年前十二月的某一天，一只大轮船从英国利物浦港出发。船中连船员六十人，共载二百人左右。船长船员都是英国人，乘客中有几个是意大利人，船向马耳他岛进行。天色不佳。

三等客之中，有一个十二岁的意大利少年。身体比之年龄，虽像矮小，可是却长得很结实，是个西西里型的美勇坚强的少年。他独自在船头桅杆旁卷着的缆束上坐了，身旁放着一个破损了的皮包，一手搭在皮包上面，粗下的衣服，破旧的外套，皮带上系着旧皮袋。他沉思似的冷眼看着周围的乘客、船只，来往的水手，以及汹涌的海水。好像他是新近遭遇了一家的很大不幸了，脸孔还是小孩，表情却已像大人了。

开船后，不多一会儿，一个意大利水手，携了一个小女孩来到西西里少年前面，向他说：

“马利阿，有一个很好的同伴呢。”说着自去，女孩在少年身旁坐下。他们彼此面对面的看着。

“到那里去?”男孩问。

“到了马耳他岛,再到那不勒斯去。因为父亲母亲正望我回去,我去会他们的。我名叫寇列泰·法贵尼。”

过了一会儿,他从皮袋中取出面包和果物来,女孩是带有饼干的,两个人一同吃着。

方才来过的意大利水手慌忙地从旁边跑过,叫着说:

“快看那里!有些不妙了呢!”

风渐渐加烈,船身大摇。两个小孩却不眩晕。女的且笑着。她和少年年龄相仿佛,身较高长,肤色也一样的是褐色,身材窈窕,有几分像是有病的。服装很好,发短而缩,头上包着红头巾,耳上戴着银耳环。

两个孩子一面吃着,一面互谈身世。男孩已没有父亲,父亲原是做职工的,几天前在利物浦死去了。孤儿受意大利领事的照料,送他回故乡巴勒莫,因为他有远亲在那里。女孩于前年到了伦敦叔母家里,她父亲因为贫穷的缘故,暂时把她寄养在叔母处,预备等叔母死后,承分些遗产的。几个月前,叔母被马车轧伤,突然死了,财产分文无余。于是她也请求意大利领事,送归故乡。恰巧,两孩子都是由那个意大利水手担任带领的。

女孩说:

“所以,我的父亲母亲,还以为我带得钱回去呢。哪里,我一些都没有得到。不过,他们大约仍是爱我的。我的兄弟想也必定这样,我有四个兄弟呢,都还小,我是最大的了。我在家时替他们穿衣服的。我一回去,他们定是快活,定要飞跑拢来哩。——呀,波浪好凶啊!”

又问男孩：

“你就住在亲戚家里吗？”

“是的，只要他们收留我。”

“他们不爱你吗？”

“不知道怎样。”

“我到今年圣诞节，恰好十三岁了。”

他们一同谈海洋和关于船中乘客的事，终日住在一处，时时交谈。别的乘客总以为他们是姊弟。女孩编着袜子，男孩沉思着。浪渐渐凶恶了，天色已夜。两孩分别的时候，女的对马利阿说：

“请安眠！”

“谁都不得安眠了哩！孩子啊！”意大利水手恰好在旁走过这样说。男孩正想对女孩答说“再会”的时候，突然来了一个狂浪，将他摇倒。

女孩飞跑近去：

“咿呀！你出血了呢。”

乘客正在各顾自己逃下，没有人留心别的，女孩跪伏在瞠着眼睛的马利阿身旁，替他拭净头上的血，从自己头上取下红头巾，当做绷带替他包在头上，打结时，把他的头抱紧在自己胸前，以至自己上衣上也染了血迹。马利阿摇抖着起来。

“好些吗？”女孩问。

“没有什么了。”马利阿回答。

“请安睡。”女孩说。

“再会。”马利阿答。于是两人各自回进自己的舱位去。

水手的话应验了。两孩还没有睡熟，可怖的暴风到了。其势猛如奔马，一根桅杆立刻折断，三只舢板也被漂去。船梢载着的四头牛，又像木叶一般地被吹去了。船中起了大扰乱，恐怖，喧嚣，暴风雨似的悲叫声，祈祷声，令人毛骨悚然。风势全夜不减弱，到天明还是这样。山也似的怒涛从横面打来，在甲板上激散，把在那里的器物击碎了卷入海里去。遮蔽机关的木板被击碎了。海水像怒吼般地泼入，火就被淹熄，机关司逃去，海水潮也似的从这里那里卷入，这时，但听得船长的雷般的叫声：

“快攀住唧筒。”

船员奔到唧筒方面去。可是这时又来了一个狂浪，那狂浪从横面扑下，把船缘、舱口如数打破，海水从破孔淹进。

乘客自知要没有命了，逃入客室去。及见到船长，一同齐声叫说：

“船长！船长！怎么了！现在在什么地方！能有救吗？快救我们！”

船长等大家说毕，冷静地说：

“只好绝望了吧。”

一个女子呼叫上帝助我，其余的只是沉默着，恐怖把他们呆住了。好一会儿，船中继续着坟墓般的寂静，乘客彼此只是苍白了脸，面面相对，海波仍是汹涌，船一高一低地摇着。船长放下救命舢板艇，五个水手下去乘入。艇沉了，是波浪来冲没了的。五个水手浪没了两个。那个意大利人水手也在内。其余的三人拼了命攀着绳逃了上来。

到了这时，船员也绝望了。二小时以后，船已沉到货舱口了。

悲惨的光景，从甲板上出现了：母亲们于绝望之中将自己的小儿抱紧胸前;朋友们相抱了互告永诀;因为不愿见海而死,回到舱位里去的人也有;有一人用手枪自击头部,从高处倒下,死在那里;大多数的人们都狂乱地挣扎着;女人则起了可怕的痉挛苦闷着;哭声,呻吟声,和不可名状的叫声,混合在一起;到处都见有人失了神,瞠着无光的眼,石像似的呆立着,面上已没有生气。寇列泰和马利阿二人抱住一桅杆,目不转睛地注视着海。

风浪小了些了,可是船已渐渐下沉,眼见不久就要沉没了。

“把那长舢板艇放下去!”船长叫说。

唯一仅存的一艘救命艇下水了,十四个水手和三个乘客乘在艇里。船长仍在船上。

“请快随我们来。”水手们从下面叫。

“我是愿死在这里的。”船长答。

“或许遇到别的船得救呢,快请乘了这艇吧!快请乘了这艇吧!”水手们反复劝请。

“我留在这里。”

于是水手们向了别的乘客说:

“还可乘一人,顶好是女的!”

船长搀扶一个女子过来,可是舢板离本船很远,那女子无跳跃的勇气,就倒卧在甲板上了。别的妇女都也已失神如死了的一样。

“送个小孩过来!”水手叫喊。

以前化石似的待在那里的西西里少年和其伴侣,听到这叫声,被那求生的本能所驱,同时离了桅杆,齐奔到船侧,野兽般挣扎地冲前,齐声叫喊:

“把我!”

“小的！艇已满了。小的！”水手叫说。

那女的一听到这话，就像触电似的立刻把两臂垂下，注视了马利阿立着。

马利阿也对她注视，一见到那女孩衣上的血迹，记忆起前事，脸上突然发出神圣的光来。

“小的！艇就要开行了！”水手焦急地等着。

这时，马利阿情不自禁地发出声来：

“你分量轻！应该是你！寇列泰！你还有父母！我只是独身！我让你！你去！”这样说。

“把那孩子掷下来！”水手叫说。马利阿把寇列泰抱了掷下海去，寇列泰从水泡飞溅声中叫喊了一声“呀”，一个水手就抓住她的手臂拖入艇中去。

马利阿在船侧高高地举起头，头发被海风吹拂，好像泰然毫不在意的样子，平静地，崇高地立着。

轮船沉没时，水面起了一次漩涡，小艇侥幸不被卷没。

女孩先前像已失了感觉了的，到这时，望着马利阿的方面，泪如雨下。

“再会！马利阿！”唏嘘着把两臂向他伸张了叫说，“再会！再会！”

少年高举着手：

“再会！”

小艇掠着暴波在昏空之下疾去，留在船上的已一个人都不能作声，水已浸到甲板的舷了。

马利阿突然跪下，合掌仰视天上。

女孩把头俯下。等她再举起头来看时，船已不见了。

第十卷　七月

母亲的末后一页　　一日

安利柯啊！这学年已完了，在结束的一天，得留了一个为朋友而舍生的高尚少年的印象，真是好事。你就要和先生朋友们离别，但我在这里，还须告诉你一件悲哀的事情。这次的离别，不单是三个月的离别，乃是长久的离别。父亲因事务上的关系，要离开这丘林到别处去了，家人也要同行。

一到秋天，就须出发吧。你以后非换入新学校不可。这在你实是不愉快的事。你很爱你的旧学校呢。你在这四年中曾在这里一天两次尝到用功的愉快；在长久的时日中，每天得和同一先生，同一朋友，同一朋友的父母们见面；并且，每天在这里见父亲或母亲微笑着接候你的。你的精神，在这里才开发，许多朋友，在这里始得到；在这里，你才获得种种有用的知识。在这里，你也许曾有过痛苦，但这些也都是于你有益的。所以，你应该从心坎里向大众告别啊。大众之中，也有遭遇不幸的人吧，也有失去了父亲或是母亲的人吧，也有年幼时就死去了的人吧，也有在战争中流血壮烈而死的人吧，也有许多既是正直勇敢的劳动者，而同时又是勤勉正直的劳动者的父亲吧。在这里面，说不定有着许多为国家立大功成美名的人呢。所以，要用了真心，和这许多人们告别，要把你的精神的一部分，存留在大家族里面啊。你在幼儿时入了这家族，现在成了一个壮健的少年出去了。父亲母亲也由于这大家族爱护你的缘故，很爱这大家族呢。

学校是母亲，安利柯。它从我怀中把你接过去时，你差不多还未能讲话。现在是，将你化成了强健善良勤勉的少年，仍还给我了。这该怎样感谢呢，你切不可把这忘记啊！你也怎能忘记啊！你将来年纪长大了旅行全世界时，遇到大都会或是令人起敬的纪念碑，自会记忆起许多的往事。那关着的窗，有着小花园的朴素的白屋，你知识萌芽所从产生的建筑物，将在你心上明显地浮出吧！到你终身为止，我愿你不忘这呱呱坠地的诞生地！

——母亲

考　试　　　　四日

终于，考试到了。学校附近一带，不论先生、学生、父兄，所谈没有别的，只是分数、问题、平均、及格、落第等类的话。昨天考过作文，今天是算术。见到别的学生的父母在街路上种种地吩咐自己的儿子，就不觉愈担心起来。母亲们之中，有的亲送儿子入了教室，替他看过墨水瓶里有无墨水，检查过钢笔头是否可用，出去时还在教室门口徘徊嘱咐：

“仔细啊！要用心！”

来做我们的考试监督的是黑发的考谛先生，就是那虽然声音如狮子而却不责罚人的先生。学生之中，也有怕得脸色发青的。当先生把市政所送来的封袋撕开，抽出试卷来的时候，全场连呼吸声都没有了。先生用了可怕的眼色，向室中一瞥，大声地把问题宣读。我们想:如果能把问题和答案都告诉了我们,使大家都能及格,先生们将多少欢喜呢。

问题很难,经过一小时,大家都没有办法了。有一个甚至哭泣起来。克洛西敲着头。有许多人做不出,都是应该的。因为他们受教的时间本来少,父母也未曾教导监督的缘故。

可是,天无绝人之路,代洛西想了种种的法子,都在不被看见之中教了大家。或画了图传递,或写了算式给人看,手段真是敏捷,卡隆自己原是长于算术的,也替他作帮手。骄矜的诺琵斯今天也无法了,只是规规矩矩地坐着,后来卡隆教给了他。

斯带地把拳挟住了头,将题目注视了一小时多,后来忽然提起笔来,在五分钟内如数做出就去了。

先生在桌间巡视,这样说:

"静静地,静静地!要静静地做的啊!"

见到窘急的学生,先生就张大了口装起狮子的样子来。这是想引诱他发笑,使他恢复元气。到了十一点光景,去看窗外,见学生的父母已在路上徘徊着等候了。泼来可西的父亲,也穿了工服,脸上黑黑地从铁工场走来。克洛西的卖野菜的母亲,穿黑衣服的耐利的母亲,都在那里。

将到正午的时候,我父亲从我们教室窗口来探望。考试在正午完毕,下课的时候,那真是好看:父母们都跑近自己儿子那里去,查问种种,翻阅笔记簿,或和在旁的小孩彼此比较。

"问题几个?答数若干?减法这一章呢?小数点不曾忘记了?"

先生们被四围的人叫唤,来往回答他们。父亲从我手里取过笔记簿去,看了说:

“好的，好的。”

泼来可西的父母在我们近旁，也在那里翻着他儿子的笔记。他好像是看了不理解的，那神情似乎有些慌急。他向了我的父亲说：

“请问，这总和是若干？”

父亲把答数说给他听，铁匠知道了儿子的计算没有错，欢呼着说：

“做得不错呢！”

父亲和铁匠相对像朋友似的莞然而笑，父亲伸出手去，铁匠来握。

“那么，我们在口试时再见吧！”二人这样说了别去。

我们走了五六步，就听到后面发出高音来，回头去看，原来是铁匠在那里唱歌了。

最后的考试　　七日

今天是口答考试。我们八点入了教室，从八点十五分起，就分四人一组，被唤入讲堂去。大大的桌子上，铺着绿色的布。校长和四位先生围坐着，我们的先生也在里面，我是在第一次被唤的一组里的。啊！先生！先生是怎样爱护我们，我到了今天方才明白：在别的学生被口试时，先生只注视着我们，我们答语含糊的时候，先生就现忧色，答得完全的时候，先生就露出欢喜的样子来。时时侧了耳，用手和头来表示意思，好像在说：

“对呀！不是的！当心啰！慢慢地！仔细仔细！”

如果先生在这时可以说话，必将不论什么都告诉我们了。

即使学生的父母替代了先生坐在这里，恐怕也不能像先生这样亲切吧。一听到别的先生和我说“好了，回去！”的时候，先生的眼里就充满了喜悦之光。

我立刻回到教室，等候父亲。同学们大概都还在教室里，我就坐在卡隆旁边。一想到这是最后一刻的相聚，就不觉悲了起来。我还没把将随父亲离去丘林的事告诉卡隆过，卡隆毫不知道，正一心地伏在位上埋了头，执笔在他父亲的照片边缘上加装饰。他父亲作机械师装束，身材高长，头也和卡隆一样，有些带缩，神情却很正直。卡隆埋头伏屈向前，胸间衣服宽褪，露出悬在胸前的金十字架来。这就是耐利的母亲因自己的儿子受了他的保护送给他的。我想我总须有一时候要把将离去丘林的事告诉卡隆的，就爽直地说：

“卡隆，我父亲在今年秋季要离开丘林了。父亲问我要去吗，我曾经回答他说同去呢。”

“那么，四年级不能同在一处读书了。”卡隆说。

“不能了。”我答。

卡隆默然无语，只是俯了头执笔作画。好一会儿，仍低了头问：

“你肯记忆着我们三年级的朋友吗？”

“当然记忆着的。都不会忘记啰。特别的是忘不了你。谁能把你忘了呢？”我说。

卡隆注视着我，其神情足以表示千言万语，而嘴里却不发一言。他一手仍执笔作画，把一手向我伸来，我紧紧地去握他那大手。这时，先生红着脸进来，欢喜而急促地说：

“不错呢，大家都通过了。后面的也希望你们好好地回答。

要当心啊。我从没有这样地快活过。”这样说了急急地出去的时候，故意装作跌跤的样子，引我们笑，向来没有笑容的先生，突然这样做，大家见了都觉诧异，室中反转为静穆，都微笑着。哄笑的却没有。

不知为了什么，见了先生的那种孩子似的行动，心里又欢喜又悲哀。先生所得的报酬，就是这瞬时的喜悦。这就是这九个月来亲切忍耐以及悲哀的报酬了！因为要得这报酬，先生曾那样地长久劳动，连病在家里的学生，也亲自走去教他们。那样地爱护我们替我们费心的先生，原来只求这些微的报酬的。

我将来每次想到先生，先生今天的样子也必同时在心中浮现吧。我到了长大的时候，先生谅还健在吧。并且有见面的机会吧。那时我当重话动心的前事，在先生的白发上亲吻吧。

告　别　　　　　　　　　　　　　　　　十日

午后一点，我们又齐集在学校，听候发表成绩。学校附近，挤满了学生的父母们，有的等在门口，有的进了教室，连先生的座位旁也都挤满了。我们的教室中，教坛前也满是人。卡隆的父亲，代洛西的母亲，做铁匠的泼来可西，可莱谛的父亲，耐利的母亲，克洛西的母亲——就是那卖野菜的，“小石匠”的父亲，斯带地的父亲，此外还有许多我所向不认识的人们。全室中充满了错杂的低语声。

先生一到教室，室中就立刻肃静，先生手里拿着成绩表，当场宣读：

“亚巴泰西六十七分，及格。亚尔克尼五十五分，及格。”“小石匠”也及格了，克洛西也及格了。先生又大声地说：

“代洛西七十分，及格，一等赏。”

到场的父母们，都齐声赞许说。“了不得，了不得，代洛西。”

代洛西披了金发，微笑着朝他母亲看，母亲举手和他招呼。

卡洛斐、卡隆、格拉勃利亚少年，都及格了。此外，有三四个人是落第的。其中有一个，因见他父亲立在门口装手势吓责他，就哭了起来。先生和他父亲这样说：

“不要这样，落第并不全是小孩的不好，大都由于不幸。他也是这样的。”又继续说着，

“耐利，六十二分，及格。”

耐利的母亲，用扇子送亲吻给儿子。斯带地是以六十七分及格的，他听了这好成绩的报告，连微笑也不露，仍是用两拳撑着头不放。最后是华梯尼，他今天穿得很华丽——也及格的。报告完毕，先生立起身来：

“我和大家在这室中相会，这次是最后了。我们大家在一处过了一年，今天就要分别。我很以和你们分离为悲。”说到这里停止了一会儿，又说：

“在这一年中，我曾好几次地无意发怒了吧。这是我的不好，请原谅我。”

“那里，那里！”父母们、学生们都齐声说，“那里！先生，没有的事！”

先生又继续说：

“请原谅我。来学年你们不能和我再在一处，但是，仍会相见的。无论到了什么时候，你们总在我心里呢。再会了，孩子们！”

先生说毕走到我们座位旁来，我们立起在椅子上或是伸手去握先生的臂，或是执牢先生的衣襟。和先生亲吻的尤多。末后，五十人齐声叫说：

“再会，先生！多谢！先生！愿先生康健，永远不忘我们！”

走出教室的时候，我感到一种悲哀，胸中难过得像有什么东西压迫着。大家都纷纷退出，别教室的学生，也像潮水这样向门口拥去。学生、父母们夹杂在一处，或向先生告别，或相互招呼。戴红羽毛的女先生给四五个小孩抱住，给大众包围，几乎要不能呼吸了。孩子们又把“尼姑”先生的帽子扯破，在她黑服的纽孔里、袋里，乱塞进花束去。洛佩谛今天第一日除掉拐杖，大家见了都很高兴。

“那么，再会。到来学年，到十月二十日再会。”随处都听到这样的话。

我们也都互相招呼。这时，从来一切的不快，顿时消灭，向来嫉妒代洛西的华梯尼，也张了两手去拥抱代洛西。我对“小石匠”叙别，当“小石匠”要装最后一次的兔脸给我看的时候，我就去吻了他一次。又去向泼来可西和卡洛斐告别，卡洛斐告诉我说，不久就要发行最末一次彩票，且送我一块略有缺损的瓷器镇纸。耐利跟住了卡隆难舍难分，大家见了那光景，都为之感动，就围集在卡隆身旁。

“再会，卡隆，愿你好。”大家齐声这样说了，有的去抱他，有的去握他的手。对于这位勇敢高尚的少年，都表示惜别的意思。卡隆的父亲，在旁见了兀自出神。

我最后在门外抱住了卡隆，把脸贴在他的胸前哭泣，卡隆吻我的额。跑到父亲母亲的地方，父亲问我：“你已和你的朋友告

那末，再會了！

别过了吗?”我答说:“已告别过了。”父亲又说:“如果你从前有过对不起那个的事,快去谢了罪,请他原谅,你有这样的人吗!”我答说:“没有。”

“那么,再会了!”父亲说着向学校作最后的一瞥,声音中充满了感情。

“再会!”母亲也跟着反复说。

我却什么话都说不出来了。